こうもり傘探偵②

ミス・シートンは事件を描く

ヘロン・カーヴィック　山本やよい 訳

Miss Seeton Draws the Line

by Heron Carvic

コージーブックス

MISS SEETON DRAWS THE LINE
by
Heron Carvic

挿画／イオクサツキ

ヴァイオラとフィービへ

ミス・シートンは事件を描く

主要登場人物

ミス・シートン……………………………美術教師
アラン・デルフィック……………………ロンドン警視庁の警視
ボブ・レンジャー…………………………ロンドン警視庁の部長刑事
クリス・ブリントン………………………アシュフォード警察の主任警部
アーサー・トゥリーヴズ…………………牧師
モリー・トゥリーヴズ……………………アーサーの妹
ジョージ・コルヴデン……………………治安判事
メグ・コルヴデン…………………………ジョージの妻
ナイジェル・コルヴデン…………………ジョージの息子
アン・ナイト………………………………看護婦
マーサ・ブルーマー………………………村人
エリカ・ナッテル…………………………村人
ノーラ・ブレイン…………………………村人
エフィー・ゴーファー……………………村人
レナード・ホッシグ………………………村人
リル・ホッシグ……………………………レナードの妻
ドリス・クイント…………………………村人
ディック・クイント………………………ドリスの夫
アミーリア・フォービー…………………新聞記者

1

「止まって！」

少女は知らん顔で道路に飛びだした。ミス・シートンがあわてて駆け寄り、車にひかれそうになった少女の腕にこうもり傘の柄をかけてひっぱると、少女は道路ぎわの草むらとの境になっているコンクリートの縁石に尻もちをついた。少女の足からわずか数センチのところで車が急停止した。身をくねらせて傘から腕をはずした少女は命の恩人を見上げた。

「おばさんのバーカ」危うく車にひかれるところだった少女のセリフがこれだ。

「エフィー」道路の向かいから女性がどなった。「いますぐ戻っといで。またこんな危ないことしたらお仕置きだよ。わかったね」

うずくまっていた小さな姿が起きあがり、乱暴な足どりで自分の家へ向かった。

「ほら、行儀よくして」母親が叱りつけた。「〝ありがとう。ごめんなさい〟って言いなさい」

少女はふりむくと、車を見て、次にミス・シートンを見て、舌を突きだしたと思ったら、向きを変えて家に入ってしまった。

「ありがとうございます」母親が大声で言った。「助けてもらってすいません。うちの子、ほんとに手に負えなくて」娘のあとを追った。玄関ドアが勢いよく閉まった。

ミス・シートンは車のドライバーに笑顔を向けた。「子供というのは――向こう見ずね。みんながそうとは限らないけど。規則をきちんと守る子もいるのよ。だって、学校で教えるんですもの。交通指導員を呼んで。白い上着を着て、棒の上に円板のついてる〝止まれ〟の標識をかざした人たちが、道の渡り方を指導するの。古代ローマの軍団みたいな感じで。ただ、ときどき規則を忘れてしまうのね。子供だから。あなたが急停止してくれてほんとによかった。下手をしたら、事故になってたところだわ」

無表情な顔がふたつ、ミス・シートンに向けられていた。ハンドルを握っているのは若者だ。すっきりとカットした髪、額に無造作にかかった前髪、透き通るような肌、むっつりした顔、警戒気味の目。助手席には若い娘。ブラシをかけてゆるく垂らした髪、表情のない顔、恐怖を浮かべた目。二人とも無言だった。ミス・シートンはふたたび微笑して一歩下がった。若者がギアを入れた。車が動きだした。

ミス・シートンは走り去る車を見送った。若い人って……ほんとに恥ずかしがり屋ね。

整然と並んだ村営住宅のほうへちらっと目を向けてから、ふたたび通りを歩きはじめ、自宅のコテージへ向かった。エフィー・ゴーファー。正直なところ、あまり可愛い子ではない。残念ながら、あまり行儀のいい子でもない。でも、ゴーファー夫人のために、もう一度挑戦しようと思った。そう。昼食のあとで絵の道具を出すことにしよう。最初に描いた絵がさんざんな出来だったからといって、それであきらめるわけには……結局、醜いアヒルの子なんだわ。エフィーを白鳥のように描こうとして、ミス・シートンの想像力は枯れてしまった。これもまたさんざんな出来だった。カエルの王子さまのほうが合っているかもしれない。ただ、性別が違う。もちろん、お伽芝《とぎ》居のときは女の子が王子さまを演じてもおかしくないけど。四角を描いて目鼻をつけるといったタイプの肖像画がわたしはどうも苦手で、ほんとに困ったものだわ。ミス・シートンは思わず微笑し、次にうしろめたさを感じた。四角に目鼻――正直に白状すると、エフィーにぴったりの描写だ。

コテージの門に着くころには、問題は解決していた。正統派の肖像画はやめよう。

寓話的なものを愛らしいタッチで描き、エフィーらしさをわずかに入れる。そう、それがいい。

ミス・シートンはできあがった絵を机に置いて、つくづく眺めた。

寓話的ではない。もちろん、愛らしくもない。それどころか、ひどく不気味で――ぞっとする。背筋に冷たいものを感じて、肩がこわばった。クレヨンを放り投げた。いけない、こんな子供っぽいことをするなんて。次は幼稚な空想に浸りかねない。しばらく頭を空っぽにして、何かほかのことを考えよう。何か楽しいことを。画用紙帳を脇へどけ、椅子を回転させて、フランス窓の外を眺めた。

蕾《つぼみ》が膨らんでいる。裸だった木々の枝が柔らかな緑の靄《もや》をまといはじめている。クロッカス、桜草、水仙……緑と黄色――若さの象徴、切なくなるほど無垢《むく》な叫び。春が来るたびに、多くの作家が抒情的な作品を書いてきた。それから、これはすなおに認めなきゃいけないけど、子羊を可愛がるのは簡単でも、はしゃぎまわる子羊の愛らしさは遺伝によってあっというまに頑固な愚かしさに変わってしまう。羊を可愛がるのも簡単なことではない。じゃ、夏は？　そうね、暑苦しいうえに色彩が多すぎる。夏はだめ――わたしは晩秋のほうが好き。木々の輪郭がふたたびわかるようになり、色彩と変化が広範囲にわたって微妙に混ざりあう。人は人生をふりかえり、成功だったか失敗だったかに思いを馳《は》せる。それはたぶん年齢のせいだろう。

窓から見る景色は穏やかだった。庭がスロープを描いてロイヤル・ミリタリー運河まで続いている。この運河、名前こそ仰々しいが、じっさいは大きめの溝とほとんど変わらない。運河を縁どる木立の向こうを見ると、ケント州の野原が海岸までなだらかに広がり、西にはライの町があり、東にはニュー・ロムニーというかつての海港がある。

ミス・シートンはふたたび画用紙帳をとると、上の紙を破り捨て、軟らかな鉛筆を持ち、クレヨンをきちんと並べた。

もう一度描いてみよう。どこか変だと思うなんて馬鹿げている。単に集中力が欠けているだけのこと。集中しなくては。

一心不乱に描いた。

できあがった絵を見てみた。

まあ、どうしよう。やっぱり不気味な感じ。全部で三枚も描いたのに。少しもよくなっていない。

先に描きあげた二枚を手にとり、手前に倒した書き物机の蓋に三枚とも並べた。まだ使っていない真っ白な画用紙でそれぞれの右側を覆った。同じ少女の半分だけの肖像画が三枚。つやのない髪も、ぷっくりした頰も、ボタンみたいに小さな目も、陰険そうに上がった口角も、オリーブ色の肌も同じだ。右側を覆っていた画用紙をはずし、今度は左側を覆ってみた。ぼやけた輪郭も、うっすら開いた細い目も、垂れ下がった口角も、青ざめた土気色の肌も同じだ。同じデスマスク。真っ白な画用紙を三枚ともはずして、もとの絵を露《あら》わにした。一枚一枚に不穏なものが感じられる。三枚そろえて見てみると、背筋の凍りそうな不気味さを感じる。

どうすればいいの？　結局のところ、ゴーファー夫人のためにエフィーの肖像画を描かなくては、という義務感のようなものがあるのだ。もちろん、夫人に直接約束したわけではない。ミス・シートンにも最近やっとわかってきたのだが、プラマージェンのような小さな村では、当事者どうしが話を進めることはありえない。今回の件もマーサの提案だった。ある意味では。先日コテージの掃除を終えたマーサが帰る前に言ったのだ――買物してたらゴーファー夫人に会いましてね、そこで言われたんですよ。〝誰かエフィーの絵を描いてくれないかしら。頼んでみても悪くないと思うんだけど〟ってね。で、わたしも〝いいんじゃない？〟って言ったんです。

〝いいんじゃない〟の結果が三枚、こうして書き物机に並んでいるわけだ。

ゴーファー夫人に絵を見せるなんて、ぜったいにできない。どれも——そう、不気味な雰囲気だ。エフィーらしさが出ているのは確かだが、考えようによってはそのほうがよけい厄介《やっかい》だ。幼いエフィー・ゴーファーが気の毒なほど不器量な子だというのを、認めるしかないからだ。

ミス・シートンがゴーファー夫人に恩義を感じているのは事実だった。いまの時代、通いのお手伝いさんを見つけるのは不可能に近いのに、以前マーサが二週間ほど村を留守にしたとき、ゴーファー夫人が親切にも週に二回ずつ家事をしにきてくれたのだ。仕事はいささか雑だったが、それでも親切なことには変わりがない。また、ミス・シートンがひどい風邪で三日間寝込んだときは、ゴーファー夫人のほうがずっと年下なのに母親みたいに甲斐甲斐しく世話を焼いてくれた。ベッドでおとなしく寝ているように言い、買物をすべてひきうけ、夕方やってきて食事の支度をし（食べる気になれなかった）、湯たんぽを交換してくれた（うれしかった）。こうした世話は、ありがた迷惑な面もあったにせよ、善意から生まれたものだったが、最後に気まずさが残ってしまった。なぜなら、ゴーファー夫人が「具合の悪いときに力になれなかったら、なんのためのご近所なんです？」と言って、謝礼を受けとろうとしなかったからだ。しかも、ゴーファー夫人が住んでいるのは村の反対端なので、ご近所とも言えない。そういうわけで、ミス・シートンはゴーファー夫人に借りがあるような気がして、何かお返しができないものかと悩んでいたのだ。

できることなら――ミス・シートンは三枚の絵をじっと見た――もう少しましなものを。顔の左側（エフィーにとっては右側）を描くのはとても簡単だった。ところが、右側（エフィーにとっては左側）については……。

モデルになってもらおうとしてエフィーを初めて家に呼んだとき、母親が娘の髪をカールさせ、普段と見分けがつかなくなるほどごてごてと着飾らせて連れてきたため、ミス・シートンはそれに気をとられて気づかなかったのだが、絵を描きおえてエフィーに「見せて」と言われたときに愕然《がくぜん》としたのだ。幸い、まず自分の目でチェックしようと思って無意識のうちに椅子に深くもたれていたので、どうにか絵を覆い隠すことができた。「描きはじめたばかりだから、細かいところまで手を入れないと誰にも見せられないのよ」と言ってごまかした。それでもエフィーがしつこくせがみ、図々しく見ようとするものだから、強硬に突っぱねなくてはならなかった。「あなたにモデルさんをしてもらわなくても、もう大丈夫よ」と、きっぱり言い渡した。絵の出来栄えを見て、描き直すなら記憶に頼ったほうが安全だと思ったのだ。

二回目も、三回目も、細心の注意を払った。手を動かすスピードが落ち、指の感覚がなくなり、腕が鉛のように重くなった。ふと気づくと、クレヨンのなかから肖像画には不向きな色を選ぼうとしていた。そう、どういうわけか、その色を選ばずにはいられなかった。

わたしに何か問題があるのかしら。漠然と不安を抱いたときは、問題と向きあって言葉にすることで、気分がずっと軽くなるものだ。ミス・シートンは椅子の上で背筋を伸ばした。問題と向きあって言葉にしようとした。

もしかして……？　ナイト先生に訊いてみたほうがいい？　助言がもらえるかもしれない。あるいは、治療法を提案してもらえるかも。もし本当に何か……いえ、そんな馬鹿な……。

鉛筆をとり、勇気を出して画用紙に太い字で書いた。〝脳梗塞〟と。

なるほど。気分が軽くなった。こうして書くことで、理性的に向きあうことができる。いくら軽くても、本当に脳梗塞を起こしたとすると――自分が書いた文字を見つめてうなずいた――それまでやっていたことができなくなるはず。わたしの年齢なら充分にありうることだし、もしそうなら、ほかの面でも症状が出るに決まっている。でも、手と腕のことだけ考えてみると、『ヨガで毎日若返り』というあの重宝なお役立ち本に出ていた〝牛の顔のポーズ〟（変な名前！）はちゃんとできた。脳と右腕がスムーズに連動していないのなら、右手を上から、左手を下から背中にまわして指をつなぎあわせ、そのまま深い呼吸を続けることがどうしてできるというの？

ええ、そうよ。こうして問題と向きあったおかげで、あんな絵を描いたぐらいで心配する必要はないと思えるようになった。とはいうものの、あらためて絵を見てみると、やはりどこか異常なものが感じられる。ナイト先生に電話をかけて、相談に乗ってもらえないか訊いてみよう。

スケッチをひとまとめにして紙ばさみにしまった。紙ばさみを閉じる前に、いちばん上の肖像画をもう一度見てみた。首をふった。

やっぱり、ひどく気にかかる。


デルフィック警視は濡れた草むらに膝を突いて現場検証をおこない、それから立ちあがった。

「よし。搬送しろ」

警視はまばゆい照明を受けた現場を離れると、靄が立ちこめる黄昏《たそがれ》のなかを抜け、街灯に照らされた仄暗《ほのぐら》い一帯を抜けて道路へ向かった。アーク灯の下で救急隊員たちがかがみこんだ。現場に張られた警察のテープの外側で、野次馬たちのつぶやきが大きくなった。警視の背後で女性が叫んだ。

「どうして何もしてくれないのよ？　どうして止められないの？　いったい何人……」

デルフィックから焦点の定まらない目を向けられて、女性は黙りこんだ。野次馬が静かになった。新聞社のカメラマンがカメラを下ろした。いまはまずいと思ったのだろう。捜査の指揮をとっているルイシャム署の警部が前に出て何か言おうとしたが、足を止め、結局は口をはさむのをやめた。警視が彼の車に乗りこむまで静寂が続いた。

上司に続いて運動場の隅から出てきたレンジャー部長刑事が立ち止まり、一二歳の少年の遺体が担架に乗せられて毛布がかけられるのを見つめた。すり傷のついた靴、土で汚れた膝と半ズボン、遺体発見現場の茂みの枯れ枝がひっかかっているセーター、腫れた顔を、毛布が覆い隠した。

「〈御神託〉も相当こたえてるようだな」ルイシャム署の警部が言った。レンジャー部長刑事はうなずいた。警部が続けて言った。「もちろん、うちの署が扱う事件としては初めてだが、〈御神託〉にとってはコレクションがまたひとつ増えたわけだし」

部長刑事はふたたびうなずいた。「何かで悩んでるみたいです。定石どおりに捜査を進めるしかないですが。警部、またご連絡します」

部長刑事は警察車両にたどり着くと、巨体をふたつに折るようにして運転席に乗りこみ、ドアをバタンと閉めた。

「警視庁へ」デルフィックが言った。

警視庁に戻ってから、部長刑事は現場でとったメモを清書した。

時間がなかったため、集まった情報はそう多くなかった。ローレンス・マシン、一二歳三カ月。午後四時一五分ごろ遺体発見。発見者は運動場で遊んでいた子供たち。遺体はひきずられて××の下に……急いで書いた××のところを部長刑事はじっと見た。皮下注射器《ハイポダーミック》の下に？　ありえない。オトギリソウ《ハイペリカム》？　ヒステリー《ヒステリック》の発作？　なんでもありか。もしかして〈御神託〉に訊けば……部長刑事は警視のデスクのほうへこっそり目を向けた。

デルフィックは身じろぎもせずにすわったまま、壁にかかったガラスのケースに視線を据えていた。釣りの愛好家がとてつもなく大きな獲物を飾っておくのに使うようなケースだ。ここ二、三カ月のあいだにオフィスを訪れた人々のうち、観察力に欠ける連中は、警視は犯罪者を釣りあげるという日々の仕事だけでなく、趣味の時間まで釣りにあてているらしい、と思いこんでいた。だが、じつをいうと、ケースに入っているのはこわれたこうもり傘だった。デルフィックの思い出も入っていた。犯人逮捕ではなく、逮捕の失敗を思いださせるものだ。のちに逮捕に至ってはいるが、たまたま運に恵まれたからで、警視自身の手柄ではなかった。

部長刑事は象形文字みたいな自分のメモに視線を戻した。読めないメモのことを〈御神託〉に質問できそうな雰囲気ではない。〝茂みの下に〟にしておこうと決めた。〝木の葉と一緒に〟と書き添えた。運動場の茂みのいくつかは、葉がまだほとんど出ていない。ハイなんとかと書いてあるのは広葉樹の名前かもしれない。清書を終えてから、〝霧の時間を確認すること〟とメモした。ロンドンでは午後二時を過ぎたころから霧が晴れはじめたから、犯行はおそらくそれ以前だったと思われる。しかし、ルイシャムのほうは違っていたかもしれない。あちらに戻ってから確認しよう。あちらに戻る？　そもそも現場を離れてはいけなかったのだ。〈御神託〉がそんなことをするなんて――無言で現場を離れるなんて――初めてのことだ。ひとこと注意したほうがいいだろうか？　いや、やめておこう。〈御神託〉に注意などできるわけがない。しかも、あのご機嫌ではとうてい無理だ。普通はその逆なのに。たいてい〈御神託〉がこの自分に注意をする。ルイシャム？　原因はルイシャムか？　何かあるのかもしれない。

警視が突然電話に手を伸ばしたので、部長刑事は飛びあがった。

「ゴスリン警視正を頼む」……「警視正ですか？」……「デルフィックです」……「はい」……「はい――そちらへ伺うべきではありますが――」……「無理です」……「は、はい。いますぐ伺います」警視は受話器を戻し、オフィスを出ていった。

部長刑事は彼が出ていくのを見守った。まさか捜査を離れる気じゃあるまいな？ 退職願を出すとか？ いや、警視がそのつもりでも、おれが許さない。たとえ事件が暗礁に乗りあげ、にっちもさっちもいかなくなっているとしても、そんなことは――許さない。部長刑事は身をかがめ、デスクのいちばん下の引出しをあけて、ファイルの束をとりだした。

四つ選びだした。ルイシャムで起きたばかりの事件は〈御神託〉の専門分野だと思われる。犯罪が次々と起き、多様化しているのは事実だが――いつの時代もそうだった――子供の連続殺人とはいくらなんでもひどすぎる。だいたい、子供を殺してなんになる？ 誰の得にもならないのに。これで何件目だ？ 一五件――今日の分を加えると一六件――ほぼ二年のあいだに。しかも、解決したのは半数に過ぎない。もちろん、その多くは性犯罪だ。幼い子供が巻きこまれるなんてあんまりだ。部長刑事は眉をひそめた。だが、どうすれば防げる……？ いや、もうやめよう。

四件のファイルを広げた。四件とも手口がよく似ていて、デルフィック警視を大いに悩ませている。部長刑事は新しいファイルをとり、〝ルイシャム〟というラベルを貼った。顔をしかめた。ルイシャム？　何かがひっかかった。ほかのファイルのラベルに目を走らせた。ブレントウッド、リッチモンド、ウィンブルドン、ウェスト・モーリング。三件はロンドン市内、もしくは近郊。残る一件はケント州のメイドストーンの近く。犯人はなぜ急にそんな遠くへ？　そして、なぜまたルイシャムに戻ったのか？　ルイシャムがひっかかったのはなぜだ？　何かの記事か、誰かの言葉だ。あ、そうだ、警察の食堂で耳にしたのだ。ルイシャムにある民間受託の郵便局に強盗が入った話を誰かがしていた。だが、参考にはならないか。最近の一〇代の連中ときたら、銀行強盗や列車強盗という一人前の事件を起こす前に、小さな郵便局で小手調べをするからなあ。

四件のファイルに注意を戻した。被害者は少年三人、少女一人――少なくとも性差別はない――年齢は一歳から一四歳まで。そして、今回のルイシャムはふたたび少年だ。確率からいくと、次は少女かもしれない。どの子も絞殺されている。どの事件も動機らしきものが見当たらない。単に首を絞められただけ。新聞が苛立《いらだ》ち、金切り声を上げているのも仕方がない。精神科医のインタビュー記事をのせて、犯人はどのようなタイプかを警察に告げている新聞も何紙かある。なんの参考にもならないのに。

数種類のタイプが挙がっている。理性を失ったタイプを追うべきだというのは、警察だって承知している。精神科医の連中が気づいていないのは、理性を失っても顔には出ないということだ。〝おれは卵だ。目玉焼きにしてくれるフライパンを探している〟などと言いだすときまで、表面的にはなんの変化もない。

部長刑事はファイルをひとつにまとめて、デスクの端に乱暴に置いた。

理性を失った人間を相手にするとき、われわれに何ができるというのだ？　おかしくなった人間を見分ける手がかりはどこにある？　現行犯で逮捕するしかない。手がかりは何もない。性の区別なし。物盗りの犯行ではない。動機不明。何もなし。もう一度言おう。われわれに何ができるというのだ？

「その女性に何ができるというのだ？」犯罪捜査部を統括する総監補、サー・ヒューバート・エヴァリーはデルフィックが返事をする暇《いとま》もないうちに続けて言った。「きみのその提案を、わたしの経験から言えば前例のない提案だが、それを受け入れるとすると、もしくは検討するだけだとしても、ひとことで言うなら、警察が敗北を認めて、事件を一般人の手に委ねることになるのだぞ」デルフィックは反論しようとして口を開きかけた。「いや、より正確に言うなら」サー・ヒューバートは自分の言葉を訂正した。「一般人のうち、一人の手に。〝神の摂理にはさまざまに異なる面あり〟というエウリピデスの言葉にはわたしも同意するが、きみに尋ねずにはいられない。絵を描く年配女性にいったいどのような面を期待しようというのだ？　重ねて尋ねよう。その女性に何ができるというのだ？」

ゴスリン警視正は、こういう協議のときは部下の盾となるべくつねに同席してくれる人で、いまもデルフィックが考えをまとめられるよう、時間稼ぎをしようとして、コホンと咳払いをした。

サー・ヒューバートはそれを無視して、問いかけるような視線をデルフィックに据えたままでいた。

デルフィックは思った――漠然としすぎていて言葉にするのも困難な考えと感情を、どうすれば総監補に説明できるだろう？　警視正なら、わたしという人間を理解している。長いあいだ一緒に仕事をしてきて、おたがいに信頼しているし、いちいちうるさいことを言わずにある程度までこちらの裁量に任せてくれる。しかし、総監補が相手ではそうもいかない。きびしく問いただすつもりでいるようだ。

「あいにく、その点はひどく曖昧です」デルフィックは説明しようとした。

「人の感情とはつねにそういうものだ」総監補も同意した。「ジェラール・クロワゼの超能力のごとき曖昧さかね？」

　思いもよらぬ質問に、デルフィックは息をのんだ。なんたること。釣りあげられたタラのごとく口をぱくぱくさせている自分に気づいて苦笑した。

「いまの比喩が滑稽だと言いたいのかね？」

「いえ、とんでもありません。どう説明しようかとわたしが言葉を探しているあいだに、総監補のお考えが先へ進んでいたので、驚いたのです」

　ゴスリン警視正が咳払いをした。「ええ、わたし自身はどうかというと、まだスタートラインに立ってもおりません。そのジェラールなんとかというのは何者ですか？初めて聞く名前ですが」

「初耳というのも無理はない」サー・ヒューバートは答えた。「オランダの透視者というか、超能力者というか、好きに呼んでくれればいいが、大陸の警察の依頼により、難事件の捜査に助言をしていた人物だ！」ゴスリン警視正は鼻を鳴らした。「もちろん、わが警視庁がそのようなものに頼ることはない。公式にはな。超能力など信じていない。いや、信じていないと言いたい」サー・ヒューバートはデルフィックに視線を戻した。「きみがこんなことを思いついたのは、その女性が去年たまたま事件に巻きこまれたときに描いた何枚かの絵のせいだと、わたしは理解しているが」

「おっしゃるとおりです。ただ、ミス・シートンの場合はクロワゼと違って、多かれ少なかれ無意識でやっているように思われます。霊能者などと言われたら、当人はおそらく憤慨することでしょう。失礼な言い方だと思うはずです。人々を絵に描くことがその本質を理解する助けになる――ミス・シートンが認めるとすれば、せいぜいそこまでです」

「なるほど」サー・ヒューバートはうなずいた。「あの事件のときにわたしが目を通した報告書からすると、わが記憶が合っているなら、それが彼女のスケッチに表現されていたすべてだったはずだ。つまり、人間の本質に対する鋭い洞察だ。彼女の場合は、潜在的な超能力が表に出てくるのではなく、人から受けた印象を彼女自身の表現手段で、すなわち絵で語ろうとするのだろう。いや……」言葉をはさもうとするデルフィックを無視して、サー・ヒューバートは言った。「いまのは意見だ。批判ではない。ゴスリン警視正が承認してくれるなら……」彼はデルフィックの直属の上司に目を向けた。

ゴスリン警視正は椅子にすわったまま、巨体を前かがみにした。「これは――そのう、いささかわたしの理解を超えるものと言っていいでしょう。優秀な警官には当人の裁量で自由に捜査を進めさせればいいと、わたしは思っております。反対すべき充分な理由がないかぎりは。しかし、感情や空想はわたしの得意とするところではなく、たいていの場合、理解できるふりをするつもりもありません。証拠にもとづいて結論を導きだすのは得意ですし、誰よりも優秀だと自分で思っています。しかし、なんの証拠もないまま絵を描くとなると、いやはや、わたしには理解できません。ただ、今回はそこがポイントです。なんの証拠もない。子供ばかりを狙った今回の連続殺人には、捜査の手がかりになりそうなものがいっさいないことを認めるしかありません。犯人は精神障害者に違いないという点を除いて、最初の事件が起きたとき以来、捜査はまったく進展していないのです。いまのわたしは、何か得られるかもしれない案があるならとにかく検討する価値あり、と考えるところまで来ています。いかに荒唐無稽な案であろうと」

「つまり」サー・ヒューバートはじっと考えながら言った。「デルフィックの荒唐無稽な案をきみも支持するというのだな。穏やかな年配女性を遺体安置所《モルグ》へ連れていき、子供の遺体を強制的に見せて、スケッチするよう頼むわけだ。殺しの答えがその子の顔一面に、あるいは、周辺にスタンプのごとく捺《お》されていることを期待して」

くそっ——デルフィックは思った——却下されそうな雲行きだ。二件目の殺人が起きたあと、デルフィックは精神障害者による犯行だと断定し、精神障害者を見分ける方法を学ぶ必要があると考えた。まずは精神科医に相談するのが近道だと思ったが、最終的にはプラマージェンの村はずれにある個人経営の小さな介護ホームを訪れ、去年の夏、ミス・シートンの騒ぎのときに出会って好印象を受けた相手に、つまり、ナイト医師に相談することにした。ナイト医師は健康上の理由から田舎にひっこむまでは、ロンドンでも指折りの脳神経科医だったのだ。医師はデルフィックの質問に興味を示し、喜んで説明してくれた。犯人は精神運動性癲癇《てんかん》の症状を示しているようだと医師から説明を受け、自分はそれを統合失調症の症状だと思い込んでいたけれど、どうやら間違っていたらしいと思いつつ、デルフィックはロンドンに戻ったが、その後、もうしばらく村に残ってミス・シートンにも相談したほうがよかったかもしれない、と後悔するようになった。相談のついでに殺人犯のスケッチを描いてもらえたかもしれない。この考えが頭にこびりついて離れなくなった。三件目と四件目の殺しのあとはもう強迫観念になってしまった——捜査の手がかりが得られるのではという期待。ごくわずかな期待に過ぎないけれど。そしてこの日の夕方、ルイシャムの現場で不意に確信したのだ。警視庁のオフィスに戻った彼は、警視正に相談する前に冷静かつ論理的に考えてみて、やはりこれが論理的な解決法だと納得するに至った。

しかし、いまは——考えが変わった。総監補の意見のほうが正しい。ミス・シートンをひっぱってきて、会ったこともない子供の死に顔を描かせようだなんて……去年は確かに、こうもり傘で周囲に迷惑をかけるのをやめて鉛筆を手にしたミス・シートンが、何人かの村人とその行動に関してデルフィックにいくつかの手がかりを提供してくれた。それが洞察力だったのか、直感だったのか、テレパシーだったのか、超能力だったのかはわからないが、どれもみな、彼女が顔を合わせ、話をし、つきあったことがある人々の絵だった。しかし、見ず知らずの遺体と向きあったとき——そこから何が得られるだろう？　それはともかく、ミス・シートンにどんな影響があるかをデルフィックは考えていなかった。ひょっとすると、彼女が病院に担ぎこまれてしまうかもしれない。それなのに、警視正に頼みこんでこんな協議をするなんて……絶望から生まれた愚行。サー・ヒューバートに悪い印象を持たれそうだ。狂気の沙汰だ。

「狂気の沙汰だな」サー・ヒューバートも言った。「だが、犯人は精神障害者であるという点で全員の意見が一致したわけだから、この案はこの案で筋が通っていると思う。ほかの警察がクロワゼやその同類の助力を仰いできたなら、われわれが指をくわえて見ている必要はなかろう。地元の人材が使えるのならよけい助かる——高い飛行機代を経理へ弁明せずにすむからな——しかも、表沙汰にせずにすむ。通常の方法で、つまり、画家として仕事を依頼すればいいわけだ。わたしから経理に話をして、適切な料金を決めておこう。ついでに、経費についても妥当な範囲内で。彼女はいまロンドンにいるのかね？」

ゴスリンは鼻を鳴らした。「残念ながらおりません。ミス・シートンが教えているハムステッドの学校に連絡をとってみましたが、復活祭の季節なので、ケント州のほうへ出かけているとのことでした。コテージを遺贈されたそうでして、それについてはデルフィックがよく知っていますが、コテージがあるのは例の小さな村です。ほら、去年、ミス・シートンが大騒ぎを起こしたあの村」

デルフィックは話が先へ進む前に止めなくてはと気づいた。「しかし、総監補のいまのお言葉を伺い、出かけるとしたら……」

「一刻も早いほうがいいというのだね？」サー・ヒューバートがあとを続けた。「うむ、賛成だ。ただちに出発したまえ。ええと、そのミス・シートンというのは、きみのところの部長刑事と面識があるんだったな？」

去年のことを思いだして、デルフィックは思わず口元をゆるめた「はい、総監補、しかし……」

サー・ヒューバートはてきぱきと指示を出した。「では、車の運転は部長刑事にさせるといい。村に着くまでにきみがぐったり疲れてしまっては困るからな。どこか泊まれる宿はあるのかね？」

「はあ、総監補」面倒なことになってきた。「去年は〈聖ジョージとドラゴン亭〉に泊まりましたが、しかし……」

「では、そこに部屋をとって、今夜じゅうにミス・シートンに会って、彼女を説得できたら、明朝、こちらに連れてきてくれ」サー・ヒューバートはデスクの上の予定表を広げた。

デルフィックは警視正にちらっと目をやり、助けを求めたが、向こうはあらぬ方を見ていた。「でしたら、総監補」ここはひとつ、きっぱりと言わなくては。「ご自身で……」

「うん、うん、もちろんだ」サー・ヒューバートが答えた。予定表のページをめくった。「さて、ええと——明日の午後四時にしようか。すまん、それまで予定が詰まっているのでね。いや、四時半のほうがいいかな。そのほうがミス・シートンにゆっくり時間をとってもらえる。彼女はモルグでただちにスケッチするのだろうか？　それとも、記憶を頼りに描くのかね？」

「ほとんどの場合、記憶からだと思います。少なくとも、わたしが見たスケッチはすべて記憶をもとに描かれていました」

サー・ヒューバートはうなずいた。「よし。明日の昼過ぎには、きみはルイシャムの現場で捜査に追われているだろうから、ミス・シートンのことは部長刑事に任せよう。部長刑事がミス・シートンとランチをとり、ここに連れてくる。きみの部屋でスケッチをしてもらう。彼女が動揺したり、狼狽《ろうばい》したりすることはないだろうな？」

デルフィックは思わず笑いだした。「いえ――あの――その点は大丈夫かと。わたしの記憶によりますと、何があっても動揺するような人ではありません。動揺するとしたら原因はただひとつ、新聞に派手に書き立てられることです。悪趣味だと思っているようです。動揺するのはむしろ、レンジャー部長刑事のほうでしょう。ミス・シートンと一緒だと、不思議の国に迷いこんだアリスのような心境になるらしい。ミス・シートンにはとうてい太刀打ちできないでしょう」

「なるほど」サー・ヒューバートは予定表を閉じて脇へ押しやった。「では、きみから変更の連絡が入らないかぎり、明日四時半にこの部屋で会うことにしよう。お茶の支度を命じておく。部長刑事にも同席してもらおう。変則的ではあるが、そもそも前例のないことをしているのだから、なるべく気さくな雰囲気を持続させたほうがいい。ミス・シートンもそのほうがくつろげるだろう」サー・ヒューバートは自分の執務室を見渡した。「いや、それは無理かな。そうそう、もうひとつ言っておかねば」デルフィックが発言しようとするのを制して、サー・ヒューバートはさらに続けた。「きみがカメラマンを雇うという普通の方法をとらずに、ミス・シートンに遺体のスケッチを頼むことにした理由を、あらかじめ説明してもらいたい。彼女にはどんな口実を使うつもりだ？　それと、ついでだが、ルイシャム署に対しては？」

デルフィックは発言の機会を得た。「個人的な感覚ですが……」

「すばらしい」サー・ヒューバートが口をはさんだ。「個人的な感覚か。よし、それでなんとかなるだろう。だいたいにおいて。いくらよく撮れていても、遺体の写真はあくまでも写真に過ぎない。目を閉じていれば死に顔だし、目があいていれば、鮮魚店に並んだ魚みたいに見えるだけだ。なんの個性もない」

やけを起こして、デルフィックは立ちあがった。「総監補――」

「なんだね？」

「さきほどのお言葉を拝聴しまして――」

「うれしいことを言ってくれる」サー・ヒューバートが割りこんだ。「わたしの話を聞いてくれる者がいるとは思わなかった。みんな、わたしに勝手にしゃべらせているだけで、何も聞いていないか、聞くとしてもほんのわずかだろうと思っていた」

デルフィックは話をはぐらかされないようにした。「総監補はわたしの案を狂気の沙汰だと言われましたね」

「言った」サー・ヒューバートは認めた。「そして、きみが自分で言っているとおり、わたしの話を真剣に聞いていたなら、狂気の沙汰であってもそれなりに筋が通っていると、わたしがつけくわえたことにも気づいたはずだが」

デルフィックは負けじと続けた。「しかしですね、わたしが考えたわけでは……」

サー・ヒューバートは片手を上げた。驚いている様子だった。「考えたわけではない？　警視、まさかこの期に及んで、きみの案はすべて衝動的な気まぐれの産物だったなどと言うつもりではあるまいな？　きみがゴスリン警視正に相談したときは、自分が何をしているのか考えもしなかったとか？　捜査方針と同時に予算もからんでくることだから、わたしが責任を負うことにし、警視正がこうしてあっというまに協議の場を設け、わたしが超過勤務をさせられ、ついでに言っておくと、わたしの場合、超過勤務手当は出ないのだが、とにかく、こうしてきみの提案に耳を傾け、きみに説得される結果となったというのに、きみは自分が何をしているのか考えもしなかったというのかね？　熟慮の末のことではなく、一時の気まぐれに過ぎないなどと言うつもりではないよう願いたい、警視」

「いいえ、総監補、そのようなことはもちろんありません。わたしは……」

「そうだろうとも。つまらぬことを考えて申しわけない。いまのように配慮に欠ける発言は」サー・ヒューバートは使うべき言葉を吟味した。「とうてい許されることではない。さて、ただちにケント州へ向かってくれ。でないと、きみが到着する前にミス・シートンがベッドに入ってしまうぞ」サー・ヒューバートは〝下がってよろしい〟という意味をこめてうなずき、デスクの上のファイルをとり、ページを開いて読みはじめた。

デルフィックは頭をくらくらさせながら、総監補の部屋を出た。

あとに残ったゴスリンが咳払いをした。「わたしは口出しを遠慮しておりましたが、〈御神託〉をあんなふうに小突きまわされるとは、少々手厳しすぎたのではないでしょうか？　〈御神託〉は荒唐無稽な提案をしてしまったと思い、逃げ腰になっている様子です」

「逃げ腰？」サー・ヒューバートはファイルをデスクに戻した。「いっそ、ぎっくり腰になればいいのに。いやいや、冗談はさておき、その女性の立場になって考えるという配慮がデルフィックには欠けていた。配慮すべきだとわたしは思った。あの男は事件のことで頭がいっぱいなのだ。わたしのほうで〝そっと背中を押して〟やらなかったら——これはきみの言葉遣いの優雅さをまねたのだが——わたし自身が提案を受け入れて〈御神託〉に実行を命じることになっていただろう。それはわたしにとってはいささか不都合な展開だ。できれば避けたかった」

「ということは」ゴスリンは頬を膨らませた。「超常現象というものを信じておられるのですね？　そのシートンという女が本当に何かを告げてくれるとお思いなのですね？　そんなことを信じておられるわけですか？」

「わたしが？」サー・ヒューバートは考えこんだ。「信じているとは言えない。いや、少しだけ信じていると言うべきか。わたしの狙いは主として、まったく別のところにあった。ミス・シートンが去年起こした騒ぎを記録した警察の事件ファイルと新聞記事から判断するに、あの女性は触媒の役目を果たしていると言っていいだろう」彼の目がゴスリンに向いた。

警視正はニヤッとした。「金属を変化させる物質のことですね」

「うん、そうだ」サー・ヒューバートは認めた。「概して、確かにそういう働きがある。だが、辞書にはこう定義されている。〝他の物質に加えた場合に化学反応を助長する物質のこと。化学反応が起きてもその物質自体が消滅することはない〟と。小児連続殺人の捜査は行き詰まっている。変化が、もしくは、捜査法の変更が必要だ。触媒を投入することでなんらかの反応が起きるのを、わたしは期待している。言い換えれば、ミス・シートンはたぶん、いや、ほぼ間違いなく以前と同じままだろうが、事件のほうには進展が見られるはずだ」

車はブレッテンデンで左折した。〝プラマージェン・ロード〟という標識を見た瞬間、レンジャー部長刑事はふっと考えた。

「警視」

「うん？」

「小さな村がどんなところか、噂がどうやって広まるか、警視もご存じですよね。しかも、村人はいつもでたらめな噂のほうを信じる。われわれがパブに泊まり、明日の朝ミス・シートンを連れて出発したら、村人の半分はたぶん、彼女が逮捕されたと思うでしょう」

「くそ」デルフィックは言った。「そこまでは考えなかった」

2

「あの人、きっと逮捕されたのよ。それから、リンゴを一ポンドお願いね」

都会では、地元の新聞が日々の地元の出来事を住民に伝える。これが村になると、新聞を発行しても採算がとれないが、公共心あふれる人々がつねに存在していて、新聞のかわりにその重責を果たし、村人の好奇心を刺激するニュースを次々と流してくれる。

プラマージェンの村でこのボランティア放送システムをとりしきっているのは、誰もが認めるように、ミス・エリカ・ナッテルとノーラ・ブレイン夫人（ミス・ナッテルの呼び方に従えば〝バニー〟）である。二人ともベジタリアンで、あだ名は〈ナッツコンビ〉。二人が暮らす家は、門の表札には〝リリコット荘〟と書いてあるが、当然ながら〝ナッツハウス〟と呼ばれていて、大きなガラス窓があり、〈ザ・ストリート〉の両側に並んださまざまな様式と時代背景を持つ家々のなかでもっとも現代的な住宅だ。プラマージェンには大きな通りが一本しかなく、リリコット荘はその真ん中に位置していて、向かい側はクラブという男性が経営するガソリンスタンドなので、村人の動静に関してこの二人が知らないことはほとんどない。ただし、曲解する場合が多い。

噂を広めるのにもっとも迅速かつ効果的な方法は、たぶん、買物に出かけることだろう。プラマージェンには商店が五軒ある。小さなパン屋、小さな肉屋、そのライバルとなる店が三軒。食料雑貨店と生地屋と郵便局だ。このなかでは郵便局がいちばんの人気店だ。ライバル店に比べると現代的な雰囲気で、食料品の種類は食料雑貨店より多く、生地の品ぞろえは生地屋より幅広く、フリーザーが一台ではなく三台も備えてある。

「逮捕？　ぜったいそうよ、エリカ、間違いないわ」ノーラ・ブレインも同意した。大豆ミートで作ったミートボールの缶詰を手にとり、ラベルのカラフルなイラストに目を凝らした。緑色のカビを点々と生やした茶色い球体が深紅の湖に浮かんでいる。

「何があったかは火を見るより明らかで、わたしはちっとも驚かないわ。前々から言ってきたことだもの。隠れた事情がないかぎり、殺人や何かに巻きこまれるなんてありえない。だってそうでしょ？」

あいにく、ミス・シートンは巻きこまれた経験がある。たった一人の親戚だった名付け親のバネット夫人が亡くなったあと、遺贈されたコテージに住んでわずかな収入でやっていけるかどうか試してみようと思い、去年の夏こちらに来たのだが、その前日、不運なことにロンドンで殺人事件の唯一の目撃者となり、警察にいろいろ訊かれ、その噂がケント州の村にまで届いたため、村人たちは珍しいショーを楽しむような気分でミス・シートンを迎えたのだった。

ミス・ナッテルは判定を下した。「そうですとも。わたしは巻きこまれたことなんかないわ」

「でしょう？」ブレイン夫人は勝ち誇ったように言った。「それが何よりの証拠。結局、あの人がこっちに来てからまだ数日しかたってないのよ。学校が休みに入ったなんて、よく言うわ」クスッと笑った。「ほんとは……」

「逃げてきたとか？」ミス・ナッテルが意見を出した。

「まあ、もちろん、わたしたちは何も知らないけど。それに、人さまを非難するつもりはないのよ。でも、何があったかは明白だわ。あの人、ロンドンの警察に何か嗅ぎつけられたものだから、こっちに逃げてきたけど、警察が追っかけてきて逮捕したのよ。昨日だってあんなことがあったんだから、もっと早く逮捕してくれてもよかったのに。幼いエフィー・ゴーファーがあの人に通りの真ん中へ突き飛ばされて、危うく車にひかれるところだったのよ。おまけに、車は止まりもせずにそのまま走り去った。ひき逃げ事故を起こすドライバーってほんとに不注意なんだから、運転なんかさせちゃいけないのよ。ミス・シートンだって大いに反省すべきだわ」

郵便局に買物に来ていた客のあいだに興奮の波が広がり、ゴシップの女王たるブレイン夫人が彼女の新約聖書（非公認にして簡約版）を使っておこなうお告げを聞き逃すまいとして、〈ナッツコンビ〉のほうへひそかに近づきはじめた。そこに反対派のリーダーが入ってきて、ミス・ナッテルと相棒のわずか一メートルほどうしろに立った。ミス・トゥリーヴズがゴシップ屋を毛嫌いしていることは、村の誰もが知っている。

「おはよう、ミス・ナッテル。おはよう、ミセス・ブレイン」

ノーラ・ブレインが飛びあがり、手にした缶詰を落としそうになった。周囲がいっせいに息をのんだ。ブレイン夫人はふりむいて牧師の妹に笑いかけ、正面攻撃が最上の作戦だと決めた。

「まあ、おはよう、ミス・トゥリーヴズ。あなたにお尋ねすればわかるかしら。いまちょうど噂をしてたところなの……」

「ミス・シートンのこと？」棘《とげ》のある口調だった。「さっき、名前が聞こえたから」

「いえね、どう考えても……」

「変だわ」ミス・ナッテルがあとを続けた。

一ポンド分のリンゴを量って袋に入れた郵便局長が戻ってきて、話題をそらすのに協力してくれた。「ほかにお入り用の品は？」

ミス・ナッテルはしかめっ面になった。「いえ、とくにないわ。あなたはどう、バニー？」

「ええと、これを――」ブレイン夫人はミートボールの缶詰を差しだした。「もちろんご存じでしょうけど、わたしたち、お肉は口にしない主義なのよ――この材料はなんなの？」

スティルマン氏がミス・シートンに会ったことは数えるほどしかないが、商店を経営する立場から、彼女のことを高く評価している。小柄な女性で、とても感じがよくて常識的、礼儀正しく、思慮深く、代金はその場で払ってくれる。なかなか払わない村人もけっこういるのだが。スティルマン氏は二人の女性にあたりさわりのない視線を向けた。

「ナッツです」と答えた。

全員の口から愉快そうなため息が漏れた。

自分たちのあだ名にまったく気づいていないブレイン夫人は、ミートボールを買うことにした。「じゃ、いただくわ」買った品をショッピングバッグに入れ、カウンターから離れてミス・トゥリーヴズと向きあった。「でも、どこから見てもすごく変だってことは、あなたも認めるしかないでしょ?」さっきの話に戻った。「けさの九時半ごろ、あなたがミス・シートンのコテージを訪ねるところを、わたしたち、たまたま目にしたのよ。はたきをかけてて窓から身を乗りだしたときに――警察がミス・シートンを迎えに来たあとのことだったわ……」

「だから、あなたもたぶん、わたしたちと同じ程度のことしか知らないわけよね」ミス・ナッテルが言った。

「いいえ、詳しく知ってるわ」ミス・トゥリーヴズは本当にそうならいいのにと思った。とはいえ、善意の嘘を口にしても、嘘をついたことにはならない。単に――ええと、正当な作り話をしただけのこと。「ロンドン警視庁の警視さんがミス・シートンに協力を求めてきたのよ」即興で話をこしらえた。

「あら、わたしたちもちょうど、同じことを言ってたところなの」ブレイン夫人がうなずいた。

「警察の捜査に協力してるわけね」ミス・ナッテルが結論を出した。

村の基準からすると、譴責《けんせき》を求めるミス・トゥリーヴズの動議が否決され、中立派のスティルマン氏の評価が高まったことになる。二人の女性は勝利の笑みを浮かべてお辞儀をし、〈ザ・ストリート〉で使命の続きを果たすべく郵便局をあとにした。

田舎の生活が単純なのは言わずと知れたことだし、簡単に理解できる。例を挙げてみよう。通りが一本しかない村で道に迷うことはありえない。もっとも、それに逆うかのように、北のほうからブレッテンデンを抜けて、もしくは、アシュフォード経由でプラマージェンに入る何本かの道路は見つけるのがむずかしく、これらの道路がどこで村から離れるのかもよくわからない。〈ザ・ストリート〉は広くまっすぐな道で、街路樹があり、南北に延びていて、一見、村の端で行き止まりになっているかに思われる。だが、その先は砂利道になり、〈聖ジョージとドラゴン亭〉を過ぎたところで道は左にカーブして、墓地に入っていく。〈ザ・ストリート〉の反対側の端のほうは、道路が右へ曲がってマーシュ・ロードに変わり、パン屋に隣接した庭の裏に隠れるようにして延びていく。この道には〝ライ〟という標識が出ているが、ライまでの距離は書かれていない。おそらく村役場で勝手に〝マーシュ・ロード〟と名づけたのだろうが、この名前を認めているのはすぐ近くの住人だけだ。地図か羅針盤を使えば、曲がりくねったカーブが連続するこの道路を避け、縦横に交差する小道を通ってライに着くこともできるが、マーシュ・ロードはあくまでもその名のとおりの道で、沼沢地《マーシュ》の向こう側をまわってブレッテンデンに戻ってくる。プラマージェンを出て南へ行こうとする場合は、〈ザ・ストリート〉が細い小道となって、ミス・シートンの庭の塀と隣家にはさまれる形で延びている。二〇メートルほど行くと、小道の幅が広くなって運河にかかった橋に続く。橋のすぐ右側にライへ直接続く唯一の道路がある。曲がり角には標識がなく、地図に出ているのは運河だけでこの曲がり角は省略されているため、どこで曲がればいいのか迷いがちだが、ここを過ぎると道路はT字路で行き止まりになり、左側はフォークストーン・ロード、右側はヘイスティングズ・ロードとなり、どちらもカーブを描いて海岸道路のほうへ向かう。南にあるこれらの道路を村人が使うことはほとんどない。

九キロ離れたライがいちばん近い町だが、プラマージェンの人々は商用のときも、遊びのときも、一〇キロほど北のブレッテンデンへ出かけるか、もしくは、その二倍以上も離れたアシュフォードへ出かけていく。この二つの町へは日に何本かバスが走っている。ライへ行くバスはない。プラマージェンの南側には公共のバスが通っていないのだ。この奇妙な現象は、たぶん、不信の念から生まれたものだろう。近代の方式と新しい産物に対する不信の念だ。ライの町はもともと小さな島だったのがノルマン人の港になったという成り上がり者で、プラマージェンから見れば、これは近代の産物であり、そこへ続く道路も新参者というわけだ。プラマージェンが古代ローマ人の港として栄えていたころ、現在の村の南にある土地はまだ、海底の幻に過ぎなかったのだ。

買物をすませたミス・トゥリーヴズは兄の昼食の支度をするため、〈聖ジョージとドラゴン亭〉と教会の墓地にはさまれた道の奥にある牧師館に帰ることにした。〈ザ・ストリート〉の向かいへ目をやると、ウェルステッド夫人の生地屋からブレイン夫人とミス・ナッテルが出てきて、リリコット荘の門を入っていくのが見えた。

ミス・トゥリーヴズは決心した――今回の警察騒ぎの真相を突き止めて、それを村じゅうに広め、みんなにはっきり理解させなくては。ミス・シートンのせっかくの休日が台無しになったら気の毒すぎる。村のみんなにはまったくうんざりさせられる。荒唐無稽な話をでっちあげ、それを信じこみ、周囲に迷惑をかけて顰蹙《ひんしゅく》を買ってることなんて考えもしない。真実を知る気がないのだ。真実はたいてい退屈なものと決まっている。そうだわ、警察が来たのは、バネット老夫人の顧問弁護士だった男の件かもしれない。あの弁護士はとんでもない悪党で、横領罪で刑務所に入れられた。それに確か、薬物もからんでいたはず。製造していたか、密売していたか——そんなようなことだった。ところで、わたしの記憶が正しければ、警察が弁護士を逮捕したとき、ミス・シートンの遺言書の検認手続きはまだ完了していなかった。なるほど、それだわ——なんて単純なことかしら——警察の用件はそれだったのよ。あの迷惑な弁護士が残していったゴタゴタを片づけるために、警察が新たな情報を必要としてるんだわ。郵便局にいるあいだに気づかなかったのが悔やまれる。

ミス・トゥリーヴズが牧師館の門に着くころには、この単純明快な説明が彼女の頭のなかで事実と化していた。ミス・シートンのコテージに納得の視線を送った。コテージの主が戻ってくる前にすべてをはっきりさせて、真実が知れ渡るようにしておこう。コテージの名前はスイートブライアーズ荘、〈ザ・ストリート〉に面して何軒か並んだ住宅の一軒だが、その玄関が開いてマーサ・ブルーマーが出てきた。

ミス・シートンが名付け親から受け継いだ財産には、近所に住む農業従事者夫婦との取決めも含まれていた。ミス・シートンが費用や道具を用意する。スタン・ブルーマーが庭と鶏小屋の世話をして、ミス・シートンと彼の家族のために卵とニワトリと野菜を育て、余った分は売って、賃金をもらうかわりにその代金をふところに入れる。いっぽう、妻のマーサは、週に二日ずつ午前中にやってきて家事をする。時給三ポンド六ペンス。

　ブルーマー夫人がコテージの玄関ドアを閉め、門に続く小道を歩きはじめた。夫人は突然、木の柵の内側に茂った生垣に飛びこみ、じたばた抵抗するだらしない服装の少女をひきずって出てきた。ミス・トゥリーヴズは牧師館の門にふたたび掛け金をかけて、〈ザ・ストリート〉を渡った。

「今度またここそこそ嗅ぎまわってるのを見つけたら、コソ泥みたいな迷惑チビちゃん、わたしが力いっぱいひっぱたくからね。ついでに、あんたの母さんに言いつけてやる」ブルーマー夫人が説教していた。

　エフィー・ゴーファーは鼻を鳴らした。

「エフィー」二人のそばまで行って、ミス・トゥリーヴズは少女を叱りつけた。「どうしてよその庭をのぞいたりするの？　前にも叱られたでしょ。いったい何をしてたの？」

「見てた」

「あのね、そういうことは二度としないで。でないと、誰かに頼んで、お尻を思いきりぶってもらいますからね。そういえば、このあいだ、ミス・ウィックスがあなたのことでぼやいてたわ」

エフィーの目が輝いた。「あの人、バラバラになるんだよ」

「嘘ばっかり」

「嘘じゃないもん。風呂場の窓から見てたらバラバラになったもん。歯をはずしてコップに入れた。髪もはずして棚にのせた。あたし、見てたの」

ミス・トゥリーヴズは憤慨した。「エフィー、よくまあ、そんなことが言えるわね。どうしてそんなぞっとする言葉をくりかえすの？」真実だから、なおさらぞっとさせられる。リスみたいな前歯のせいで、ミス・ウィックスがしゃべると息が漏れる——かかりつけの歯医者ならきっと……それに、ヘアピースをつけているのも一目瞭然だ。色が違うからすぐわかる。でも、話題にするのは禁物。話題にならなければ無視してかまわない。しかし、いったん話題にのぼったら、催眠術のような効果が生じ、ぼうっとなった村人はミス・ウィックスと話をしながら自分の髪を軽く叩いてみたり、もっと困ったことには、歯のあいだから息を漏らすようになってしまう。

「ここのおばさん、あたしの絵を描いてるの。あたし、モデルをしたから、ちょっとのぞいてみただけ！」エフィーはぐずった。

「でたらめだわ」ミス・トゥリーヴズは言いかえした。「とにかく、ミス・シートンはいま留守なのよ」

「うん」エフィーはうなずいた。「警察に連れてかれたもん。あたし、見てた」

「見てた？」

「そうよ。前に来たのとおんなじ人たちだった。ロンドンから来たおまわり」あのおばさんのせいで、あたし、お尻が痛かった。こうもり傘であんなふうに突き飛ばすんだもん。仕返ししてやんなきゃ。「で、テレビでやってるみたいに手錠かけられて、蹴ったりわめいたりして……」

マーサ・ブルーマーがエフィーを揺すぶった。「もうっ、この嘘つき――」

「エフィー」ミス・トゥリーヴズが割って入った。「さっさと家に帰りなさい。お母さんに言っといて」怖い声でつけくわえた。「お昼をすませてからお邪魔しますって」

ヒキガエルのような姿が〈ザ・ストリート〉をのろのろ渡って向こう側の村営住宅へ向かうのを、ミス・トゥリーヴズは見守った。首をふった。「あの子、最後はろくなことにならないかも」

「わたしに言わせてもらえば」ブルーマー夫人がぶっきらぼうに言った。「すでにろくでもない子になってますよ。早く最後が来てくれればいいのに。手錠だなんて、まったくもう。よくもそこまで言えたもんだわ。おまけにあんなに騒いだりして。あんな子と関わりあったりしたら、わたしのほうが騒ぎたくなりますよ」

「ミス・シートンがコテージを出る前に、ひょっとして顔を合わせなかった？」

「いいえ、会ってないです。わたし、今日は午前中だけライサム館へ出かける日だったから。けど、メモでも置いてないかと思ってのぞいてみました。何もなかったです。冷蔵庫に食事の残りものが入ってたんで、あれこれ材料を混ぜてパイを作っときました。くたくたに疲れて帰ってくるだろうから、夕食にどうかと思ってね。なんなら、明日のお昼に食べてもらってもいいし」

「今夜はロンドンのフラットに泊まるんじゃないかしら」ミス・トゥリーヴズは言った。「そのほうが疲れずにすむわ。来学期が終われば退職してこちらに永住するでしょうけど、それまではフラットを手放さないと思うのよ」

この勝手な推測は、じつのところ、ミス・トゥリーヴズが思っているほど確かなものではなかった。ミス・シートンは遺産が入ったことを幸せに思い、コテージへの愛も深まっているが、ふところ具合に頭を悩ませていた。来学期の終わりに本当に退職した場合、ささやかな収入にわずかな貯金と老齢年金を足しただけで暮らしていけるだろうか？　田舎で暮らすことにしたら、科学技術専門学校《ポリテクニク》で、いえ、最近は〝イブニング・インスティテュート〟と呼んでるようだけど、とにかく、そこで教えるのも、個人的に生徒をとるのも、あきらめるしかない。ハムステッドの学校で週に二日教えて給料をもらい、不足分を科学技術専門学校と個人教授の収入で補ってきたのに。いっぽう、プラス面としては、家賃を払わなくていいし、食費もそんなにかからないことだろう。でも、家の維持費や修理代を計算に入れなくてはならない。それに加えて住民税があり、これまでの経験からすると、税金には年々上がるという不思議な傾向があるし、その一方、貨幣価値のほうはそれに劣らず不思議な傾向を示してどんどん下がっていく。

「あなたもさぞほっとしたでしょうね、マーサ」ミス・トゥリーヴズは話を続けた。「何年もバネット老夫人のお世話をしてきたあなたですもの。コテージに今後も身内の人が住んでくれることになって」

「そう願ってます」マーサはうなずいた。「で、ミス・シートンが戻ってくるのは明日になるっていうんですか？」

ミス・トゥリーヴズは牧師館のほうへちらっと目を向けた。アーサーのお昼が遅くなってしまう。もっとも、兄さんは気づかないだろうけど、でもやっぱり……。「確かめたわけじゃないのよ」あわてて言った。「弁護士の件を片づけるのにどれぐらいかかるかによるわね」

「弁護士？」マーサは驚いた。「あら、あの事件は完全に終わったものと思ってました。あの弁護士は完全に終わりです。いまは刑務所のなかだし」

ミス・トゥリーヴズはいらいらしてきた。「ええ、ええ、もちろんそうよ。でも、今回のことは彼に財産を奪いとられた人たちに関係することなの――どれぐらいの額が動いたのかは知らないけど――でも、警察はミス・シートンが何か情報を提供してくれるのを期待してるんだわ」

「あら、意外なことを。ミス・シートンはあの弁護士のことなんかほとんど知らなかったし、好意も持ってなかったですよ。刑事さんたちは最初からずっとミス・シートンの絵に関心を持ってて、だから、わたし、刑事さんたちが似顔絵作りをミス・シートンに頼みに来てくれるよう願ってたんです」

ミス・トゥリーヴズはその意見を一蹴した。「いえ、いえ、それは違うわ。横領事件にからんだことなの。さて、ほんとにもう帰らなきゃ。でないと、いつまでたってもお昼の支度ができなくなってしまう」向きを変えて立ち去ろうとし、そこでふりむいた。「そうそう、マーサ、さっき、ミス・ナッテルとブレイン夫人がいろいろ噂してたわ――それも、見当違いの噂ばかり――だから、誰かに訊かれたら、警察が来たのは横領事件をすっきり片づけるためだって答えておくのがいちばんだと思うの。この真相を一刻も早くみんなに知ってもらわなきゃ。だって、問題児のエフィー・ゴーファーまでろくでもない噂を広めたら、みんな、何を言いだすかわからないでしょ」

「なんだって言うでしょうよ」レディ・コルヴデンは自分のカップに紅茶のおかわりを注いだ。「まったく、何を言いだすことやら」

小さな村の暮らしには都会人を困惑させる神秘的なところがある。都会では誰かが何か失敗して悪評が立ったとしても、みんなすぐに忘れてしまう。これが村となると、悪評が立っても立たなくても、すべての者の行動に村の全員が興味を持ち、みんなで綿密に調べ、詳しく分析する。

マーシュ・ロードが始まるあたりでは、家々は道路からひっこんだところに建てられ、どの家も玄関先まで車で入れるようになっていて、木立が人の目をさえぎっている。都会人の目には、文字どおり、プライバシーが守られた住宅に見えることだろう。しかしながら、都会では当たり前のプライバシーも小さな村には存在しない。

つい先日も、準男爵、バス二等勲爵士、殊勲十字章受章者、治安判事の肩書きを持ち、マーシュ・ロードの端に建つ屋敷の主であるサー・ジョージ・コルヴデン少将が遭遇した事件なのだが、すぐ隣に住む六〇代の未亡人が、彼の屋敷の庭に入りこみ、糸杉の木に向かって小さな斧《おの》をふるっていて、その現場をサー・ジョージに押さえられた。むっとした未亡人はブレッテンデン地方自治区議会に苦情を訴えた。亡き夫が使っていた双眼鏡を自治区の調査官に差しだし、その苦情が正当なものであることを自分で納得のいくまで立証した。もっとも、調査官は納得しなかった。木々の生長によって視界がさえぎられたと未亡人が主張したのだ。ライサム館の寝室の窓をのぞくことができなくなった。そのため、いまではレディ・コルヴデンが何時に明かりを消すのかも、朝は何時にカーテンをあけるのかもわからない、と言うのだった。レディ・コルヴデンはそれから何日かのあいだ、無意識のうちに上空へ神経質な目を向けるようになった。未亡人が隣人のプライベートな事柄に対するごく自然な好奇心を満たそうとして、気球を上げたり、ヘリコプターを飛ばしたりしていると困るからだ。

「けさ、マーサに言ったのよ」レディ・コルヴデンは空っぽのケーキ皿に目をやった。「掃除の時間を少し削ってドーナツを作ってもらえないかって。あなたがどんどん食べるでしょ、ナイジェル。カロリーはどこへ消えるの？　わたしなんか、一個食べただけで太ってしまう。ところが、あなたは三個食べても少しも変わらない。不公平だわ。それにしても、村の人たち、何を言いだすかわからないわね」さっきの話題に戻った。

「ぼくの甲状腺機能が活発なのと、重労働をしてるおかげさ」ナイジェルは母親に言った。

った。「今日の午後、フォーエイカーで種まきをしたんだけど、トラクターのエンジンが故障したもんだから、分解して直すのに三〇分も無駄にしてしまった。何が起きるかわからないよ」そこで質問した。「ねえ、みんな、例えばどんなことを言ってるわけ？」

「気の毒なミス・シートンに関する噂よ、もちろん。あんなくだらない噂、聞いたこともないわ。それから、とにかく、トラクターを乗りまわすのが重労働だなんて、わたしには思えない。男性が馬を使って耕してた時代を覚えてるから」

「覚えてる年齢じゃないだろ」

「あら、本で読んだのよ。結果的には同じことだし、そのほうがずっとすてきでしょ」

「男性が？　それとも、馬が？」

「くだらないこと言わないで。それにしても、あんまりよね。お気の毒に、こちらにいらして数日しかたってないのよ。それがこんなことになってしまって。去年も相当ひどかったけど。でも、ミス・シートンがこちらに来るたびに、毎回そういう騒ぎが起きるのなら……」

「毎回じゃないよ、母さん。だって、ミス・シートンは去年のクリスマスもこっちに来てたけど、あのときは何も起きなかったじゃないか」

驚きのあまり大きく開いた無邪気な目がナイジェルを凝視した。「クリスマスのとき？　どうしてそう言えるの？　まあ、何か起きたとしても、わたしたちは気づかなかったでしょうけど。戦闘の最中だったから」

戦闘の火蓋が切られたのはクリスマスイブのことだった。

ミス・ナッテル、ブレイン夫人、そして、彼女たちと仲のいい女性三人が、夏からせっせと花と葉と草を乾かしてきた。萎《しお》れて枯れた植物の束が台所にぶら下がり、ことあるごとに彼女たちの顔を直撃し、料理に風味を添えるようになった。クリスマスイブの朝、彼女たちは枯れた植物を意気揚々と教会に運びこみ、一時間かけていくつもの花瓶に活けて大満足し、誇らしげにあたりを見まわしてから、すばらしい出来だと思いつつ教会をあとにした。

午後になると、教会の委員会のメンバーであるレディ・コルヴデンがクリスマスツリーの飾りつけをするためにやってきた。枯れた植物の残骸が教会にあふれていることにショックを受けて、花瓶から抜き、投げ捨てて燃やしてしまった。車でライサム館に戻って春咲きのクリスマスローズを何本か切った。普通のクリスマスローズが四旬節前に花をつけることはめったにないのに対して、春咲きのものは一二月に花の時期を迎える。さて、二時間かけてせっせと働き、木々と花の飾りつけを完成させたレディ・コルヴデンは、あたりをざっと見まわし、すばらしい出来だと思いつつ教会をあとにした。

そのあとに起きた大騒ぎのあいだ、村は二つの陣営に分かれて戦った。会合の席で言葉が交わされ、微笑が飛びかい、最後に捨てゼリフがぶつけられた。礼儀をわきまえない衝突がいっこうに衰えることなく続いたが、二月に入ると教区雑誌に辛辣な投書が掲載されたため、ぎこちない休戦協定が結ばれた。投書にはアーサー師という署名がついていたが、本当のことをいうと、牧師よりも気の強い妹のミス・トゥリーヴズが書いたものだった。教区の歴史において、この騒ぎは当然ながら〝バラ戦争〟と呼ばれることになった。

ナイジェルは指を折って記憶をたどりはじめた。「ええと、ミス・シートンが初めてコテージに滞在したとき、ぼくらは殺人、水難事故、ガスによる自殺未遂、銃撃、車の衝突事故、誘拐、横領に巻きこまれた」母親に問いかけるような視線を向けた。「でも、母さんはそういう些細《ささい》なことより枯れた花を投げ捨てたほうが重大事件だと思ってるんだね」

「ええ、もちろん」レディ・コルヴデンは答えた。「あなだって自分で投げ捨てたなら、そう思ったはずよ」お茶のテーブルの向かい側で紙がカサッと小さく音を立てた。『週刊農業品種改良』を持っていた手が震えたのだ。レディ・コルヴデンは新聞に向かって声をかけた。「ジョージ」

「なんだね」

「ちっとも話を聞いてないでしょ」

「すまん」

「やっぱり。言うまでもないけど、モリー・トゥリーヴズにはがっかりだわ。あとの村人が何をしようと、わたしは驚かないわよ。でも、モリーだけはもっと分別があると思ってた」

ナイジェルが最後のドーナツをたいらげて皿を置き、指をナプキンで拭った。「どういうこと？」

母親は驚いた様子で息子を見つめた。「だって、あんな馬鹿げた話をくりかえすんですもの」

息子は自分を抑えて尋ねた。「どんな話？　母さんは忘れてるようだけど、ぼくたち農業好きな人間はトラクターに乗って一日じゅう畑をぶらついてるから、世間の話題についていけなくなることが多いんだ」

「ミス・シートンが横領罪で逮捕されたなんて言うのよ」

「なんだって？」ナイジェルは叫んだ。サー・ジョージは新聞を置いた。

「ほら見なさい」レディ・コルヴデンは満足そうに叫んだ。「あなたのお父さんもさすがに豚小屋からお出ましだわ。今日の午後、生地屋へ買物に出かけたら、ウェルステッド夫人に言われたの。〈ナッツコンビ〉から聞いた話らしいけど、警察がミス・シートンを連行するのをあの問題児のエフィー・ゴーファーが見たんですって。ほら、ロンドン警視庁から来たすてきな刑事さんと、いつもノートを抱えててアン・ナイトに夢中になってる大柄な若い人。あら、名前が思いだせないわ。年上の人のほう。外国人みたいな名前だったわね」

「デルフィック警視？」ナイジェルは尋ねた。

「それそれ、ギリシャっぽい名前……」レディ・コルヴデンは不意に黙りこんだ。

「ジョージ、どうしてそんな目でわたしを見るの？」

「話を拝聴してるんだ」

「もうっ、やめてよ。そういうのに慣れてないから、落ち着かなくなってしまう。噂の元はきっとエフィーね。スパイみたいなことばかりしてるあの子をどうして誰もたしなめようとしないのか、わたしには理解できないわ」

「首を絞めてやればいい」ナイジェルも同意した。

「やめなさい」母親が叱りつけた。「今日の朝刊にまた出てたわよ。小さな男の子。場所はルイシャム。子供を殺すなんてあんまりだわ。でも、どうしても子供の首を絞めたいのなら、正直なところ、エフィーにしてほしいけどね。犯人に宛てて広告でも出したほうがいい?」

「脱線しないでよ、母さん。それと、やたらとしゃべるのはやめてほしいな」

レディ・コルヴデンはむっとした。「失礼ね。それはともかく、わたし、馬鹿馬鹿しくて話にならないってウェルステッド夫人に言ったのよ。ところが、彼女、エフィーのほかにもそう言ってる村人がいる、その人は横領事件がからんでることをマーサから聞き、マーサはモリー・トゥリーヴズから聞いたっていうの。村の人たちにも困ったものね。とにかく、横領事件だなんて馬鹿げてるわよ。だって、今日はマーサが午前中だけ来る日だったけど、そんな話はひとことも出なかったもの」レディ・コルヴデンは考えこみ、それから顔を輝かせた。「ねえ、考えようによっては、ミス・シートンがまた騒ぎを起こしてくれればすごく助かると思うのよ」

「どんな騒ぎを?」ナイジェルが訊いた。

「そうねえ」レディ・コルヴデンは何かいい案が浮かばないものかと、部屋のなかを見まわした。「殺人か何か。ミス・シートンには避けようがないんだと思うわ。災難につきまとわれるタイプの人ね。いえ、彼女が災難につきまとうのかも。どっちかしら——本人は自覚してないでしょうけど。これが村の人たちの話題になれば、あの枯れた植物のことをみんながやっと忘れてくれるかもしれない」

「横領事件の噂を止めなくては」サー・ジョージが言った。

「大丈夫よ。もう止めたわ」妻が彼を安心させた。「わたしが止めたの。ミス・シートンは今夜うちで食事をする約束になってるって、ウェルステッド夫人に言っておいたわ」

「うちで？」ナイジェルが叫んだ。

「ええ。クラブさんのガソリンスタンドに電話をしたら、ロンドン警視庁から頼まれて、六時四〇分の列車でヘッドコーン駅に着くミス・シートンを車で迎えに行くことになったって言うのよ。だから、わたし、車をキャンセルして、クラブさんが行く必要はないって言っておいたの」

「母さんが……？」珍しくもナイジェルが絶句した。

「そうよ。わたしが食事の支度をするあいだに、あなたがミス・シートンを迎えに行けばいいと思ったから。でね、帰りは〈ザ・ストリート〉をゆっくり走ってちょうだい。みんなによく見えるように。気の毒なミス・シートンが疲れてるようなら、ソファで横になってもらって、食事はトレイにのせて運べばいいでしょ」

「あ――あの、つまり」咳《せ》きこみながら、ナイジェルは言った。「ミス・シートンがロンドンへ何しに行ったのかを探るために、誘拐しようってこと？」

「とんでもない」母親は言いかえした。「親切心からよ。噂を消すのに役立つでしょ。それに、とにかく〈ナッツコンビ〉はがっかりするだろうし。ミス・シートンがロンドンで何をしてきたかを話す気になれば、耳を傾けるのも悪くないわ。そうでしょ？じつはね、ウェルステッド夫人と、ついでにクラブさんにも、詳しく説明しておいたから、いまごろは村じゅうに噂が広まってるはずよ。わたし、こう言ったの――ミス・シートンがロンドンへ出かけたのは、警視庁に頼まれて絵を描くためだった、って。もちろん、全部でたらめだけど、逮捕されたという噂よりはましだわ」

サー・ジョージの目が大きくなった。「いや、たまたま事実だ」

「もうっ、馬鹿なこと言わないで、ジョージ！」レディ・コルヴデンは叫んだ。「人の話を聞いてないんだから。もちろんでたらめよ。いま言ったでしょ。わたしがその場ででっちあげたの」

「いや、事実だ」サー・ジョージは言いはった。「けさ、デルフィックがロンドンへ発つ前に電話をかけてきて、説明してくれた」

「まあ、ひどい！」レディ・コルヴデンは憤慨した。「とんでもない人ね。そこにすわったまま、最初からすべて知ってたけど黙ってたんだ、って言うつもり？」

「われわれが口出しすべきことではない」

「あら、すべきよ。誰もが口出ししてるし、ミス・シートンを守るのがわたしたちの役目ですもの。わたしは村を駆けまわり、純粋な善意から嘘をついてまわったのよ。でも、あなたが話してくれさえすれば、嘘ではないという自信が持てたのに」


狭い意味で言うと、田舎の人々の奇妙な行動は都会っ子には理解しがたいかもしれないが、視野を広げてみると、全体的な構図は遠くからのほうがつかみやすい。ロンドンからだと、距離があるおかげで、ゆとりを持って物事を見ることができる。魅了されることはないにしても。

「あんまりだわ。わたしにこんなことさせようだなんて。死ぬ——死んでしまう」

「花を贈ってやるよ」『デイリー・ネガティヴ』紙の編集長が約束した。「交際費で落とせる」

「でも」アミーリア・フォービーは編集長のデスクの端を両手でつかんで身を乗りだ

した。「ここはフリート街なのよ――新聞社が集まっている通り。わたしの故郷なの」デスクから鉛筆をとって、編集長の腕を小突いた。「覚えてます？　最初から犯罪担当って約束だったでしょ。海外特派員じゃなくて。わたしは都会の女なのよ。神に見捨てられたような僻地の村で何をしろというの？」

編集長は椅子の位置をずらして、鉛筆で小突かれる範囲から逃れた。「経験を積み、視野を広げてほしい」

ミス・フォービーは鼻を鳴らした。「入社して一週間で、わたしの視野は幅一五メートルのスクリーンぐらいに広がったわ。それから、経験については……はっきり言って、得るものより失うもののほうが多かった。それはともかく、このプラムなんとかって、どこにあるんです？　どうやって行けばいいの？　パスポートが必要？」

「必要ないと思う」編集長は大真面目に答えた。「英国の領土に含まれている。アシュフォードではいつでもサファリ旅行が楽しめる。それから、紙にプラマージェンと書いて見せてまわれば、そのうち誰かが〝へえへえ〟とか〝んだな〟とか、とにかくそっちで使われてる言葉で返事をしてくれるだろう。今回の出張に感謝してもらいたいね、メル。考えてもごらん。いまは三月、春がそこまで来ている。ケント州はイギリスの庭園と言われてるんだぞ。それに、空気が清々しいそうだ」編集長は身震いをした。

「清々しいですって？　やめてよ」彼女は鉛筆を投げ捨てた。「で、わたしは庭の花みたいに見えます？」

編集長は彼女の怒った顔をしげしげと見た。「率直なところ、そうは見えない。むしろ、暖房されすぎた蘭だな」椅子をもとの場所に戻し、鉛筆を彼女の手の届かないところへどけた。「悪いな、メル、だが、やはりきみに頼みたい。わがスパイの報告によると、けさ、デルフィックがあの女性をロンドンに連れてきて、ルイシャムへ出かけ、いまは警視庁にいるそうだ。その理由を知りたい」憤慨している部下に、編集長はニッと笑ってみせた。「あちらの村へ出かけて、特ダネがとれるまで泊まりこんでもらいたい」

「何も起きなかったら？」

「そのときは農家の男と結婚して、向こうで落ち着くといい。今回の件が片づくまで社には戻らないでくれ」編集長は考えこみながらゆっくり言った。「予感がするんだ——こういうことには鼻が利くんでね。ルイシャム。昨日、あの子供が殺された場所だ。なあ、メル」編集長の口調が突然熱を帯びた。「大特ダネになるかもしれんぞ。それに、少なくともこのシートンって女の前歴からすれば、きみは刺激的なひとときが過ごせるはずだ」

「前歴?」彼女は怒りを爆発させた。「まったくもう。前歴だったら、去年ひとつ残らず読みましたよ。〝戦うこうもり傘〟の記事を。筋骨隆々の戦斧《せんぷ》をふりまわしそうな女教師が傘を手にして傍若無人に人生を進んでいく。何か予感がするというなら、編集長が取材に行ってくださいよ。せっかく鼻も利くことだし」

編集長は首を横にふった。「わたしに言わせれば、去年のあの騒ぎを扱った記事はひどいものだった。ここはひとつ、女性の視点《タッチ》が必要だと思う」

「あら、そう? でも、わたしに言わせれば、おかしいのは編集長のほうだわ。記事を読んだときの感想からすると、その女教師をおとなしくさせておくにはフリースタイルのレスリング選手が必要ね。わたしはどこかのジムへワークアウトに出かけたほうがよさそうだわ」

編集長はデスクの上で両手を握りあわせ、まじめな声で言った。「よく聞くんだ、メル。何か怪しいことが起きたときにそれを嗅ぎつける術《すべ》を学ばないと、わたしのように長く記者生活を続けることはできないぞ。今回はきみの自由にしていい。好きなように取材しろ。自分の望む切り口で記事を書け。だが、特ダネをものにするまであきらめるな。きみは最初からこの件を担当することになる――いや、始まる前からだ。

きちんと取材して、いい記事を書くんだ。週に一度、二度、三度、あるいは、毎日――どういう展開になるかで頻度は変わるが――とにかく、記事を送ってくれ。きみの記事をボツにしないよう、指示しておくから、凝った文章にするのはやめろ――経費の無駄遣いもやめろ」

「ボツにしないよう？」彼女は呆然《ぼうぜん》と編集長を見た。「編集長ったら頭がどうかしてしまったのね。それと、〝指示しておく〟ってどういうこと？――留守にするの？」

「明日の朝、イタリアへ出発する。二週間、太陽を浴びて過ごせる――といいんだが」

メル・フォービーはドアのところで足を止めた。「ナポリを見て――」毒を含んだ口調で言った。「あなたに贈る花は自腹を切ることにするわ」ドアが乱暴に閉まった。

編集長はクスッと笑った。内線電話をひきよせた。

「ディックか？　いまメルに話した――『不思議の国のアリス』の帽子屋より怒り狂ってるが、メルは今夜のうちにロンドンを離れるから、きみがなだめる必要はない。向こうで好きなように取材させて、送られてくる記事はすべてそのまま印刷にまわしてくれ」編集長はしばらく相手の言葉に耳を傾けた。「もちろん、過酷な仕事だが、それがわたしの狙いなんだ。それからメルがあっちに出かけた理由を誰にも悟られるんじゃないぞ。誰かが興味を持てば、静かな田舎に落ち着いてひっそり暮らそうとする〝戦うこうもり傘〟のことが、またしてもお涙頂戴的な記事になってしまう。この件に関しては、とにかく秘密裡に進めてもらいたい」電話の向こうで抗議の声が上がった。「心配しなくていい」編集長は言った。「リスクは計算済みだし、わたしが責任をとる。上の了解はとってあるから、きみが責任を負う必要はない。とにかく、メルには村で犯罪を取材してもらい、愉快な切り口で記事を書いてほしいと思っている。わたし個人としては、いい結果が出るほうに賭けている――高く評価される特集記事になるかもしれない」受話器を戻し、一人で笑った。留守のあいだ、見守ることができなくて残念だ。ファッション記事を書かせてもメルはなかなかのものだが、犯罪記事となったら、とびきりすごいものを書きそうだ。しかし、おもしろい事実があれば集めてまわるに限る。ライバル新聞社が嗅ぎつけて男性記者を派遣し強引に割りこませるようなことは、たぶんないだろう。わたしの見込みが正しければ、『ネガティブ』は大スクープをものにするはずだ。

3

ミス・シートンのスケッチが総監補のデスクにのっていた。

変だな――総監補は思った――こんなにがっかりするとは。どちらかといえば、最初からほとんど期待していなかったのに、落胆の思いがなかなか消えない。

デルフィックも落ちこんでいた。だめでもともとと思っていた。やはりだめだった。しかし、自分の期待がずいぶん大きかったことに、いまのいままで気づいていなかった。ゆうべはミス・シートンの抵抗を強引に押しきった。かなり抵抗された。彼女にしては珍しく頑固だった。デルフィックは必死に説得し、頼みこみ、やがて、モルグへ行くのをいやがっているのではなく、妙なことだが、絵を描くこと自体を渋っているように思われたので、彼女にうしろめたさを感じさせる作戦に出て、強引に承知させるしかなかった。だが、結果からすると、たぶんミス・シートンが正しかったのだろう。自分が一人でロンドンに戻るべきだった。

時間の無駄だったな。ゴスリン警視正は椅子にすわったままもぞもぞしながら、自分のオフィスに戻って仕事にとりかかる口実を考えだそうとしていた。今回は〈御神託〉も失敗したようだ。これが絵だというなら、やはり正面からと側面からの写真を使うほうがよかった。どうやら、調子よくスケッチを始めたミス・シートンが途中で飽きてきて、やがてひどい出来だと気づき、全体を×印で消して幾何学模様を少し描くことにしたようだ。

総監補はティーポットを持ちあげ、もう一度ちらっと絵を見た。顔の左側は線が少しぼやけているものの、そう悪くないが、右側がひどすぎる。汚れていて、粗削りで、見ようによってはぞっとする。それにしても、なぜ顔の上に水平の波線が何本かひかれ、途中に大小ふたつの半円が重ねて描いてあるのか？　わけがわからない。だが、よく見ると、このスケッチには紛れもなく人を不安にさせるものがある。無視することも忘れることもできない。総監補は気をとりなおし、気さくな口調で話しかけることにした。

「ところで、ミス・シートン」紅茶のおかわりを彼女に渡しながら言った。「あなたが描く似顔絵というか、より正確に表現するなら、漫画というべきか、とにかくそのことは警視から聞いておりますが、昔からこういうものを描いておられたのですか？

それとも、最近になってからでしょうか?」

あらあら、困ってしまう。サー・ヒューバートにこんな質問はされたくなかった。ミス・シートンは紅茶を飲んだ――かなり濃い。でも、お砂糖が入っていなくて助かった。彼女は目下、困りはてていた。誠実に答えるべきだとわかってはいるが、何が真実かを判断するのがむずかしい。漫画? 似顔絵? 自分の絵をそんなふうに考えたことは一度もなかった。昔からこういうものを描いていたのか? それもまた、答えにくい質問だ。

じつをいうと、こういう絵は昔から描いていたのだが、自分の絵に眉をひそめるようになったのも事実だ。記憶を頼りに人物や出来事をスケッチするのは早くから開花していた才能で、そこから美術教師への道を進むことにしたのだった。

こんな情景が浮かんできそうだ――妖精のゴッドマザーが二人、ミス・シートンの洗礼式にやってきた。それぞれ自分の能力を活かして子供に最高の贈物をしようと決めていたが、二人のあいだで事前に相談するのを忘れてしまった。一人目のゴッドマザーは格調高いしきたりに従って薄く透ける衣をまとい、きらきら光る杖を持ち、その杖をふって宣言した――この子は偉大なる奇人になるであろう。冒険がこの子に降りかかり、危険に見舞われる運命なれど、窮地に陥ってもつねに勝利を収め、善は悪に勝つことを身をもって示してくれるであろう。二人目のゴッドマザーはもっと現代的なしきたりに従って、ツイードの上着にスカートという装いで、片手に傘を持ち、その傘をかざして宣言した――この子は柔和な人になるだろう。謙虚さと思慮にあふれ、世の一般的なしきたりに従うことだろう。品行方正が無秩序に勝利することを身をもって示すだろう。それから、ゴッドマザーたちは善行を施した自分に満足しつつ、それぞれ煙となって消えたのかもしれない。二種類の異なる道を通って人生を歩んでいくという気の毒な運命を、自分たちの大切な幼子に与えてしまったとはつゆ知らず。ミス・シートンはこの異なる道に片足ずつを置いて生きてきたが、これまでのところ人生が分裂せずにすんでいるのは、人格のなせる業と言っていいだろう。

彼女が美術を教えている学校では、鉛筆だけを使って手早く描きあげる彼女のスケッチはあまり評価されていない。一九世紀から二〇世紀にかけて活躍したあの偉大な風刺漫画家、フィル・メイなどは、いつも細心の注意を払って丹念に下描きをしたのちに、いくつかのラインを選んでペンで仕上げをしたと言われている。下描きなしで最初から自由に描こうとするのは天才だけ、しかも、長年にわたってたゆみない修業を積んだ者にしか許されないことだという。ミス・シートンは謙虚な性格なので、自分が天才だなどとは思ったこともない。丹念に根気強く描くことが彼女の目標となり、絵に興味のない子供たちに絵を教えることが彼女の仕事となった。ときたま、霊感を受けたかのように独創性に満ちた絵を描くことがあり、そんなとき、ミス・シートンは深く反省したり、あとで本格的な仕上げをするための下描きだと弁解したりする。

そんなわけで、〝冒険〟のほうが彼女の人生に押しかけてきて、まわりで跳ねまわり、彼女の邪魔をする。ミス・シートンは品行方正という鎧《よろい》をまとって、冒険を無視するか、もしくは、否応なしに冒険に巻きこまれてしまったときにはネルソン提督の処世術に従うことにしている。すなわち〝絶えず奇妙な状況に置かれる人物がいるとすれば、その人物がそれにふさわしい器だからである〟という格言から目を背けるのだ。ゴッドマザーが定めた運命のせいで災難や突飛な事件に襲われたら――例えば、若い男が女を殴りつけているのを見て、乱暴をたしなめようと思い、傘で男の背中を小突いたところ、殺人という純粋に個人的な問題に踏みこんでしまったのだと気づいたなら――そういうときは、たまたま不運だったのだと思うことにしている。誤解や理解不足から災いに巻きこまれても、それが禍《わざわい》の原因だとは思わないようにしている。そんなふうに思ったら、穏やかでごく平凡な人生を送ってきたつもりなのに、それを否定することになってしまう。

また、仕事で何か変わったことがあった場合は、例えば、近ごろ絵を描くのが億劫《おっくう》になっているが、それは外部からの影響によるものではなく、自分自身や自分の年齢といった平凡なことが原因に違いないと思っている。でも、このままにしておくわけには——いえ、億劫になってきた原因を究明する気にはなれない。いまこの時点で絵を描こうとするのが賢明ではないことが、ミス・シートンには最初からわかっていた。ところが、警視が——普段はとても親切で理解のある人なのに——ひどく強引で、しつこいほどだった。でも、もちろん、承知した自分が悪かったのだ。今回は前より悲惨だった。困惑させてしまった。すべての人を。でも、すんだことを嘆いても始まらないし、いまさらどうしようもない。いずれにしろ、明日の朝、ナイト医師の診察の予約がとってあるから、とりあえず自分の身体の具合はわかるだろう。

それはさておき、サー・ヒューバートの質問に答えるのはとてもむずかしい。本当のことを答えるというのは。しかも相手は警察だから、当然ながら、正確に答えることがきわめて重要だ。

「こういうものを描きたい気持ちは昔からありました」ミス・シートンは正直に言った。「ただ、じっさいに描くことはめったになく、そういう絵を認める気もありませんでした。なにしろ、生徒たちにつねにうるさく言っているように、目で見たものだけを正確に描くべきだと思っていますから。もしくは、できるだけ正確に。想像力に富む絵を描いていいのは修業を積んだ画家だけです。あるいは、言うまでもありませんが、天才的な画家だけです。どちらのタイプについても、当然ながら、ルールはあてはまりません。わたしの場合は、突飛な絵を描こうとする傾向が自分のなかにあることに気づき、つねにそれを抑えようと努めてきました。ただ、正直に申しあげますと、逆立ちをするようになって以来、抑えきれなくなってきたような気がします」

ゴスリン警視正がむせた。思わず噴きだしたことに気づいて、咳《せき》でごまかそうとした。遅ればせながら、カップと受け皿を総監補のデスクに置いた。

レンジャー部長刑事はなるべく目立たないようにしようと思って、椅子を壁につけ、ノートとペンを膝に置いて体裁を整え、片手にティーカップと受け皿を、反対の手にバターを塗ったパンの皿を持った。苦々しく思った。本来なら五分五分の確率のはずなのに、うっかりパンを落とすと、たいてい、バターを塗った側が下になる。部長刑事はゴミがくっついたパンを拾いあげると、皿を椅子の下に押しこんで、頭から追い払った。とにかく、ズボンに紅茶をぶちまけるようなことだけはせずにすんだ。

ミス・シートンは総監補のサー・ヒューバートに気遣わしげな目を向けた。「もちろん」話を続けた。「そのふたつに関連があるとは申しませんが」

総監補は雄々しき努力をした。「なるほど。関連がないとおっしゃる気持ちはよくわかります。というか、ほとんどないだろうと思っておいでなのですね。しかし、その可能性も考慮すべきだというあなたのお考えには感心しました」総監補はここで力尽きて、デルフィックに視線を送った。

デルフィックは笑った。「なるほど、それでわかりました。あなたの秘密が。何がきっかけでヨガを始めようと？」

「膝です」ミス・シートンは説明した。「いかにも効果がありそうな広告を目にしたものですから、試してみてもいいかと思いまして」

「それにしても、ミス・シートン」総監補が言った。「瞑想《めいそう》や空中浮揚をするあなたの姿はどうも想像しにくい。あなたの足は――いや、頭と言ったほうがいいでしょうか――地面にしっかりついているように見えますが」

「あら、違うんです」ミス・シートンは総監補に言った。「精神的な挑戦は何もしておりません。とてもむずかしくて、きっと何年もかかるでしょう」

「残念なことだ」総監補は言った。「精神世界の離れ業が使えれば助かるでしょうに。今回の小児殺しの犯人として警察が追っている人物は、精神的に問題があるタイプか、もしくは軽い異常が認められるタイプなのです。同一犯と仮定するなら」

「えっ……？」ミス・シートンにとっては衝撃だった。「あら、でも、犯人が複数だなんて、そんなことありませんよね？」

「たぶんないと思います。しかし、新聞で大々的に報道される事件は模倣犯を生みやすい。しかも、今回の事件は簡単に手口をまねられます。両腕を交差させ、輪にした針金を背後から被害者の首にかけてきつくひっぱり、息の根を止めればいい。力はまったく、もしくは、ほとんどいりません。女性でも、いや、子供だってできます」

「なるほど」ミス・シートンは眉をひそめた。「そんなふうに考えたことはありませんでした。つまり、力のない人物を捜してらっしゃるわけですね。ある意味では――もちろん、ぞっとする点は同じですが――そのほうが理解しやすいと言えましょう」

「なぜですか？」デルフィックが訊いた。

「なぜ？　だって――あの、サー・ヒューバートがおっしゃったように、なぜ子供ばかりが狙われるのか、説明がつきますもの」

「なぜ子供ばかりが？」総監補はオウム返しに言った。

ほんの一瞬、ミス・シートンは困惑した。「犯人が非力で――たぶん小柄な――タイプだとすれば……自分の力を誇示して偉そうにふるまうことが目的だと言ってもいいのではないでしょうか。自分より小柄な相手を襲わずにはいられないのです。総監補がさっきおっしゃったように」

「ありがとう、ミス・シートン」サー・ヒューバートは微笑した。「わたしではありません。おっしゃったのはあなたです」

この観点に立ち、重視する点を変えれば、捜査が新たな展開を見せるかもしれない。〈御神託〉はミス・シートンの説に飛びついた。滑稽味のあるこの小柄な女性は世間一般の者より豊かな常識を備えている。新聞で自説を披露する精神科医連中よりはるかに鋭い。われわれのせいで今日一日、彼女を大変な目にあわせてしまった。絵のことは残念だ。「あいかわらず捜査の話ばかりですみません」デルフィックは謝った。「午前中に絵を描いてもらったあとも、お知恵を拝借しようとしたりして」

ミス・シートンはすまなそうな顔になった。「お役に立てなくて、ほんとに申しわけなく思っています」

「とんでもない。だが、モルグへ出かけて遺体を見るようあなたに頼むしかなかったことを、いまでは心の底から後悔しています。さぞ不愉快な思いをされたでしょうね」

「いえ」ミス・シートンは否定した。「それは平気でした。もちろん、自ら進んで希望するようなことではありませんが。若いときに何度か見ております――死体を――切り刻まれてましたけどね。当然ながら」

「当然……？」サー・ヒューバートは打ちのめされた声だった。心も打ちのめされていた。部長刑事の場合は〝不思議の国〟かもしれないが、サー・ヒューバートは〝鏡の国〟に迷いこんだ心境だった。わけのわからない言語が使われている。

レンジャー部長刑事はため息をついた。使われているのは英語だが、意味不明。〈御神託〉はミス・シートンの言葉をいつもどうやって理解するのだろう？　サー・ヒューバートなど、絶句してしまったではないか。

「病院で？」デルフィックは尋ねた。

ミス・シートンはほっとした表情で彼のほうを向いた。「ええ。いまの時代なら精巧な解剖模型を買うことができます。男性の模型。女性の模型も。犬の模型だってあるはずです。ところが、わたしの若いころは本に頼るしかなくて、もちろん、入念に描かれてはいますけど——骨や筋肉がという意味ですよ——実物と同じではありません。でも、解剖学はとても大切なものです。病院から解剖の授業の見学を許可してもらえて本当に助かりました」

「で、役に立ちましたかな？」サー・ヒューバートが訊いた。

「それがちょっと……」ミス・シートンは正直に答えた。「少なくとも、わたしの期待とは違っていました。筋肉も、腱も、もちろんすべてそろっています。でも、どう言えばいいのかしら、命がないのです。デッサンと似ています」ミス・シートンは説明した。「だって、動きませんもの」

そのあとに続いた沈黙のなかで、爆笑を抑えようとする努力でゴスリンの顔が朱色から紫色に変わった。デルフィックは絨毯《じゅうたん》の模様を凝視した。サー・ヒューバートが会話を続けるしかなかった。立ちあがった。

「そうですな」サー・ヒューバートは同意した。「動くはずがありません」声が裏返っていた。窓辺まで歩き、声のトーンを下げた。「期待するのは無理です。動くなどということは。それに、もちろん、動くべきではありません」もといた場所に戻った。

「当然です。動いたりしたら不自然です」声が弱まって消えた。

この距離で、この角度から見ると、ミス・シートンの絵の印象が変わってくる。

「顔を横切る線を描いたのはなぜですか?」サー・ヒューバートは尋ねた。

ミス・シートンは動揺した。「わかりません。描くつもりはなかったのに。あの……」

サー・ヒューバートの視線はスケッチに釘付けになっていた。「不思議ですな。近くからだと無意味な線にしか見えない。ところが、ここから見ると、郵便の消印にそっくりだ」

「おお、神よ！」部長刑事が身を乗りだした。椅子の下に押しこんであった皿を靴のかかとが踏みつけたため、バリッと割れる音がした。サー・ヒューバートのデスクにのった箱がビーッと鳴ったおかげで、気まずい思いをせずにすんだ。

サー・ヒューバートがスイッチを押した。「なんだ？」

「ミス・シートンをチャリング・クロス駅まで送る車の用意ができました」箱が告げた。「それから、ミス・シートンを下に案内する警官の用意も」

別れの挨拶が終わり、廊下に出たミス・シートンの背後でドアが閉まり、レンジャー部長刑事は三人の上司からいっせいに視線を向けられて身を縮めた。総監補が自分の席に戻った。

「部長刑事、お手数だが、説明してもらえないだろうか――〝神よ！〟などと大仰な叫びを上げたわけを」

「郵便局ですよ。ルイシャムの郵便局」

「郵便局がどうしたんだ？」

「強盗に入られました。つい最近」

「それで？」

「いえ――別に。あまりの偶然に驚いただけで」

「民間受託の郵便局か？」

「はい、総監補」

「郵便局を狙った強盗事件が日に何件も起きていることを考えれば、おそらくそれまで被害にあわなかったほうが意外だと言っていいだろう」サー・ヒューバートはデスクのスケッチに視線を落とした。目を上げてデルフィックを見てから、首を横にふった。「馬鹿な。ありえない。なんの根拠もないのに」スケッチに視線を戻した。「どう考えても馬鹿げている」ゆっくり言った。やがて早口になった。「いいかね、部長刑事、そのような関連性を妄想していたら、そのうちパトロール任務に戻ってもらうことになるぞ」スイッチを押し、箱に向かって声をかけた。「このところ立て続けに起きている小児連続殺人の所轄署に連絡をとり、同時期に近くの郵便局で強盗事件が発生していないか調べてもらいたい。所轄署への電話には複数の刑事を当たらせろ。ただちに答えがほしい」

「あのう、総監補」

「なんだ？」サー・ヒューバートはふりむいてデルフィックを見た。

「強盗以外にも事件が起きていないか、確認してみてはどうでしょう？」デルフィックは提案した。

「それもそうだな。よし、強盗以外の事件についても調べてくれ」箱に向かって総監補は命じた。「もしくは、殺しの前後一週間から一〇日のあいだに何か変わったことが起きていないかどうかを調べ、ただちに報告してもらいたい」

数分後、箱がふたたびビーッと鳴った。総監補の指がスイッチに触れた瞬間、彼の応答も待たずに向こうがいきなり話しだした。

「どの事件の場合も」箱の向こうから興奮した声が響いた。「子供が殺された現場から半径二キロ以内にある郵便局が強盗の被害にあっています。一件目は殺しの一〇日前で、回を重ねるごとに間隔が縮まっています。ルイシャムの強盗事件は殺しのわずか五日前のことでした。ブレントウッド、ウェスト・モーリング、リッチモンドの場合は、殺しの前後の期間に一軒家とフラットからの窃盗事件の通報がやや増加した、との報告が来ています。ウィンブルドンとルイシャムは目下調査中で、あらためて報告をくれるそうです」

サー・ヒューバートはため息をついた。「ご苦労だった」スイッチを切った。

四人とも視線を固定したままだった。間隔が縮まっている……ゴスリン警視正がそれを口にした。

「ペースが加速している。犯人が熱に浮かされているわけだ。衝動を抑えきれなくなっているのだろう。だが、窃盗事件のことがどうにも理解できない。殺しと結びつかない気がする」ゴスリンはサー・ヒューバートのデスクに視線を落とし、首をふった。「あの小柄なご婦人が顔のスケッチの上に落書きをしてくれなかったら、強盗と殺しの関連性にこんなに早く気づくことはできなかっただろう」

ナイト医師の診察を受けたものの、ミス・シートンの悩みは解消しなかった。不安神経症の兆候なし。リュウマチの兆候なし。反射神経の不調の兆候なし。それどころか上々だ。肉離れや靭帯《じんたい》損傷の兆候なし。健忘症の兆候なし。脳卒中の発作の後遺症を示す兆候なし。過去に発作を起こしたと思われる根拠もなし。すべて兆候なしだが、原因が見つからなくてもミス・シートンは安心できなかった。冷静に考えると、やはりどこかに異常があるとしか思えず、不安な思いが消えないのだ。

この先どうすればいいだろうと思いながら、村の通りを歩いて自宅に向かった。夏期講習に合わせて学校に戻るのはあきらめ、ただちに退職願を出そうと決めた。今夜、校長のベン夫人に宛てて手紙を書こう。自分の手も思いどおりに動かせない女教師が絵の授業を担当するなんて、ベン夫人に申しわけない。フラットは一カ月後に解約したいと不動産屋に連絡しておこう。

でも、思いきって退職し、ロンドンとのつながりを断ち切り、自分には絵を教えることしかできないのに、そんな仕事の口などあるわけがない村で暮らすことにした場合、物価が上がり（たいていそうなる）、収入が減っていく（これもたいていそうなる）なかで、どうやって暮らしていけるというの？　真剣に考えれば、答えは明白。ほかに働き口を見つけるしかない。でも、どんな？　例えば、タイプを習うとか？　タイピストはつねに需要があるし、かならずしも秘書として働く必要はない。昔の人たちがよその洗濯物を預かって自分の家で洗う仕事をしていたように、タイプ仕事も自宅に持ち帰る人がけっこういる。打てるようになるのに長くかかるだろうか？　もちろん、タイプライターを購入するにもお金がかかる。だったら家事はどうだろう。マーサに家事を頼まなくても一人でできるだろうから、その分節約できるし、自分で自分の家の掃除ができるなら、人の家の掃除もできるはず。〝重労働を頼める人〟はなかなか見つからない――最近は〝お手伝いさん〟と呼んでるみたいだけど。言葉ってずいぶん変わっていくのね。郵便局の掲示板にはいつも、〝家事手伝いの人求む〟という紙が一枚か二枚貼ってある。でも、〝家事手伝いの仕事求む〟という貼り紙は見たことがない。

ミス・シートンは笑みを浮かべて「おはよう」と挨拶した。

返事はなかった。すれ違った若い娘はかすかに躊躇《ちゅうちょ》したが、その顔は無表情なままだったし、怯《おび》えた様子で目をそらした。

エフィーが道路に飛びだそうとしたときに車で走ってきた若いカップルの片方だ。ずいぶん内気な子。あ、そうそう、郵便局に寄らなきゃ。ミス・シートンはコーヒーがなくなりかけていたことを思いだした。

コーヒーを買ってから、中央に並んだ本のところで足を止めた。カラフルな表紙。毒々しいと言いたくなるほど。でも、一般的にいうと、色数の少ないほうが本の内容は充実している。あ、やっぱりここだわ。前に見た覚えがあったのだ。マスター本のシリーズ。『三〇分で銀行業務をマスター』。無理でしょ。しかも、銀行ってあまり信用できないし。逆に『三〇分で感情制御をマスター』はいくらなんでも長すぎる気がする。それ以外の題名を見ていった。そう、これよ。『三〇分でタイプをマスター』。わたしの場合はもっと長くかかりそうで心配だけど。ミス・シートンはその小さな本をレジカウンターへ持っていった。値段はあまり高くないし、けっこう参考になりそうだ。郵便局を出るとき、掲示板にちらっと目をやった。そう、〝家事手伝いの人求む〟が三枚と――ええっ、びっくり。なんて奇妙な偶然かしら。めったにないことなのに――〝家事手伝いの仕事求む〟が一枚貼ってあった。

元気が出てきた。〈ザ・ストリート〉を歩いていく彼女の足どりは弾むようだった。真剣に探せば、悩みの解決法はかならず見つかる。でも、平穏無事な日々にはひとつだけ困った点がある。それは頭が固くなること。

ミス・シートンと平穏無事な日々に対するナイト医師の見解は、患者が帰ったあとで彼が娘のアンに頼んだ用件に要約されていた。「警察にいるあの巨人みたいな男だが、どこかで起きた未解決の殺人事件を抱えこんでるんじゃなかったかね？　ミス・シートンはこのところ、雀蜂の巣をつつく機会がないものだから、自分でゴムの木を見つけてよじのぼり、鬱々《うつうつ》としているようだ。わたしはそこまでのぼっていけなかった。アン、おまえならミス・シートンを追って木にのぼり、説得して下まで連れてこられるかもしれない」

「誰もいません？」

ミス・シートンは台所のドアをあけて路地をのぞいた。「まあ、ようこそ。ごめんなさい。部屋のドアが閉まってたから、玄関のほうの音が聞こえなかったの。ちょうどコーヒーの用意をしてたところなのよ。一緒にいかが？」

「わたしも？　ええ、喜んで」アン・ナイトは父親に頼まれた用件のことで少々頭を悩ませていた。お父さんってば、ミス・シートンと話をしろ、いまみたいなことはやめさせろ、だなんて。口で言うだけなら簡単よ。でも、どんなふうにやればいいの？ミス・シートンはすごく分別のある人で、どこも悪くないのに病気だと思いこむタイプには見えない。でも、絵がうまく描けなかったとか――もしくは、半分ほどしか描けなかったとか――そういうことで悩んでいるのなら、問題は絵そのものにあるのかもしれない。絵を見せてもらってそれで判断するのがいちばんね。でも、わたし、その絵については何も知らないことになってるのに、見せてほしいってどうやって頼めばいいの？　しかも、芸術には無知なわたしがどうすれば芸術家を元気づけられるというの？

アンはミス・シートンからコーヒーのトレイを受けとって居間へ運んだ。ミス・シートンがコーヒーを注いだ。

アンはコーヒーをかきまわした。単刀直入に切りだすのがいちばんだろう。「わたし――あの、じつは、父から……」ここで言葉を切った。ミス・シートンが問いかけるようにアンを見た。「あのう、今日の午前中、父の診察を受けにいらしたでしょ？」ミス・シートンは驚きの表情になった。「いえ、大丈夫です」アンは急いで続けた。

「医療従事者のしきたりを破ったわけではないのよ。どちらかと言えば――そうね、医者が看護婦に指示を出したという感じかしら。父はあなたが診断結果に不満で苛立っているのを察したものだから、わたしをここに送りこんで、何か役に立てないか確かめてみようとしたの」

「まあ、そうだったの。わざわざ来てくださるなんて親切ね。でも、ミス・ナイト……あら、ごめんなさい。ナイト看護婦さんって言ったほうがいい？　それとも、シスター・ナイト？　わたし、こういうことにはあまり詳しくなくて……」

アンは微笑した。「できれば、アンのほうがいいわ。悩んでらっしゃるのは絵に関係があるんでしょ？」

「ええ、そうなの。ある意味では」さて、困った。説明するのが大変だ。「じつは、わたしの右腕のことで――いえ、右側と言うべきね。絵の右側って意味なんだけど――どうしてもうまく描けないの。何回描きなおしてもだめなの。きっと、どこか具合が悪いんだわ。右側が。つまり、右腕が」ミス・シートンは考えこんだ。「言いたいことがうまく伝わらなかったかもしれないけど」

アンは笑った。「ええ、確かに。よくわからないわ。でも、それって何日か前のことよね？　あなたはそのあとロンドン警視庁まで出かけて絵を描いている。うまく描けたんでしょ？　だったら、具合の悪いところなんてないはずよ」

「ところが、さんざんな出来だったの」ミス・シートンはきっぱりと答えたが、そこで黙りこんだ。こんな話をしていいの……？　でも、ミス――いえ、アンはどうして知ってるの？

アンが彼女の心を読んだ。「あら、警視庁の人があなたを迎えに来たことは誰だって知ってるわ。村ですごい噂になったのよ」

「わたしも迂闊《うかつ》だったわ」ミス・シートンは認めた。「村の人に気づかれるなんて思いもしなかった」

「じつは、いろんな噂が流れてたから、ゆうべボブに電話して何があったのか訊いてみたの。もちろん、何も教えてくれなかったわ。警察がどういうところかわかるでしょ――まるで吸取紙。情報を吸いこむけど、ぜったいに吐きださない」

「たいした用じゃなかったのよ」ミス・シートンは説明した。「似顔絵を描いてほしいって警察に頼まれたの。写真が入手できないから」

「でも、さっきの言葉の意味がよくわからないわ」アンは追及した。「さんざんな出来だったと言ったでしょ？　ボブにちらっと聞いたんだけど、あなたが描いたものを見て警察の人たちは大満足だったし、〈御神託〉は――これ、デルフィック警視のあだ名よ――あなたのことをレンブラント以来の逸材だと思ってて、レンブラントよりあなたの絵のほうがお気に入りだそうよ」

「でも……」

「〝でも〟は言いっこなし。事実なんだから。あなたの描いた絵が何かの手がかりになったらしくて、警察はビーグル犬みたいに喜んでそれを追ってるんですって」

ミス・シートンは両手を広げた。「あのう……話がまったく理解できないんだけど」

「警察の人たち、何も言ってくれなかったの？」二五年間の人生経験が怒りとなって爆発した。「男って……。もう最低」アンはカップを置いた。「ねえ、悩みはじめたそもそもの原因はなんだったの？」

「じつは、エフィー・ゴーファーの絵を描こうとしてたの。ゴーファー夫人が肖像画を描いてほしがってるって、マーサに言われて」ミス・シートンは微笑した。「ええと、正確に再現すると、ゴーファー夫人は〝誰かエフィーの絵を描いてくれないかしら。頼んでみても悪くないと思うんだけど〟と言ったそうなの。でも、それがトラブルの始まりだった。悪くなるばかり。結局、寓話的なものを愛らしいタッチで描き、エフィーらしさをわずかにのぞかせるのがいちばんいいだろうと決心したの。二回も描きなおしたけど、できあがった絵は三枚とも同じで、ひどく不気味だった」

「見せてもらえない？」

ミス・シートンは動揺した。

「幽霊退治の方法はひとつしかないのよ」アンは力説した。「それは正面から向きあうこと。とにかく、あなたがロンドンへ行って何をしてきたにしても、それがたぶん医者の勧める治療法だったんじゃないかしら。さてと、今度はしがない看護婦がどんな力になれるか見てみましょう」ミス・シートンは依然として躊躇していた。「ほらほら、死者を呼びだして、わたしたちの手できちんと埋葬してあげなきゃ」

ミス・シートンはしぶしぶ書き物机のところへ行って、いちばん下の引出しをあけ、かさばった紙ばさみをとりだした。それを二人で床に置き、紐をほどき、そばにしゃがんで中身を調べることにした。

「下のほうに押しこんでおいたはずなの。ぞっとする絵だったから」ミス・シートンは言った。「でも、なぜか破り捨てる気になれなかった――少なくとも、不気味な雰囲気の原因を突き止めるまでは」

スケッチの束を調べていたアンが急に歓声を上げた。「これ、いつ描いたの？　最高だわ」ミス・シートンは赤くなった。〝これ〟というのはレンジャー部長刑事を描いたスケッチだった。目を飛びださせ、戸惑いの表情を浮かべた彼が、サッカーのユニホームを着て、縞模様の靴下をはき、縞模様のマフラーを風になびかせながら、どんどんスピードを上げて走っている。『鏡の国のアリス』に出てくる赤の女王がミス・シートンによく似た顔をして、片手で部長刑事の手をつかみ、反対の手に傘を持って、彼の前を走っていく。「これ、買わせてもらえない？　いいでしょ？　すごく滑稽だし、ボブにそっくりだから。かわいそうなボブ。こんなふうに見えるときがよくあるのよ」

赤くなっていたミス・シートンの顔に喜びが浮かんだ。「売るわけにはいかないけど、ほしいとおっしゃるなら、喜んで進呈するわ」

アンは思わず身を乗りだしてミス・シートンにキスをした。「なんていい人なの」ミス・シートンの頬がさらに赤くなった。「いやだわ、そんな。いずれにしても、けさ、お父さんがとても丁寧に診察してくれて、しかも、お金を受けとってくださらなかったの。そんなことじゃいけないのに。恐縮してしまったわ」

「お金をもらうことはできないのよ」アンは笑った。「うちの病院はもう患者さんを受け入れていないから。父はブレッテンデンのクリニックで勤務医をしてるの。ここで診察するのは急患のときだけ。さてと」アンはふたたびスケッチを見ていった。

「不気味な絵はまだ出てこないわね。あっ！」エフィー・ゴーファーのスケッチの一枚をひっぱりだした。その下から、ミス・シートンがさらに二枚をとりだした。ああ……アンはさっき〝死者を呼びだして〟と言ったことを後悔した。まさにこれが死者だ。ひと目でわかる。死の肖像画が三枚。

ノックが響いた。ミス・シートンは立ちあがった。玄関ドアをあけて、訪ねてきた客に思わず見とれた。なんて興味深い骨格かしら。独特の魅力がある。髪と肌の色がきれい。お化粧もきれい。目は別だけど。「はい？」

「シートンさん？」

ミス・シートンはまばたきをした。「えっ、ええ。あの、わたし……」

「お邪魔します」メル・フォービーが進みでた。ミス・シートンはあとずさった。

「誰なの？」奥からアンが言った。

ミス・シートンは居間のほうへ顔を戻した。「あら、アン、それはいいのよ。わたしがやるから」一瞬、訪問客のことを忘れて居間に駆けこみ、床に膝を突いてスケッチ画を集めはじめた。

メル・フォービーは居間の入口に立って二人を見守った。思いだした。シートンという戦斧をふりまわしそうな女の人は確か、絵を教えてるんだった。ここにいるのはきっと、お気に入りの生徒たちね。一人は干からびた独身女性——この人が描く絵は、緑の野原に青い空、中心から少し端寄りに牛がいるって感じかしら。そして、もう一人は小柄な女性――アンが画用紙に手を伸ばした――一人前の女性だけど、華奢《きやしや》な少女のように見える。

「わたしのことはお構いなく。待たせてもらいますから」メルは周囲を見まわした。家具がどっさり。わたしの趣味じゃないわ。でも、愛想よくふるまったほうがいい。村人みたいな顔をして。ただ、このスカートじゃ……用心深く床にすわりこんだ。

「わたしのことは気にしないでね。でも、先生が戻ってらしたら、ご迷惑でなければ話を伺いたいの」

アンが驚いて彼女を見つめた。次の瞬間、彼女とミス・シートンが同時に言った。

「すみません」アンが言った。「でも、ミス・シートンは……」

「すみません」ミス・シートンが言った。「でも、わたし、お話しするようなことは……」

二人で顔を見合わせた。両方が言った。「すみません」両方が黙った。

「あら、失礼。ちゃんと申しあげるべきでした。わたし、『デイリー・ネガティブ』の者で……えっ、ちょっと待って。ミス・シートンっておっしゃった？　それって……まさか」メル・フォービーは指さした。「まさか、その人がミス・シートンだなんてことは……」

「あら、そうに決まってるでしょ」アンは言った。

メル・フォービーの傲慢《ごうまん》な顔に動揺が走った。新聞記者になったばかりのころから、メルは造物主に意地悪されていることを自覚していた。見かけが軟弱すぎる。性格も軟弱すぎる。服に対する天性の趣味の良さ、知的なコメントを書く才能、そして、ファッションを先どりするセンスのおかげで、新聞社に就職できた。軟弱なタイプなので出世は望めなかった。それどころか、いつクビにされるかわからなかった。パテのよう――それが彼女の弱点だった。

あるとき自分の顔をじっくり見てみた。パテのように軟らかなのだ。考えたら、作り変えるのもそう悪くなさそう。巧みな化粧で顔の印象が変わる――よくに、目の印象が。びっくりしたようなつぶらな瞳は記者稼業に向いていない。アイシャドーと黒いアイラインで問題は解決だ。穏やかな物腰と上品なしゃべり方はなんの役にも立たない。荒っぽいアメリカの小説を読み、荒っぽいアメリカの映画を観た。根気よく練習を続けたおかげで、付け焼刃ながら、それなりの結果は出た。人格を完全に変えるのは無理かもしれないが、どんどん熱を加えれば、軟らかだった卵も固茹で玉子に変わる。もとのパテが鍛えられてどこまで硬くなったか、いまのメル・フォービー自身にわかっているかどうかは疑問だ。

メルは申しわけなさそうに片手をふった。「わたしが恥ずかしさのあまりここで死んでしまっても、知らん顔をしてくれればいいわ。ゴミ収集の人が来たら、外へ放りだしてちょうだい。収集料金は『デイリー・ネガティブ』の編集長に請求してね。わたしにこんな仕事を押しつけたのは編集長なんだから、わたしを片づける料金もそっちで払えばいいんだわ」

「あなた、新聞記者なの？」アンが咎《とが》めた。「よくもこんなふうに突入できたものね」

メルはようやく立ち直り、アンににこやかな笑みを向けた。「あら、突入なんてしてないわ——ぶらっと入ってきただけ。もしわたしが突入したのなら、何がぶつかってきたのかあなたにはわからなかったでしょうね。さあ」メルは相手をなだめようとした。「そんなにカッカしないで。わたしはね、〝戦うこうもり傘〟と呼ばれる筋骨隆々のアマゾネスと、か弱き力で渡りあうために、ここに送りこまれてきたの。何が起きているかを突き止めるまで、帰ってくるなと言われてるのよ」メルはミス・シートンのほうへ片手をふった。「それさえ教えてもらえば、わたしは退散するわ」

アンはこの風変わりで魅力的な乱入者に笑みを返しそうになったが、思いとどまった。「どうして気の毒なミス・シートンをそっとしておけないの？　不公平だわ」

「誰が公平を望むというの？　人生は公平だと言える？　わたしが去ったとしても別の記者が来るだけよ。記者につきまとわれるのは有名税なのよ。さあ、いったい何があったの？」

「いえ、何もないけど」アンは反論した。

「言うだけ無駄よ。ここに来る前に村で少し取材してまわり、新聞の第一面を埋められるぐらいのスキャンダルを掘りおこしてきたわ。ミス・Sは逮捕された。保釈された。証拠不充分で自由の身になった。走ってくる車の前に少女を突き飛ばして殺そうとした……」

「エフィーったら！」アンは叫んだ。「あのチビ怪物。どんな話でもでっちあげる子よ」

メルはミス・シートンをじっと見ていた。「ねえ、いまはそっとしておいたほうがよさそう」とつぶやいた。「でも、あの人、何やってるの？」

アンはふりむいた。ヨガのエクササイズのおかげで床にすわるのは慣れっこのミス・シートンが、忘我の表情であぐらを組んでいた。画用紙を一枚とりだし、紙ばさみの表紙を下敷きにして、一心不乱に何か描いている。

「初めまして、ミス・S」メルは身を乗りだし、片手を差しだした。「ミス・Sですよね？　メル・フォービーという者です。お目にかかれて光栄です」

ミス・シートンは飛びあがり、申しわけなさそうな顔になった。「すみません。失礼しました。でも、とても興味を覚えたものですから。どうしても描かずにいられなくなって。ほんとに不作法なことをしてしまい――」トレイに目をやった。「コーヒーを淹れてきますね。すぐ用意できます」ミス・シートンはカップを集め、言葉が足りなかったと思ったらしく、ドアのところで足を止めた。微笑した。「骨格のことを申しあげたんです」部屋を出ていった。

「まあ、キュートな人。骨格ってなんのこと？」

アンはミス・シートンが何を描いていたかを確かめようとして、そちらに身を寄せた。「あなたの骨格ね、たぶん」

メルはアンのそばへ行き、スケッチを見つめた。平らなくっきりした平面を組みあわせてメル・フォービーの顔が描かれ、柔らかなトーンのアイシャドーに縁どられたきらめく瞳がそこにあった。メルは壁の鏡の前に立った。アイメークを確かめた――くっきりした黒いアイライン。肩をすくめた。「わたしがこんな顔だったら」スケッチを指さした。「どうなると思う？　フリート街で仕事をしていこうと思ったら、見かけも行動もタフでなきゃいけないのよ。でないと、競争に負けてしまう」

アンの口からクスッという笑いが漏れた。「あら、そういう顔のままでタフな行動に出ればいいじゃない。相手はびっくりするわ」

メルはしばらく鏡の前に立っていたが、やがて鏡から離れた。片方の眉が上がった。「ハニー、もしかしたら――もしかしたらだけど――効果的かもしれない」

ミス・シートンがコーヒーのトレイを手にして戻ってくると、メルはコーヒーを受けとり、暖炉のそばの低いテーブルにわざとらしく置いた。ミス・シートンが膝を突いて暖炉に薪を足すあいだに、アンは何枚ものスケッチを紙ばさみに戻し、みんなで――今度は椅子に――腰を落ち着けて、紙ばさみを自分のそばに置いた。

アンは不安でならなかった。エフィー・ゴーファーの絵に不安を覚え、メル・フォービーの存在に不安を覚えていた。どうすればミス・シートンを一人にしてあげられるの？　「何時の列車に乗るご予定？」と訊いてみた。

ペンシルで描いた眉が吊りあがった。「事件が起きたら、それを追うのがわたしの仕事よ。だから列車には乗りません。当分のあいだ、あなたに監視されることになりそうだけど」

ミス・シートンが火かき棒を下に置き、コーヒーポットをとった。「事件？　当分のあいだ？」

「まず、ルイシャムのモルグの件から始めて、次に警視庁の話に移りましょう。この二カ所に出かけてどんな成果がありました?」

ミス・シートンは考えこんだ。アンの話によると、村じゅうの人が知ってるそうだから、とくに秘密にしておく必要もない。「似顔絵のようなものを描いてほしいと頼まれたの。写真が手に入らないからって。死んだときにうまく撮影できるカメラマンはなかなかいないそうなの。あ、死んだときというのは被写体のことよ。その件はデルフィック警視に質問してもらったほうがいいかもしれないわね」ミス・シートンは提案した。

アンは憤慨していた。「あなたにそんな質問をする権利はないわ」

「あら、そう?」メルはアンのほうを向いた。「ニュースを伝えるのがわたしの仕事よ。ストレートに伝えるか、もしくは、歪曲《わいきょく》して伝えるか——でも、とにかく、伝えるのが仕事」

「そこが問題なのよ」アンは言いかえした。「新聞に出るニュースの半分は歪曲されてる。どの新聞も悪いニュースしかほしがってないんじゃないかしら」

メルは笑った。「そのとおりよ。悪いニュースはいいニュース。いいニュースは無価値なニュース。それが新聞業界の常識なの」

「そこよ、わたしが言いたいのは。新聞記者というのは結局、人の感情を傷つけて給料をもらう仕事なんだわ」

「アン」ミス・シートンはおろおろした。「ミス・フォービーがそんなことをするとは思えないわ。歪曲するはずはないという意味よ。この人は自分の仕事をしてるだけだし、新聞がときとして、そのう、あなたの言う〝悪いニュース〟ばかりとりあげているように見えるのは、わたしも認めざるをえないけど、ある意味では読者の責任とも言えるんじゃないかしら。結局のところ、読みたい記事が出ていなければ、誰も買わないわけだし。新聞を、という意味よ。もしミス・フォービーが……」

「メルと呼んでください、ミス・S。本名はアミーリア。わたしは誠実に記事を書くか、悪いニュースを伝えるか、どちらかを選択しなきゃいけなかったの。選択の岐路に立ったら、心を決めなきゃいけない。だから、悪いニュースのほうを選んだ。それのどこがいけないの？　みんながわたしをメルと呼び、気の合わない友達はディア・メルと呼び、わたしに敵意を持つ友達はその前にダーリンをつける」メルはアンのほうを向いた。「ねえ、ベイビー、喧嘩はやめましょう。あなたはミス・Sの味方、わたしもミス・Sの味方。だったらどうして角突きあわせなきゃいけないの？」

アンはしぶしぶ微笑した。

「記者というのはすべての事実を手に入れて、仕事にベストを尽くすものなのよ——ほとんどの記者がそうなの」メルは肩をすくめた。「でも、事実が手に入らなければ、自分で話を作るしかない。編集長に言われたわ。〝女性の視点が必要だと思う〟って。わたしはその期待に応えるつもりよ。さあ、始めましょう。そこに隠してる絵はなんなの？」紙ばさみを指さした。笑いで声が震えた。「赤ちゃん虎を守ろうとする虎のお母さんみたい。わたしの勘違いかしら。いえ、その様子からすると、何かありそうね。あなた、なんとなくおどおどしてるようだけど」

アンはギクッとし、ミス・シートンは声を尖らせた。「いいえ。ここにあるのは雑多なメモとスケッチ、あるいは、似顔絵ばかりよ。ほかの人に関係したものは何もありません。純粋に個人的なものなの」

メルは楽しげな歓声を上げた。「あら、さっき、わたしの顔をスケッチなさったでしょ。あれはわたしに関係したものだと思うけど」

「あら、どうしましょう」ミス・シートンはおどおどした表情になった。あの骨格のことね、もちろん。描くべきではなかった。不作法なことをしてしまった。でも、あのときは重要だと思ったから。しかも、独特の化粧だし。アイメークはどう見ても間違っている。派手——でも、間違ってる。くっきりした黒いラインが本来の美しさを損なっている。大きな間違い。でも、もちろん、そんなことは言えない。批判は禁物。「骨格ね」ミス・シートンはつぶやき、メルの視線に気づいて狼狽し、あわててつけくわえた。「でも、目はだめだわ。当然だけど。間違ってる」唇を噛んだ。

「ええ、そうね」メルはうなずいた。「目のことは、確かにおっしゃるとおりよ」

意外なことにアンがクスッと笑い、紙ばさみをひっぱりよせて表紙を開いた。ミス・シートンにちらっと目を向けて許可を求めた。「ちゃんと見せてあげたほうがいいと思いません？ この人を追い払うのは無理なようだから」そして、メルに渋い顔を向けた。「こうなったらもう信用するしかないわ。ちょっと待って、たぶんこれね……」アンはプラマージェン教会の水彩画を手にとった。丁寧に描いてあるが退屈な絵だ。裏返してミス・シートンの膝にのせた。画用紙の裏に手早く無頓着に描かれたメル・フォービーの顔がこちらを見ていた。「ほら、見て」アンは得意げに指さした。「あなたには具合が悪いところなんかないって、これで納得できるでしょ？」

ミス・シートンはスケッチをじっと見た。重石《おもし》がとりのぞかれ、生まれ変わった気分になれた。もちろん、ぞんざいに描いたスケッチに過ぎないが、少なくとも完成している。例のスケッチとは違う。ということは、つまり……。

メル・フォービーが絵をふたつの山に分けていた。大きいほうの山は真面目で面白味のない絵ばかりで、メルはそれを片足で端のほうへ押しやった。「ゴミね」と言った。アンがキッと顔を上げて、さっそく弁護を始めようとした。だが、ミス・シートンの表情に気づいて抗議の言葉をのみこんだ。ミス・シートンは相手の芸術の才を正しく評価できる人だ。相手が絵を描く側であれ、批評する側であれ。そして、彼女の顔にちらっと浮かんだ笑みには理解がこもっていた。

メル・フォービーは自分の生意気な態度に気づくこともなく、純粋な気持ちで仕分けに没頭していた。絵を見る目は確かで、手早く仕上げたスケッチのなかにごく稀に本物の才能のきらめきが交じってはいるものの、凡庸な絵を何枚も見ていくのはメルにとって神への冒瀆《ぼうとく》のようなものだった。「ありふれてるわね」いらいらしながら仕分けを続けた。「無駄な努力だわ。でも、こっちのほうは――」メルは線描画と漫画と戯画をまとめて手にとった。レンジャー部長刑事とエフィー・ゴーファーの絵も含まれている。「なかなかのものね。すばらしいわ。仕事をする気はありません、ミス・S?」提案してみた。「よかったら、美術担当の編集者にあなたの絵を見せましょうか?」

ミス・シートンは困惑しつつも、うれしさに包まれて首を横にふった。

アンがエフィーのスケッチの一枚を手にとった。「ねえ」ミス・シートンに尋ねた。

「あなたがルイシャムで描いたという絵も、やっぱりこんな感じだったの？」

「それが違うの」ミス・シートンは眉を曇らせた。アンがボブから聞いた話だと、その絵が捜査に役立ったという。もっとも、どんなふうに役立ったのか、正直なところ、ミス・シートンにはさっぱりわからない。しかし、絵は正確に描くべきである、きちんと記憶をたどって描くべきである、という教訓になるだろう。あのときは心配でたまらなかったし、落ちこんでいたため、そこまで気づく余裕がなかった。「向こうで描いた絵はほんとにひどかったのよ」と謝った。「でね、線をひいて消してしまったの」ミス・シートンの指が無意識のうちに宙をなぞりはじめた。「でも、そうね」はっきりと頭に浮かんできた。「勝手な思いこみかもしれないけど、たぶん――ええ、顔が左右で違ってたわ」

「じゃ、もしよかったら」アンは言った。「このなかの一枚をボブに送らせてくれない？　エフィーの絵とルイシャムで描いた絵に同じ問題点があるとしたら、何かつながりが見つかると思わない？」

「ボブ？」メル・フォービーが『鏡の国のアリス』の戯画をかざしてみせた。「〈御神託〉の部下のこと？」

アンは笑って手を伸ばした。「それもわたしがもらっていくわ」しばらく絵に視線を据えた。「ミス・シートンがくれたの。だから、わたしのものよ」

「彼もあなたのもののようね」アンを見つめながら、メルは言った。「おめでとう。じつに男らしいタイプだわ」夢見るような目になり、唇にいたずらっぽい笑みが浮かんだ。「ひとつ訊いていい？――わたし、ロマンスに弱いの――ここだけの話だけど、彼に会うとみぞおちのあたりがカッと熱くならない？」

アンは一瞬たじろいだが、やがて、目を輝かせてうなずいた。

メルは立ちあがった。「たぶんそうだと思ってたわ。わたしも経験があるもの。でも、だまされちゃだめよ、ベイビー。熱くなるのは潰瘍《かいよう》のせいなんだから。重曹をのむといいわ。さて、あなたに全面的に協力します、ミス・S。これは秘密にしておくわね」絵を指さした。「様子を見ることにしましょう。でも、わたし、何があっても記事だけは送らなきゃいけないの。最初はざっと紹介する程度で――焦点をぼかして書くわね。読者の目をよそへそらすようにするわ」


『デイリー・ネガティブ』より――三月二一日

イギリスの田舎の安らぎ
連載第一回　こうもり傘の隠れ場所

〝傘〟という言葉から連想されるのは、戦争中の軍隊にとっては掩護《えんご》航空隊であり、コスモポリタンにとってはゲイの集うビーチであり、ヨーロッパ大陸の人々にとってはカフェであり、ゴルファーにとってはカラフルな日除けの傘である。しかし、われわれの大多数が〝傘〟という言葉を聞いて思い浮かべるのは、大雨の日に黒いマッシュルームのような傘で混雑するロンドンの通りの陰気な光景である。

しかし、イギリスの田園地帯の安らぎに満ちたこの土地、イギリスの庭園とも呼ばれるケント州のこぢんまりした村プラマージェンでは、この言葉は別のものを意味している。なぜなら、この村の小さなコテージに、すべての傘のなかでもっとも有名な〝戦うこうもり傘〟が住んでいるからだ。

去年、日刊新聞を熟読している多くの人が〝戦うこうもり傘〟は女性だという誤った印象を持つに至った。

それは違う。噂によると、力強い個性と冒険好きな気質を備えた正義の戦士、黒い絹地と鋼鉄の骨とJ字形の柄でできたこの有名なこうもり傘が、ふたたび活動を始めたようだ。

あっと驚く展開が今後に期待され……。

4

村人どうしの反目と内紛が収まったあと、村には新たな娯楽が必要になった。

ダニホー老人は力のかぎり持ちこたえ、誰にも想像できなかったほど長生きしたが、数週間前に亡くなったため、村の人口が屈辱的な減少に直面することとなった。四九九人と五〇〇人の差は、数字的にはわずか一だが、見た目がずいぶん違う。しかも、この世の中、見た目が大切だ。ところが、運河のほとりにあるダニホー老人のコテージに若い二人が越してきたのに加えて、シリカフ夫人が出産間近で、おなかの大きさからすると双子の可能性があり、三つ子以上に賭ける者もいるので、プラマージェンの人口は無事五〇〇人台に戻れる見込みが立った。また、若夫婦が妻の弟と一緒に越してきて、村営住宅の向こうにある共有地近くのおんぼろの平屋、サタデー・ストップ荘を借りて暮らすようになった。また、〈聖ジョージとドラゴン亭〉には宿泊客が一人いる。ミス・シートンも村に戻ってきた。噂をするのにもってこいの新しい材料がたくさんできたわけだ。

サタデー・ストップ荘の三人家族は村人たちに歓迎された。若い夫は好感の持てるタイプで、あまり姿を見せないが、働いていればそれも当然のことだ。どんな仕事をしているのかはまだはっきりしないが、新しく越してきた者についての調査をわずか二日で完了させるのは、さすがのプラマージェンの村人でも無理だった。妻の弟はいつもニコニコしていて、行儀がよくて、なんとも可愛い子だった。耳と口が不自由なのが気の毒だが、だからこそ、誰もがよけい可愛がりたくなる。肩や頭をなでられても、少年がムッとしたとしても、それを口にすることはできない。必死に何か言おうとしても、たいてい不鮮明な音にしかならないからだ。少年の姉はうっとりするほど魅力的で、郵便局の掲示板に彼女が出した〝家事手伝いの仕事求む〟という貼り紙がその魅力をさらに高めた。明るい表情と礼儀正しい態度が立派な紹介状がわりとなり、貼り紙を見て多くの村人が仕事を頼もうとした。激しい争奪戦が起きた。彼女は問題を解決するために、週に八軒の家事をひきうけ、こちらで二時間、あちらで二時間というペースで午前から午後まで働くことにした。一家はサタデー・ストップ荘を三カ月契約で借りていたが、もっと長くいてほしい、できれば村に永住してほしい、と誰もが願うようになった。

ダニホー老人のコテージに越してきた夫婦はあまり評判がよくなかった。二人ともずいぶん若くて、不愛想で、村人とのつきあいを避けていた。村のしきたりに反する行為のなかでもとくに問題視されるのが、つきあいの悪さだ。なぜなら、人生のどの段階においても、人づきあいを避けた暮らしにはまっとうな口実などありえないからだ。あるのは恥ずべき理由だけだ。二人ともひどく若くて、せいぜい一七か一八ぐらいだが、夫と妻と名乗っているため、みんなから胡散《うさん》臭い目で見られている。二人が結婚している可能性はあり、誰もその可能性を否定しようとはしないが、若すぎるため、〝結婚してるとは思えない。そうでしょ？〟というのがみんなの意見だった。若い夫の外見を形容する言葉はさまざまで、不機嫌そう、堅気のタイプではない、どう見てもごろつき、ものすごく粗野、などと言われている。若い妻のほうには、馬鹿っぽい、怯えている、怯えていて馬鹿っぽい、家庭内暴力を受けてるのは一目瞭然、というレッテルが貼られた。村に越してきた最初の週は、みんなが愛想よく「お年は？」「いつ結婚したの？」「どこの生まれ？」「なぜプラマージェンに来たの？」「お仕事は？」と、あたりさわりのない質問をしたが、二人はそれを避けたり無視したりした。これで評判が徹底的に落ちてしまった。ただ、牧師の妹は義務的に二人を訪問したあと、〝清潔で、整頓好きで、とても控えめな人たち〟だと村人に報告している。

どうやら、仲良しのミス・シートンに影響されたらしい。ミス・シートンは誰に対しても〝控えめ〟というレッテルを貼りがちな人なのだ。ミス・シートンが二人に声をかけたのもマイナスの要素となった。エフィー・ゴーファーが車にひかれかけたあのぞっとする災難のあと、二人と熱心に話しこむミス・シートンの姿を人々は目にしている。また、〈ザ・ストリート〉で娘に声をかけた彼女の姿も目撃されている。

〈聖ジョージとドラゴン亭〉に宿泊中の客は、この二人とは違うタイプだった。誰にでも声をかけ、質問し、返事に耳を傾ける。相手の返事をじっくり聞く客というのは、このパブでは珍しいため、村人から胡散臭い目で見られている。口にする言葉は映画のセリフのよう、服は田舎に向かないものばかり、化粧はまるで女優。宿帳をこっそり見た者が、アミーリア・フォービーという名前を目にした。職業欄には『デイリー・ネガティブ』のファッション担当と書いてあったという。ということは、きっとファッションモデルだ。女優と似たようなものだが、女優よりさらに悪い。ミス・シートンがロンドンから戻ってきたのと同じ夜に彼女が村に来たため、憶測を生むことになった。変装した女性警官だ。モデルというのが本当なら、ミス・シートンを見張るために警察に雇われているのだ。ロンドンから来た共犯者だ。敵対するギャング団のメンバーだ。本人は新聞記者だと言っているが、割りびいて聞くべきだ。取材することなど、この村には何もないのだから。『ネガティブ』のくだらない記事は無視するに限る。こうもり傘のことでは去年さんざん悩まされた。ミス・シートンと何か関係があるのは明白だ。このミス・フォービーという女性——これが本名だとすれば——村に着くなりスイートブライアーズ荘を訪ねて、一時間近く腰を据えていた。そんなに長々と何を話していたのかと訊かれて、アン・ナイトがすべてはぐらかしたことからすると、この訪問にはどうも不吉なものが感じられる。

不吉だ。ボブ・レンジャーは小さくヒッと驚きの声を上げ、スケッチをデスクに置いた。

そこに入ってきたデルフィックが、自分のデスクまで行こうとして、ボブのほうを向いた。「しゃっくりだったら、耳をふさいで水を飲むといい」新聞をデスクに置き、椅子にすわると、未決書類入れをざっと調べてから、郵便物を手にとった。「ファッション担当の記者がプラマージェンで何をしてるんだ？『ネガティブ』はどうやって嗅ぎつけたんだろう？」と尋ねた。ボブはきょとんとした。「きみ、『ネガティブ』を読んでないのか？」

「はあ、警視」

デルフィックは新聞を放った。「第二面」

ボブは無力感に包まれながら、〝こうもり傘の隠れ場所〟を読みはじめた。厄日になりそうだと思った。妙なものだ。ミス・シートンの名前が出ただけで、すべてが悪いほうへころがっていく。〈御神託〉は〝耳をふさいで水を飲め〟などと早朝から明るい口調で言いだすし、新聞にはまたもや〝戦うこうもり傘〟の記事が出ている。そして——そもそもはこれだ。ボブは新聞を脇へどけると、あらためてスケッチに目をやった。さっきアンの手紙を見たときは驚いた。彼女が警視庁に手紙をよこしたことはこれまで一度もなかった。しかも、手紙というよりメモという感じで、こう書いてあるだけだった。〝ダーリン、ミス・Sが描いたこのスケッチ、どうも好きになれないの〟——好きになるやつがどこにいる？——〝あなたがこれを見て、必要だと思ったら〈御神託〉にも見せたほうがいいんじゃないかと思ったので〟——どういう必要だ？——〝ミス・Sは村に住む子供をスケッチしようとしたけど、うまく描けなかったんですって〟——そうだろうとも——〝こんなふうに三回とも〟——三回……？

ボブは部屋の向こうに目をやった。〈御神託〉のデスクの上に小さな雲がたゆたっていた。しばらく待つとしよう。

デルフィックが受話器を上げた。いささか尖った声で言った。「経理部を頼む」相手が出るのを待つあいだに、封を切った封筒のしわを伸ばし、なかの書類を読みなおした。「経理部？　デルフィック警視だ」……「おはよう」……「そう、説明してほしい。ここに小切手があるんだが、受取人も封筒の宛名もデルフィック夫人になっている」ボブは話にひきこまれた。「番号？」デルフィックは言った。小切手を見た。「〇九四六二七一一」じっと聞き入っている部長刑事にかすかな笑顔を見せた。「時間はかからないと言っている。ファイルをチェックするそうだ」デルフィックは電話に戻った。「どうも。で、その件に関してファイルにはどう書いてある？」……「なるほど。では、きみの言うように、それで合っているのなら、ファイルを作成した担当者にかわってもらえないかね？」……「無理？」……「そうか、わかった」デルフィックはボブにちらっと視線を向けた。「コンピュータはしゃべれないそうだ」とボブに伝えた。「だったら」電話の相手に言った。「ご苦労だが、きみのほうで調べて、コンピュータにかわって報告してくれないか？　間違いを正さなくてはならん――きみがわたしに説明し、わたしがきみに説明し、きみがコンピュータに説明すれば、たぶん、なんとかなるだろう」……「ありがとう」

デルフィックは受話器を戻して首をふった。「危ないことになってきたぞ、ボブ。われわれの人生も、生計も、男らしさも、すべてが脅かされている。われわれを思いのままに排除できる新たな怪物が地下室に設置されたのだ。その怪物はわれわれを結婚させることも、離婚させることも、苦しめることもできるが、われわれは怪物と言い争うことすらできない。なぜなら、そいつはしゃべれないからだ」デルフィックは未決書類入れのほうを向き、事務仕事にとりかかったが、やがてドアにノックが響いた。「どうぞ」

制服組の一人が警視のデスクに近づき、細長い紙片を手渡した。「これがもとのメモです、警視。つまり、これを食べさせたわけです」

「食べさせた?」

「カードを食べさせるんです。ちょうど——動物にビスケットを食べさせるように。すると、向こうがカードを消化し、答えを出します」巡査の目が熱っぽく輝いた。

「ミスはぜったいにありません」

「なるほど」デルフィックは紙片をじっと見た。「きみ、この情報を電話で受けとったのかね?」

「はい、そうです」

「これでもやもやが解消した。もっとも、言葉遣いがもやもやしていたわけだが。〝デルフィックの夫人《ミサス》〟を〝デルフィックのミス・S〟に変えてくれ」

ノートとペンが出てきた。「ええと、警視、ミサスと言われましたか？」

デルフィックは忍耐心を失うまいとした。「違う。ミス・Sだ。小切手の受取人はミス・シートンという名前にすべきだったのだ」ぽかんとした視線が返ってきた。デルフィックは絶望に陥りそうになった。「わからないのか？　ミス・S。ミス・シートンの省略だ。大文字のM、i、sが二個、大文字のE、sが二個。続けるとMissEss。わかったかね？」

「はっ。よくわかりました」

「よろしい。それから、住所は〝ケント州プラマージェン、スイートブライアーズ荘〟だ。これをすべてビスケットに書いて、その悪魔のような機械に食べさせてやれば、ミスは解消する」巡査から疑わしげな視線を向けられた。「そうだろう？」

「そう願いたいです。あの機械はいったん心を決めたら、決心を変えようとしませんが、きっと大丈夫だと思います。機械はミスをしないので」

「ご苦労」巡査は出ていった。「それから、ボブ」ドアが閉まると同時に、デルフィックはつけくわえた。「その薄笑いを消したまえ」椅子にもたれてクスッと笑った。

「デルフィックのミサスか。気の毒なミス・シートンの顔が想像できるかね？」

ボブには想像できた。穏やかだが恐ろしげな幽霊みたいに、彼女の顔が宙に浮かんでいた。ミス・シートンときたら、どうしてこんなことができるんだ？　遠隔操作で経理部をひっかきまわすのもお手のものか。不吉な予感が当たった。〝シートンの朝〟になりそうだ。何もかも破壊されてしまうぞ。あっというまに。

ボブの思いのなかに警視の声が割りこんだ。「もう一度ファイルを出してくれ」ボブは身をかがめて、いちばん下の引出しをあけた。「見落としがあるといけないから、丹念に目を通していくしかない。これまで知らなかった単語をひとつかふたつ覚えるチャンスにもなりそうだし」

小児連続殺人のファイルはずいぶん分厚くなっていた。殺人と郵便局の強盗事件に関連性があるというのは、もはや推測ではなく確信に変わっていた。強盗の被害にあった五カ所の郵便局で七〇人を超える目撃者から証言をとったところ、あれこれ矛盾する意見のなかからひとつのパターンが浮かびあがった。男が二人。片方は普通の背丈、もう一人は小柄。服装は黒で、おそらく革と思われるが、黒のつなぎの可能性もある。ヘルメット。ゴーグル。黒いマスク。いや、たぶん、ゴーグルから黒い布を垂らしているのだろう。郵便局に来るときも、逃走するときもバイクだ。背の高いほうが銃を手にして命令を下す。小柄なほうはひと言もしゃべらず、金をかき集め、仲間が人々に銃を向けているあいだに出ていき、それに続いて、仲間が〝追ってきたら撃つぞ〟と人々を脅しながら外に出る。残念ながら、犯人たちの身元を示す手がかりは何も見つかっていない。

フラットと一軒家の窃盗事件は殺人とも強盗とも無関係と思われるが、デルフィックはそちらにも目を光らせていた。こうした窃盗事件の常として、たいした被害はなく、手がかりもなさそうで、容疑者を具体的に挙げたフラットの家主の女性が一人いたものの、容疑者の数が多すぎた。先日雇い入れた臨時の家政婦が犯人だと彼女は断言したが、フラットの間借り人と、仲の悪い近所の住人と、態度の悪い牛乳配達の男にも同じく疑いをかけていて、このなかの誰か一人が、もしくは複数が犯人なのかどうか、心を決めかねている様子だったので、この情報は割りびいて受けとろうということになった。警察にできることはほとんどなく、同じ手口の郵便局強盗がふたたび起きるのを待ってから、その界隈に重点を置いて、殺人犯をとらえるための罠《わな》を仕掛けるしかなかった。

自分のデスクに戻ったボブは、ミス・シートンのスケッチにふたたび目を向けた。〈御神託〉に見せないでおけば、たぶんこのまま丸く収まるだろう。アンだって要するに、必要だと思ったら〈御神託〉に見せてほしいと言っているだけだし。そこが大事だ。おれは必要とは思わない。このまま知らん顔をして、何も言わないことにしよう。そう思いつつも、ボブはスケッチとアンの手紙をとり、デルフィックのところへ行って、デスクに散らばったファイルの上にスケッチを置いた。デルフィックは凍りつき、絵を凝視した。片手を差しだした。ボブはアンの手紙をしぶしぶ警視に渡して、〝ダーリン〟を別にすれば私的な内容ではないのだからと自分を慰めた。もっとも、〈御神託〉という表現が使われていて、それはちょっと――やはり――まずいかもしれない。デルフィックは手紙を読んでから、電話に手を伸ばした。

「ケント州アシュフォード警察。ブリントン主任警部を。大至急。頼む」デルフィックはもう一台の電話の受話器を上げた。「ゴスリン警視正につないでくれ」……「警視正？　デルフィックです。ミス・シートンの別の絵が出てきました。緊急事態と思われます。プラマージェンが次の現場になりそうです。総監補はおられますか？」……「承知しました」受話器を戻した。最初の電話がわめきたてた。「クリスか？　デルフィックだ。ある理由から、プラマージェンの郵便局で強盗事件が発生しそうな雲行きだ。そちらに電話して警告してくれないか？」……「いや、いつになるかはわからん。たぶん、ここ数日以内だと思う」……「わかった。このまま待とう」デルフィックはボブを見た。「この件についてほかに何か知らないか？　ミス・ナイトはこれまで、電話か何かでスケッチの件に触れたことも、それについて語ったこともなかったんだな？」

「はい、警視」

二台目の電話が鳴った。デルフィックが出た。「デルフィック警視です」……「おお――はい、総監補」……「はい、わたしのデスクにのっています」……「承知しました。しかし、数分だけ待っていただけますか？　アシュフォード警察からプラマージェンの郵便局に連絡がいくあいだ、電話を切らずに待っているので」……「いや、長くはかからないかと――」……「わかりました」受話器を戻した。「総監補がここに来るそうだ」

ボブは自分のデスクに戻った。ほかには？　〈御神託〉がサー・ヒューバートのじいさんのもとへ出向くかわりに、向こうがやってくる。当然だ。ミス・シートンがひっかきまわせば、上下が逆になるに決まっている。

「だが、応答はあるはずだ。郵便局だぞ」最初の電話に向かってデルフィックは文句を言った。「電話線が故障していれば、警察にも連絡が入ったはずだ」……「わかった。そちらで技師に連絡をとるあいだ、このまま待つことにする」興奮の面持ちで椅子をまわした。「ボブ、当たりかもしれん。何が起きているかわかるか？」

「はい」ボブはついにあきらめた。「ふたたびミス・シートンの登場です」

ドアがあいた。入ってきたサー・ヒューバート・エヴァリーが背後のドアを閉め、デルフィックのデスクへ直行した。警視は立ちあがろうとしたが、総監補が手で制止した。サー・ヒューバートはしばらくのあいだスケッチを凝視した。「どこで手に入れた？」

「レンジャー部長刑事を覚えておられますか？」

「〝おお、神よ〟と叫んだ男だな。覚えているとも」サー・ヒューバートはボブにうなずいてみせた。「二と二を足して〝神よ〟という答えを出した若い男だ」

「スケッチはけさ郵便で届いたそうです」デルフィックはボブが受けとった手紙をかざした。「いいかね？」ボブは無言でうなずいた。デルフィックが総監補に手紙を渡した。

それを読むサー・ヒューバートの顔にちらっと笑みが浮かんだ。ミス・シートンの力が働いている。「どこの子だ？　わかっているのかね？」

「いえ、それがまだ――」電話が息を吹きかえした。「何も起きていない？」デルフィックは不機嫌な顔になった。「だったら、わたしがそちらへ車を送りこんで――」

……「すでに手配済みか。助かる。ところで、クリス、もっと重要な件がある。プラマージェンに住んでいる子供のことで――どの子なのかわからんが、ミス・シートンに訊けば名前がわかるはず――」電話の向こうでわめき声が上がった。「静かにしろ。なんだったら、村はずれの介護ホームに医者の娘がいるから、そちらへ問いあわせてくれてもいい。ミス・ナイトだ。とにかく、プラマージェンに住む子供が次の被害者になる可能性がある――わずかな可能性だが」……「ああ、そうしよう。わたしも……」総監補が差しだした腕に気づいて、デルフィックは文句を言っている受話器をそちらに渡した。

「総監補のサー・ヒューバート・エヴァリーだ」文句がぴたっとやんだ。「わたしも警視の意見が正しいと思う。その少女を二四時間態勢で警護するよう助言したい。あくまでも推測の段階だが、われわれの推測には充分な根拠がある。そして、郵便局で何か騒ぎが起きた場合、その推測はほぼ確実なものになると言っていい」電話の相手が礼儀正しく提案をした。「ふむ――いいだろう」サー・ヒューバートは一瞬、デルフィックのデスクのファイルを集めてブリーフケースにしまっているボブに注意を奪われた。「わたしもそう提案しようと思っていたところだ。村の宿屋かどこかに部屋をとってもらえたらありがたい。わたしはこちらですべての手配をして、一時間以内にうちの連中をきみのところへ差し向ける」……「礼を言うよ」サー・ヒューバートはデルフィックが彼のために紙片にメモした名前を読みあげた。「ブリントン主任警部。ではまた」

調理済み食品と生の食材、本、衣類、おもちゃ、瀬戸物、ガラス製品。こんなところを郵便局と呼んでいいの？　まいったわね、〈ハロッズ〉の縮小版といったところだわ。わたしが当分ここに足止めされることになるのなら、ミス・Sの家には灰皿がもっと必要だ。客用の灰皿がひとつしかなくて、それを部屋から部屋へ持ち運ぶなんて不便だもの。メル・フォービーは陳列された灰皿を吟味した。緑がいい？　それともピンク？　そうね、両方とも買おう。値段を見ようと思って緑のほうを手にとった。

郵便局のドアがバタンと開き、バイカーが二人飛びこんできた。

驚いたミス・ナッテルがコーヒー豆の袋を落としてしまった。袋が破れた。別の買物客がヒッとあえいだ。一人が悲鳴を上げた。

ドアが閉まった。

バイカー？　まさか、この二人……。

「手を上げろ」銃を手にした背の高いほうがどなった。「動いたら撃つ。早くしろ」

緑色の灰皿が宙を飛んだが、狙いがそれて、銃を持った男の背後にガチャンと落ちた。銃声が大きく響き、缶に穴のあく音がした。メルは凍りついた。足のそばにころがっている自分の帽子に視線を落とした。彼女の背後では、怯えきった若い女性局員が身じろぎもせずに立っていた。頭上の棚の缶に穴があいて頭にトマトピューレが垂れているのに、まったく気づいていない様子だ。

黒のつなぎとブーツに身を固め、ヘルメットと黒いゴーグルで顔を隠し、ゴーグルから黒い布を垂らして襟元に押しこんだ襲撃犯二人のうち、小柄なほうが、ハムとチーズが並んだ棚のうしろにまわり、郵便物を扱う格子窓まで行った。電話が鳴りだした。チェダーチーズのすりおろしを客に売っている途中だった郵便局長のスティルマン氏が、持っていたボール箱を下に置こうとした。

「やめろ」銃を持った男がどなった。スティルマン氏は置くのをやめた。

格子窓のところで客の相手をしていた郵便局長の妻は、何もできずに恐怖の目をむくだけだった。

「大丈夫だ、エルシー。わたしがやる」スティルマン氏はドアのそばの人影に向かっていった。「金庫の鍵はわたしが持っている。騒ぎは起こさないでくれ」

「よし。鍵を挿しこめ」

昼休みに買物にきた何人かの客と郵便局員たちが蠟《ろう》人形のようにじっと立っているあいだに、ボール箱を手にしたままスティルマン氏は格子窓の奥に入った。カウンターの切手と郵便為替をかき集め、膝を突き、ボール箱を床に置いた。鍵をまわす音、金庫が開く音、硬貨のじゃらじゃらいう音、紙幣のこすれあう音。何秒かすると、スティルマン氏は立ちあがり、ボール箱をカウンターにドサッと置いた。手早く機械的にガムテープをちぎり、ボール箱の蓋に貼りつけて密封した。郵便為替が突きでていたが、それもガムテープで押さえた。箱を持ちあげ、待ち構えていた黒い手袋の人物に、格子窓越しに渡した。電話が鳴りつづけている。小柄なほうの犯人がボール箱を受けとると、郵便局の入口まで行き、ドアをあけて走りでた。銃を持った男がドアを閉めてそのまま待った。ミス・ナッテル以外は全員静止したままだった。長身で骨ばった体形のミス・ナッテルは、髪と顔とワンピースに赤い液体を垂らしている女性局員に恐怖の視線を据えたまま、ぐらっと揺れた。揺れながら、血の気をなくした青い唇を開いた。

「ど……、ど……、ど……?」と言ったかと思ったら、床に散らばったコーヒー豆のあいだに倒れた。

電話が鳴りつづけていた。

切手。うっかりしていた。何か足りないものがあるような気がしていた。もちろん、今日の午後にでも買いにいけばいい。でも、午後まで忘れずにいられるだろうか？　スタンにも言ったように、今日はバラの花壇の草むしりをする予定だ。いったんとりかかったら、知らないうちにお茶の時間が来て、手紙を投函する暇がなくなってしまう。それで困るわけではないけど。でも、手紙を書いても、投函しないうちはどうも落ち着かない。ようやく、夏期講習のためにいったん学校に戻り、そのあとで退職しようと決心したのだ。だったら、一刻も早く校長のベン夫人に手紙を出したほうがいい。そう、あれこれ考えあわせると、いますぐ切手を買いに行き、ついでに投函してしまうのがいちばんだろう。

ミス・シートンはシチューをとろ火で煮込んでおこうと思い、電気鍋のサーモスタットの目盛りを低くした。でも、目盛り表示をもっと正確にしてほしいものだ。〝とろ火〟に合わせるとかならず沸騰する。とろ火にしたいときは〝入〟に合わせるしかない。でも、こうしておけば、夕方まで草むしりに集中できる。まあ、大部分が芝生なんだけど。帽子をかぶろうと思って二階に上がり、寝室の窓辺に立って外を見た。『園芸のコツ、教えます』の〝冬から春〟の章には、芝生は四月まで休眠状態なので手入れの必要はないと書いてある。しかし、ここの芝生は違う。休眠していない。芝生の先端がやや不ぞろいになり、新芽が元気よく伸びて、芝生というものが花をつけるのか、実をつけるのか、はたまた何をするのか知らないが、とにかく生長を続けている。一階に下りたミス・シートンはコートをはおり、傘を持ち、ベン夫人宛の手紙をハンドバッグに入れた。

〈ザ・ストリート〉はがらんとしていた。当然だ。誰もがランチをとっているはず。郵便局があいていて助かった――ほかはどこも閉まっている。郵便局の外に止まったバイクのそばに小さな人影がひとつ、ぽつんと立っていた。ああ、そうだわ。見覚えがある。耳と口が不自由なあの子だ。不運な子。大きなハンディキャップだ。でも、聾《ろう》唖《あ》者の指導を専門とする特別な学校に入れれば、状況は改善されるはず。大きく前進するだろう。そういう学校ではまず、聞くことを教える。もっとも、耳の聞こえない者にどうやって聞くことを教えるのか、よくわからないけど。そこからスタートして、次は話す訓練に移る。聞くことも話すことも完璧にマスターし、周囲に何も気づかれずにすむようになる子が、けっこう多いという。こういう訓練を受けないかぎり、人に頼って生きるしかない。その子たちにとって、けっしていいことではない。

ミス・シートンが向きを変えて郵便局に入ろうとしたとき、ドアが乱暴に開き、黒い服に身を包んだバイカーが飛びだしてきて彼女にぶつかった。ミス・シートンは大の字に倒れて傘を手から放してしまった。あわてて石突きをつかむと、柄の部分がバイカーの足首にひっかかり、大の字に倒れた。抱えていた箱がミス・シートンのそばに落ちた。ミス・シートンはそれをバイカーのほうへ押しやった。

「あなたが買ったものでしょ」

黒衣の人物がよろよろと立ちあがった。遠くからパトカーのサイレンの音がわびしく響いてきた。ふたつの音程に分かれていて、動物の求愛の鳴き声を思わせる響きだった。バイカーはミス・シートンに背中を向けて躊躇していたが、やがて一台のバイクに飛び乗った。エンジンがかかる音、爆音。バイクと乗り手は〈ザ・ストリート〉を南に向かって走り去った。

あらあら。ずいぶんせっかちな人。ミス・シートンが手と膝を突いて起きあがろうとすると、郵便局のドアが開き、またもや誰かが飛びだしてきてミス・シートンにつまずいた。爆発音、彼女のそばに何かがカタンと落ち、〈ザ・ストリート〉の向かい側でガシャンと音がして、そのあとにドサッという音が続いた。リリコット荘のガラス窓が割れ、バイカーが大の字になって宙に投げだされ、歩道の縁に激突したのだ。電話が鳴っていた。パトカーのサイレンが近くなった。銃を持っていた男が銃をなくし、起きあがり、バイクのほうへ走った。ふたたびエンジンがかかる音、ふたたび爆音。そして、男は仲間を追ってバイクで走り去った。

まあ、なんてこと。わたしもよけようがなかったわ……もちろん、あの二人が転倒したのはとても気の毒だけど、正直なところ、わたしが全面的に悪かったとは思えない。ミス・シートンは起きあがり、服の汚れを払った。ええと、さっきの箱はどこかしら……？　あら。ミス・シートンは身をかがめて、足もとにころがっていた拳銃を拾った。手にした瞬間、さっきの大きな爆発音を思いだした。なんて危険なの。あの人たちが落としていった箱はどこ？　小さな人影が歩き去ろうとしていた。箱を小脇に抱えている。

「待って。持ってっちゃだめよ。あなたのじゃないんだから」

無理だわ。この子には聞こえない。傘の柄を子供の腕にひっかけて自分のほうを向かせた。二人は向きあった。男の子は箱をしっかり抱えている。ミス・シートンは首を横にふり、右手に銃を持ったまま、左手を差しだした。子供は反抗的な表情を見せた。幼かった顔が変化した。表情がこわばり、もっと年上の顔になった。憎悪のなかで年を重ねた仮面。一瞬の変化は衝撃だった。この新たな仮面が現実となり、子供っぽい顔が変装だったかのように思えてきた。子供は乱暴な手つきで箱をミス・シートンに押しつけると、向きを変えて走り去った。

郵便為替が突きでている箱？　拳銃？　それって——まさか……違う、違う、ありえない。もちろん、そういう記事を読んだことはあるけど、田舎で起きるなんて考えられない。ましてや、こんな小さな村なのに。でも……なんとなく不安な思いで、ミス・シートンはドアに近づいた。もちろん、郵便局のなかでおおっぴらに言うのは避けたほうがいい。みんなを警戒させたくないから。そうだ、スティルマン氏にこっそり話すことにしよう。この人にだけは知らせておかないと。

青いライトを光らせ、オペラのディーバのごとくサイレンを響かせて、一台目のパトカーがブレッテンデン・ロードから現われ、〈ザ・ストリート〉に飛びこんできた。帽子が斜めに傾き、片方の腕にハンドバッグと傘をかけ、反対の腕で箱を抱えて拳銃を握っていた。郵便局の前で止まった瞬間、小柄な年配女性が郵便局に入っていくのが見えた。

『デイリー・ネガティブ』より——三月二三日

イギリスの田舎の安らぎ

連載第二回　ハードタイプのチーズ

アミーリア・フォービー

本日この地で驚愕の事件発生。プラマージェン郵便局に銃を持った強盗二名が押し入り、眠ったように静かな村の昼食どきの安らぎを無惨にも打ち砕いた。弾丸と灰皿が飛びかい、女性たちが気絶し……。

……だが、郵便局長スティルマン氏（五五歳、グレイの髪、身長一七五センチ）は暴力に知略で対抗した。おろしたチーズを客に売ろうとしていたのを邪魔されたため、氏は……。

……売上金を床に置き、強盗にはチーズと郵便為替一枚が入った箱に封をして渡した。強盗はこれすら失ってしまった。というのも、郵便局の外で〝戦うこうもり傘〟が待ち構えていて、わが身の危険も顧みずに即座に行動に出たからだ。左フック、短いジャブ、強盗二名は戦利品と拳銃を捨てて逃げ去った。

数秒もしないうちに警察が現場に到着したが、強盗の行方はいまだに不明。

拳銃が押収され、チーズが無事に戻り、被害は灰皿一個とトマトピューレの缶一個にとどまった。ついでに――わたしの帽子も（穴が二個あいていた）。

5

「……限りなく汝のものなれば なり。アーメン」

牧師は主の祈りを終えて席についた。村の会館では、教区教会協議会のほかのメンバーも隙間風のなかで二時間の苦行に耐えるため、コートとマフラーをそっとはずし、小さくささやきを交わしながら腰を下ろした。議事録が読みあげられ、署名がなされた。排水設備、鐘のひび割れといった問題が提起され、教会の芝生をきれいにしておくために新しい芝刈り機と羊のどちらを購入すべきかという熱のこもった議論がなされ、すべてその場で処理された。欠席者の理由が読みあげられ、もしくは、出席者から報告された。そしてようやく、その他の協議事項と、教会に届いた投書内容に関する検討と、新たな議論へ進むことになった。要するに、必要な案件が片づいたので、自由に議題を出して、馬上槍《やり》試合を始めようというわけだ。

ダニホー老人のコテージに越してきたホッシグという若夫婦が、槍試合の練習に使われる藁《わら》人形のごとく攻撃の的にされた。この夫婦の味方をする者が一人もいないため、誰にとっても、妨害を受けずにウォーミングアップと予行演習をおこなういい機会になった。夫は怪しげな仕事をしている。トラック運転手か何かだ。そういう噂だ。妻が怯えた顔をしているとすれば、もっともな理由があるに違いない。夫はときどき何日も留守にする。夜も留守のことが多い。夜間に自宅にいることはほとんどないらしい。夫がいつどこにいるかを知っている者は一人もいない。夜間にトラックに乗っているとすれば、昼間にバイクに乗っていても少しも不思議ではない。そして、妻が怯えた顔をしているとすれば、かならず何かもっともな理由があるはずだ。どう見ても怪しげであることは否定できない。

「たとえば、服役の前科があるとか」

ミス・ナッテルがくりだしたこの槍のひと突きは、攻撃として卑劣であり、穂先を鈍らせていない槍を使用したのも同然と判断されて、みんなから抗議を受けた。ミス・ナッテルは自分の発言を撤回し、外見は人を欺くことがあるとの意見に同意するしかなくなった。

「例えば、トマトピューレを血だと思いこむとか？」レディ・コルヴデンが興味津々で尋ね、このひと突きで敵を落馬させた。

ブレイン夫人が友達の掩護に乗りだした。「エリカが言おうとしたのは、あの男の様子からすると、その可能性がすごく大きいってこと。だとすれば、ああいうことをしそうな連中とつきあいがあるに決まってるわ。つまり、そういう友達がいるのよ」

この反駁《はんばく》できない論法によって、次のような含みを持つ判定が下された——郵便局強盗事件はホッシグ氏とその仲間（身元は特定されていない）の犯行である。若きホッシグ夫婦は村人とのつきあいを避けて暮らすという過ちを犯している。つきあいを避けるというのは村のしきたりに逆らうことであり、この侮辱に対しては、しきたりがいずれ報復に出る。

サー・ジョージ・コルヴデンは発言を控えていたが、週に何夜か幼い妻を置いて仕事で出かけるというのは、まっとうな生き方ではないかもしれないと思った。調べてみることにした。

いまの成功に気をよくしたブレイン夫人は、新たな馬——ドリスという名の雌馬——に乗って槍試合場に駆けもどった。ドリスはサタデー・ストップ荘を借りた一家の主婦で、けなす者より褒める者のほうが多い。なにしろ、彼女が家事手伝いをひきうけた家の主婦のうち六人が協議会のメンバーなのだ。とてもしっかりした子よ。いつも明るくて働き者なの。金曜日に銀器磨きをするとまで言ってくれたわ。たいていの人間はいやがるのに。何にでもすごく興味を持って、値打ちのある品はどれかって訊くの。特別丁寧に扱うからって。詮索しすぎではないかと誰かが言った。ミス・ナッテルは憤慨し、不愛想に答えた。

「そんなことないわ。いい子よ。よく働いてくれるし」

「本当とは思えないほどいい子なの」ブレイン夫人も同意した。「障害を抱えた気の毒な弟の面倒をみてるし」

でも、役場の福祉課に相談できないの……？　いいえ。ドリスは給付金のことには耳を貸そうとしないの。人に頼らないで、自分の力でやっていきたいんですって。じゃ、夫は……？　気の毒なのよ。神経衰弱で、医者に安静を命じられてるの。

サー・ジョージには仮病のように思われた。それに、弟は学校に通わせるべきだ。あの一家に関して具体的なことは何もわからない。いや、わたしには関係ないことだ。〝本当とは思えない……〟ブレイン夫人がこれまで口にしたなかで、唯一のまともな言葉かもしれない。

「ねえ、ほんとなの？」誰かが質問した。「ミス・シートンと、耳と口が不自由な男の子のあいだに、何か揉めごとがあったというのは」

テーブルのまわりがざわめいた。何ひとつ見逃すまいとして観客が身を乗りだした。

試合に出る騎士たちは武器に目を向け、リーダーのうしろに並ぶ準備を始めた。今宵のメインイベントの開始が告げられた。郵便局強盗事件とミス・シートン。

「ええ、ほんとよ」ブレイン夫人が突撃した。レディ・コルヴデンとミス・トゥリーヴズに挑戦的な目を向けた。「まったくの偶然だと言いたい人もいらっしゃるでしょうね。でも、ミス・シートンがうちの表の窓を撃ったことは誰にも否定できないわ。わたしなんか、お昼のテーブルを用意していて危うく殺されるところだったのよ。まあ、それも偶然と呼びたがる人はいるでしょうけど」

「神の御心だ」サー・ジョージはつぶやいた。

「そして、そのあと」ブレイン夫人は話を続けた。「ミス・シートンは〈ザ・ストリート〉に立ち、あのかわいそうな少年を傘で殴ったの」

レディ・コルヴデンが反撃に出た。「強盗の一人が倒れたときにその男の銃が暴発して、おたくの窓を撃ち砕いただけで、ミス・シートンとはなんの関係もありませんですから、あなたが自分で見たと思いこんでらっしゃるその他のことに関しても、同じくくだらない勘違いかもしれないとお思いになりませんこと？」

このやりとりで、全員が試合に参加しようという気になった。

「何か騒ぎが起きると、その陰にかならず彼女がいるのよ」これに対して反論。「馬鹿言わないで。もし彼女が郵便局に来ていなかったら……」「いいかね、あの箱には金が入ってた。この目で見たんだ。現場に居合わせたからな」次はこれを否定。「あれはチーズだったのよ」「彼女があの箱を届けに来たときは金なんか入ってなかったぞ。じゃ、どこへ消えたんだ？」反駁する意見。「最初から入ってなかったのよ」「きっと誰かが隠してるんだわ」「新聞を読まないのかね？」「村全体が笑いものだわ」「だが、彼女に責任を押しつけるのは無理……」「無理じゃないわ。彼女がいなければ……」「彼女は銃を持って郵便局に押し入ったために逮捕されたんだ」「彼女がみんなの命を救ったのよ」「それに、たった一人で強盗と戦ったんだし」「やつらの逃走を助けたじゃないか」「彼女が一味でなかったのなら」「おれは知ってた……」「そんなわけないでしょ……」「彼女がやった……」「わたしたちは信じてた……」「あんた、否定したくせに……」

「否定できないわ」ファーミントという夫人の甲高い声が喧騒を切り裂いた。「ミス・シートンがここにいないときは、騒動なんて起きないのよ。あの人こそ騒ぎの元凶だという証拠だわ」

「くだらん」サー・ジョージが言った。「つねに何かしら騒動が持ちあがっているではないか。何もないときは、あんたが自分で作りだす」ファーミント夫人は涙ながらに試合場から退却した。

　はるか昔の音がこだました。ぶつかりあう剣と剣、馬の蹄《ひづめ》、風にひるがえる旗、槍の上ではためく三角旗。突き、防御、反撃の突き。議長を務めるアーサー・トゥリーヴズ牧師はおろおろと困惑しながら論戦に耳を傾けた。ダニホー老人のコテージに越してきた夫婦が悪く言われていることに心を痛めた。もっとも、その理由がよくわからない。わたしはあの二人に会ったことがあるだろうか？　思いだせない。モリーならたぶん……。訊いてみよう。その一方、サタデー・ストップ荘に越してきた一家の評判がいいのは喜ばしいことだ。しかも、それにはもっともな理由がいくつもある。あの一家は村に腰を落ち着ける決心をするかもしれない。願ってもないことだ。

　アーサー・トゥリーヴズは浮世離れした人物だ。というか、とにかく自分だけの世界に住んでいて、そこの住人はみな親切で、邪悪なおこないはせず、〝見ざる、言わざる、聞かざる〟の精神で生きているものと思いこんでいる。聖職者としては、神学の教義にあまり詳しくないのが短所だが、それを人間性という長所で埋めあわせている。たまに信者と顔を合わせて、名前を思いだすことができたりすると、相手のことを人類の栄光を示す輝かしき例として見る。また、十戒について真剣に考えたとしたら、その大部分は関係者が犯した微罪であり、自分としては咎めるつもりはないと思っていることに気づいて、愕然とすることだろう。周囲の状況によって、もしくは、妹の言葉によって、自分の欠点を認めざるをえない立場に立たされると、牧師は感情を爆発させる。冷酷な出来事に遭遇すると――彼が罪とみなすのはただひとつ、冷酷さだけだ――戦闘態勢になる。

そうした出来事のひとつが郵便局の強盗事件だった。ミス・トゥリーヴズが時間をかけ、忍耐心を発揮して、牧師に説明した――あれはチーズの値段について意見の相違があったという程度の騒ぎではなく、武器をちらつかせた本物の強盗が入ってきて、現実に弾丸を発射したのだ、と。強盗に入るのは冷酷だ。武器をちらつかせるのはさらに冷酷だ。しかし、銃を発射して人命を危険にさらすのは、とりわけ冷酷なことと言っていい。アーサー・トゥリーヴズは激怒し、自分の教区からこうした脅威をとりのぞくために力を尽くそうと決心した。

今夜の集まりでは強盗事件が話題の中心になるものと予想して、きびしい態度で臨む準備をしていた。彼自身が敬意を寄せているミス・シートンの勇気を称えるコーラスが流れるものと思い、自分もコーラスに加わるつもりでいた。ところがそのコーラスが、声量だけはあるものの、なぜか耳ざわりな騒音に変わり、音程も狂ってしまった。彼には理解できないことだった。神経を尖らせながら、目の前のテーブルに置かれた投書の束をめくっていった。これも彼には理解できないものだった。大部分がミス・シートンに関する投書で、そのなかで彼女はさまざまに描写されていた。ジャンヌ・ダルク、マタ・ハリ（聞いたことのない名前だが、映画スターだろうか）、フローレンス・ナイチンゲール、イゼベル（何を思って書いたか知らないが、これは旧約聖書に関する由々しき誤解だ）。最後の投書は〈聖ジョージとドラゴン亭〉のとなりに住み、ほとんどの時間をパブで過ごしている老齢の元大佐からのもので、そっけない内容だった。

教区教会協議会御中
関係者各位
　ウィンドアップ大佐からひとこと申しあげたい。あれは迷惑千万な女だ。

「まったく迷惑千万な女だ」アシュフォード警察犯罪捜査部のブリントン主任警部は、デスクに置かれていたエフィー・ゴーファーのスケッチから顔を上げた。「聞いてくれ、〈御神託〉。ミス・シートンをロンドンに連れて帰ってもらいたい。わが警察には彼女のおふざけに対抗できるだけの用意がない。去年の夏は彼女が警察全体をひきずりまわし、冬のあいだだけ冬眠してくれたが、春が来て万物が活動を始めたとたん、またしても浮かれ騒ぎを起こそうと企んでいる。地元住民とわれわれは理解しあっている。連中がちゃちな犯罪を起こし、お返しにわれわれが連中を連行する。公明正大にして和気藹々《わきあいあい》としたつきあいだ。ところが、ミス・シートンがあのこうもり傘をひとふりすると、重大犯罪が発生する。いったいどういう女なんだ？　磁石みたいなものだな。犯罪が伝書鳩みたいに彼女をめがけて飛んでいく。わたしはまだ一度も彼女に会ったことがないが、悪魔のような邪心から騒ぎを起こしているとしか思えない」

デルフィックは笑った。「きみも村の連中と同じ意見というわけだな。ミス・シートンが騒ぎに直接手を下さなくても、村人はみな、共謀者だと思っている」

「連中を責めないでくれ」ブリントンは〝プラマージェン郵便局〟と記されたファイルを手にとり、ページをめくりはじめた。「さてと、きみは郵便局に強盗が入ることをわれわれに連絡してきた。なぜだ？　この絵が理由か？」スケッチを小突いた。「彼女が絵を完成させられないということ以外に、この絵からいったい何がわかるのか、わたしには見当もつかない。なるほど、強盗事件は現実に起きている。だから、うちの署からパトカーを差し向けた。パトカーが到着したとき、現場はどんな状況だった？　きみの女友達が片手に現金を、もういっぽうの手に拳銃を持って郵便局に入っていこうとしていた。普通なら現行犯で逮捕されるところだ。だが、そうはならなかった。彼女だというだけで、違う展開になってしまう。犯人二人を投げ飛ばし、銃と現金をとりあげて、現金を郵便局に返した。ところが、彼女が関わったせいでまたしても違う展開になり、現金がチーズに変わってしまった」ブリントン主任警部は開いたファイルを目の前のデスクに置いた。「ああ、だめだ、〈御神託〉、ミス・シートンと同じリーグでプレイするなんて無理だ。彼女をよそへ移してくれ」

「きみのためになることだ、クリス」デルフィックは反論した。「ミス・シートンは想像力を広げ――まあ、広げすぎであることはわたしも認めるが――きみの生まれつきの能力をひきだしてくれる。また、忘れないでほしいが、きみが無礼な意見を述べたその絵を、総監補はかなり真剣に受け止めているんだぞ」

「全員がそうじゃないか。うちのほうで例の少女に私服刑事を二人つけておいた――しかし、まいったよ。やつらの格好を見たかね？　わたしの若いころは、私服というのは色が違うだけで、似たような地味なデザインばかりだった。ところが、最近の連中ときたら……。紫あり、ピンクあり、ストライプありで、それを〝私服《プレーン》〟と呼んでいる。それでだな、二人は交代制であの生意気なチビのあとをついてまわってるんだが、連中の報告書によると、あんな性格の悪いガキはめったにいないそうだ。もしその子が殺されたら、わたしは二人のうち片方か、もしくは両方を逮捕するつもりだ。報告書だけで有罪をかちとれるだろう。きみ、どこまで徹底的にやってほしい？　武装した刑事四人を少女の前後左右に置くとか？」

デルフィックは苦笑した。「気の毒なクリス。こちらの手配が完了したら、その二人はすぐ解放してやる。罠を仕掛けたいんだ。犯人をとらえる方法はそれしかない。結局はそれが少女の身を守ってくれる」

「本気で思ってるのか、〈御神託〉？」ブリントンはふたたびスケッチに目を向けた。「絵の印象だけを根拠にして、次の被害者はこの少女に違いないと？」

デルフィックはうなずいた。「そうだ。この子以外に考えられない。根拠となるのは絵の印象だけだが」

主任警部は首を横にふった。「まあ、きみが正しいのかもしれん――正しくないとは言ってないぞ――しかし、こっちにも地元の不良グループがあって、郵便局強盗などまさに連中の得意分野だが、殺人に関わったことは一度もない。相手が子供だろうが、大人だろうが。そろって走るのが好きな連中だ。全員がバイクを持ち、〈アシュフォード・チョッパーズ〉と名乗っている。これだけは認めてやってくれ――名前にふさわしい活動にいそしんで、映画館を襲ったり、得意の乱闘騒ぎを起こしたりしている——先週も派手に騒いだばかりだ——近くの村か町のどこかで土曜の夜にダンスパーティがあると、〈チョッパーズ〉が押しかけてきて、乱闘を始め、その場をめちゃめちゃにしていく」

「しかし、プラマージェン郵便局の場合は、グループの犯行ではなかった」デルフィックは異議を唱えた。「犯人は二人だけだ」

「そうだな」ブリントンは譲歩した。「だが、連中もいずれ暴走族を卒業して——犯罪者への道を歩みだす——たいてい二人で組み、年配女性の頭を殴りつけてハンドバッグを奪ったり、小さな商店を襲ってレジの金と煙草を盗みだしたりする。今回の郵便局強盗なども、まさに連中のやりそうなことだ。初心者二人組がチーズをくすね、次に尻もちをつき、チーズを落としてしまった」

デルフィックは納得できないと言いたげに首をふった。ブリントンがペンを手にしてメモをとった。「さてと、わたしは〈チョッパーズ〉に目を光らせておくとしよう。だが、これはきみの事件だから、文句を言うつもりはない。そちらの希望を言ってくれ」

デルフィックは考えこんだ。「なあ、クリス、わたしの経験からすると、村のような小さな共同社会で事実と妄想を混ぜあわせて物語を作るときは、全員から最悪の噂を集め、それをもとに作っていくものだ。そういう噂はほとんどでたらめだが、ときとして、当人が気づかないうちに基本的な事実を言いあてていることもある。今回の事件でわたしが興味を覚えたのは、犯人がバイクでやってきて、バイクで走り去ったという点だ。ならば、遠くから来たと考えるのが自然なのに、村の誰もが、わたしが話を聞いてまわったかぎりでは、分別ある連中までが、地元の人間の犯行としか思えないという意見に同調している。もし若い連中が犯人だとしたら——わたしはその線にかなり自信を持っているが——村に越してきたばかりの人間という可能性が濃厚だ。新顔の誰か。その条件に当てはまるのはホッシグという若者と、それから……」デルフィックの声が途中で消えた。

ブリントンはちらっと彼の顔を見て、そのあとで尋ねた。「それから何なんだ？レモンをかじったような顔をしてるぞ」

デルフィックはのろのろと答えた。「警視庁でミス・シートンが言ったことをふと思いだしたんだ。小柄で非力な者は自分の力を誇示したがる。クリス、片方がもう一人よりはるかに小柄だったという点で、すべての目撃者の証言が一致しているが、その小柄なほうが女だという可能性はないだろうか？」

ブリントンは考えこんだ。「そうだな。二人がよく似た格好をして、身長だけが違っていたとすれば、ありうる話だ」

「そう考えれば」デルフィックは結論づけた。「殺人犯がその女だという可能性も同じぐらいにあるわけだ」

「ふむ、なるほど。おぞましいことだが」

「すると、容疑者として考えられるのは、ホッシグという若い男とその妻。それから、村のどこかにある平屋を借りたもうひと組の夫婦だな。そっちの名字はまだ知らない。わかっているのは、妻がドリスという名前で、聾啞者の弟がいるということだけだ」

「名字はクイント」ブリントンが教えた。事件ファイルのページをめくり、指でなぞっていった。「よし、ここに出ている。郵便局に到着した二台目のパトカーは、南のニュー・ロムニー＝フォークストーン・ロードのほうからやってきた。報告によると、バイクとは一度もすれ違っていないそうだ。わたしはプラマージェンの地理にはあまり詳しくないが、確か村の端に狭い道路があって……」

「ミス・シートンの住まいのそばだ」デルフィックは説明した。

「そうか。とにかく、パトカーを運転していた警官はその道路に車を止め、南からプラマージェンに入ろうとする車の連中すべてに質問した。そのなかにクイントという夫婦もいた。乗っていたのは小型のバンで、妻の昼休みにサンドイッチを持ってピクニックに出かけたそうだ」

デルフィックは顔を上げた。「いや、確か、小さな弟が郵便局の近くにいたはずだ」

ブリントンはページをめくった。「ほんとだ。ミス・シートンがこう供述している――一二時三二分ごろ。わたしは〈ザ・ストリート〉を北へ向かって歩いておりました……ふむ、砕けた表現に変えるとしよう。〝そのガキがうろちょろしてバイクをちらっと見てるのに、わたし、気がついたんです。現ナマがどさっと落ちると、ガキがそれを拾ってずらかろうとしたんで、とっつかまえて金を奪いかえしてやりました。それでひと安心です〟。いや、ミス・シートンがこんな言葉遣いをするとは思えないが、要するにそういうことだ。その子と意思の疎通ができるのは姉だけのようなので、警察はあとから姉を通じて当人に事情を聞いてみたが、成果はなかった。姉の説明によると、弟はこう主張したそうだ――ぼくはなんにもしてない。ぼうっと立ってたら、ミス・シートンがそばに来て、傘で殴りかかってきたんだ、と」

「三月の肌寒い日にピクニックなんて、クイント夫婦もどういうつもりだ?」

「知らん。足手まといの弟がいるせいで、夫婦二人の時間が持てないのかもな。それはともかく、ドリスの話だと、弟にサンドイッチを渡して一人で食べるように言い、亭主とドライブに出かけて、ライ＝ヘイスティングズ・ロードから脇道に入ったところでピクルス入りのサンドイッチを食べたそうだ。この夫婦にしろ、ほかの誰かにしろ、バイクを見た者は一人もいない。そうなると、残るルートは――」ブリントンはさらにページをめくった。「運河沿いにライまで行く道路だが、あまり使われていない。まあ、それも当然だが。穴ぼこだらけだし、ウナギみたいにくねくねしてて、道幅は車一台分しかない。問題の時刻にそこを走っていたドライバーが一人だけ見つかった。そいつが運転してたのは地元のバンで、荷物の配達中だったから、どこかの家へ荷物を届けに行っててバイクを見落とした可能性は大いにある。ついでに――」ブリントンはページを逆にめくって目当ての場所を見つけた。「うん、思ったとおりだ。例のホッシグ夫婦だが、運河のそばに住んでいる。何か気づいたかもしれないと思い、警察がその界隈の連中にも、二人にも質問した。だが、成果なし。男は寝ていたそうだ――トラックの運転が仕事で、それもほとんど夜間だからな――また、女のほうは亭主の昼飯の支度で忙しかったとか。家を訪ねたついでに、うちの若い連中にざっと調べさせたところ、古い車はあったが、バイクはどこにもなかった」

デルフィックは落ち着かない思いで立ちあがり、オフィスのなかを行きつ戻りつしはじめた。「容疑者が減るいっぽうだな。だが、ゴーファー家の子供だけは何があっても守らなくてはならん。そこが頭痛の種だ。もっとも、きみが派遣した派手な格好の連中が警備しているかぎり、あの子は無事でいられるだろう。わたしはミス・シートンのことも少々心配している」

「ミス・シートン？」主任警部は驚いた。「心配する必要があるとは思えないが。それに、わたしが耳にした噂だと、どこかの男がミス・シートンに飛びかかろうと考えたりしたら、こうもり傘でみぞおちを突き刺されて病院に担ぎこまれるのがおちだそうだ」

窓辺に立ったデルフィック警視は、アシュフォードの道路を走る車を見るともなく見ていた。「そこまでする必要はなかったかもしれないが、きみの村のポッター巡査と話をしてみた。なかなか頭の切れるやつだし、細君は村の噂をよく知っていて、教区の協議会か何かのメンバーとして活躍している。村の馬鹿連中はどうやら、ミス・シートンがホッシグの若造と組んで強盗を計画したうえで金をくすねたか、もしくは、ホッシグの逃走を助け、追っ手がかかるのを阻止するために郵便局でひと芝居打った、という結論を下したらしい」

「だが、金はどこにもなかった」ブリントンは反論した。「郵便為替が一枚あっただけだ」

「わかっている。だが、それでは村の連中が納得しない。この事件のせいで自分たちが世間の笑いものになったと思っている。また、『ネガティブ』に出たフォービーの署名記事も気に食わなくて、当然ながら、そのことでミス・シートンを非難している。フォービーが村に滞在しているのも、われわれが村をうろついているのも、全部ミス・シートンのせいだというのだ。われわれについては、確かに村人の想像が当たっている。ただ、彼らが思っているような理由からではないが。とにかく、村の連中は大金が盗まれたのだと結論づけた——たぶん、郵便局長の芝居が真に迫っていたのだろう——大金であるほうが村のプライドをくすぐってくれる」

「それで、金はどこに消えたんだ?」

「ミス・シートンのふところさ。いや、もっと冴えた意見もある。ミス・シートンが半分をとり、わたしが口止め料として半分もらった」

ブリントンは爆笑した。「そりゃいいや。大いに気に入った。こっちにも分け前をくれないか? なんといっても、強盗事件に関しては、捜査の大部分をうちの署でやったわけだし。だが、きみの言いたいことはわかる。犯人がその噂を聞いて——信じたなら——金をとりもどそうとしてミス・シートンを狙うだろう」

「そこだよ」デルフィックはうなずいた。「わたしが心配しているのは」

ほんとに運がよかった。しかも、まったく痛くなかった。もちろん、口の感覚がまだおかしいけど。それでも歯の痛みをこらえるよりはましだわ。いずれにしろ、親知らずなんて必要のない歯だし。ロンドンの歯医者で去年、親知らずが埋伏《まいふく》しているから（どういう意味？）、痛むようなら抜いたほうがいいと言われた。で、痛みだしたので――抜いてもらったというわけだ。

名付け親のフローラ・バネットの書類を調べたところ、ゲルドソンという歯医者の名前と住所が見つかったのだが、歯医者というのはみんな多忙だから、予約に時間がかかるだろうと思っていた。だが、その心配はいらなかった。電話すると、ゲルドソン氏はすぐさま、バネット夫人の身内のためならいくらでも時間を作ると言い、午後からライまで出かけてこられるなら、遅めの時間に予約を割りこませようと言ってくれた。ミス・シートンは朝のバスでブレッテンデンに出て、そこでランチをとったあと、ライまで行き、無事に抜歯をすませたのだった。でも、帰りのバスまで三時間近く待たなくてはならない。八時半のバスでブレッテンデンまで行けば、プラマージェン行きの夜のバスにちょうど間に合う。

ライはとても魅力的な古い町なので、空き時間を利用して町を見てまわりたいと思ったが、ゲルドソン氏に止められた。通りで口をあけないように、抜歯したあとの空洞に冷たい空気が入るのを防ぐため、なるべく屋内で、例えば映画館などで過ごすようにとアドバイスされ、痛み止めを二錠出しておくからどこかで軽く食事をして一錠だけのむように、と言われた。麻酔が切れたとき、歯が、いや、正確に言うなら、歯を抜いた跡が痛むのを防いでくれるそうだ。もう一錠は寝る前に服用するようにとのことだった。この錠剤で眠気を催すことがあるので、アルコールと一緒に服用するのは厳禁だと注意された。大丈夫――その点は心配ない。

ここにしよう。〈お茶と軽食の店〉。中国茶があれば頼んで、それからオムレツとトーストを――いえ、抜歯したばかりだから、バターロールのほうがよさそうね。

発音にやや苦労しながら注文した。オムレツが運ばれてきたので、食事にとりかかった。フォークにのせた最初のひとくちは、うまく口に入らなかった。

ゲルドソン先生が〝軽く食事をして〟と言うのはまことにけっこう。でも、そのむずかしさを理解しているとは思えない。なにしろ、自分の口がどこにあるのかよくわからず、開いているのか閉じているのかもわからないとしたら……抜歯したのとは反対の側で食べてみてはどうかしら。左手を使って。オムレツを食べおわるころには、ミス・シートンは優秀なエキスパートになっていて、フォークにのせたオムレツをひとくち食べるのに続いて、バターロールを口に放りこめるようになった。フォークではなく手を使うと、口元へ運ぶときの感覚がはるかにつかみやすい。だが、紅茶はものすごく飲みにくかった。痛み止めをのむために少しだけ口に含み、あとはうんざりして、飲むのをあきらめた。

それにしても、ゲルドソン先生が映画館を勧めてくれたのは名案だ。たぶん、自分で思っているほどグロテスクな顔ではないだろうが、暗い映画館のなかなら人目を気にせずにすむ。それに、たぶん暖かいだろう。食事代を払い、映画館を探しに出かけた。

『ソロモンとシバの女王』。おもしろそう。こういう歴史映画を制作するときの厳密な時代考証については、ずいぶん読んだことがある。ミス・シートンは目に見えない何人かの身体につまずきながら暗い館内を進み、空いている席に腰を下ろした。あら、ちょうどいい席だわ。〝出口〟と表示されたドアの上に時計がついている。あの時計から目を離さないようにして、八時一五分にここを出れば、通りの先のバス停に余裕をもって到着できる。

シンバルが大きく鳴り響いた。孔雀の羽を刺繡《ししゅう》した長いベールがスクリーンに登場した。そのベールは少し離れて立つ金髪の若き女王の肩から垂れている。

「おお、ソロモン王よ、シバの女王が」朗々たる声が響く。「ささやかなる贈物をいくつか持参し、お受けとりいただきたいと願っております」

スクリーンがラクダの隊列に変わり、腰布をつけた肌の黒い家来が数名、大きな木の櫃《ひつ》と籐《とう》の籠から革ひもをはずそうとしている。大変な苦労をして豪奢な宮殿まで運んできたのだ。ミス・シートンは満足げにうなずいた。時代考証がじつに正確だ。貴重な贈物をどっさり運んできたラクダの長い隊列。ミス・シートンは座席にさらに深くもたれた。ここは暖かくて気持ちがいいし、歯は少しも痛まない。ゲルドソン先生がおっしゃったとおりだわ。気分がゆったりしてきた。荷物を抱えた肌の黒い家来たちは宮殿の正面入口を使わず、横の小さな扉を通って姿を消した。ずいぶん変なことをするのね。あの扉は何かしら——ミス・シートンはぼんやり考えた。たぶん、出入りの商人が使う扉ね。

金髪の若き女王がふたたび登場した。前より大写しだ。金髪？　でも、わたしの記憶が正しければ、シバの女王はペルシャ湾に近いアラビア南部の人だから、どちらかといえば浅黒い肌のはず。だけど、考えてみたら、クレオパトラのことを浅黒いエジプト人だと思ってる人が多いけど、プトレマイオス王朝は純粋なギリシャ人の血を保ちつづけていた。たぶん、シバの女王にも似たようなことが言えるのだろう。それから、孔雀の羽というのも変だ。ミス・シートンは軽くまばたきしてスクリーンに目の焦点を合わせようとした。結局のところ、孔雀の尾羽はオスの専有物だし、サービア教では月と星が崇拝の対象だったから、天文符号の刺繍のほうがシバの女王にふさわしく見えるでしょうに。ブレッテンデンの図書館で百科事典を借りて調べてみなくては。金髪の若き女王が腕を上げて微笑んだ。ミス・シートンもつられて微笑した。歯の悩みがまったくなさそうな人を見ると、いまこの瞬間は、とにかくほっとする。

「おお、ソーロモン王よ」金髪の若き女王が鼻にかかった声で言った。「王のお知恵はこの世でもっとも偉大との噂を耳にして、それを試すために参上いたしました」

堂々たる体格の王が玉座から立ちあがった。ミス・シートンは自分の座席に身を沈めた。王の顔がゆらゆらと前に出てきた。あたりを威圧する巨大な顔。ミス・シートンはふたたびまばたきをした。王の顔は少しぼやけたままだった。まぶたを軽く伏せた目が物思わしげに彼女を見た。官能的な唇が彼女を招いていた。

「そなたの知恵はまだ眠っておる」ソロモン王が宣言した。「ここに来るがよい。目覚めさせてやろう」

ミス・シートンはその誘いを無視した。眠りこんだ。

ミス・Sはどこ？　ええっ、どういうこと……？　メル・フォービーがスイートブライアーズ荘の窓をのぞくと、ひどく荒らされた居間が見えた。玄関にまわってみた。施錠されている。反対側の窓から小さな部屋をのぞいてみた。同じく荒らされている。あわてて向きを変え、〈聖ジョージとドラゴン亭〉に走って戻った。

ミス・シートンはどこにいる？　ど、どういうことだ……？　ボブ・レンジャーはミス・シートンの居間の戸口に立ち、乱雑な部屋を見つめた。村をまわってあちこちで質問し、パブに戻ったばかりのところに、例の女性記者がぜいぜいいいながら飛びこんできて、ニュースを伝えたのだった。

メルを従えてコテージへ急いだところ、裏のドアは施錠されていたが、横の窓のガラスが割られ、隙間ができていた。彼がくぐり抜けるには小さすぎたので、メルを押しあげてなかに入らせると、彼女はどこにも手を触れないように気をつけながら、品物が散乱している台所を通り抜けて廊下に出た。コート、スーツケース、ブラシ、掃除道具、掃除機など、階段の下に作りつけになっている戸棚の中身が床に散乱していたが、その戸棚の頑丈なオーク材の扉の前を通って玄関まで行くと、かんぬきがかかっているだけで錠は下りていなかったので、かんぬきを抜いてボブを家に入れた。

ボブの胸に怒りがこみあげた。個人的には〈御神託〉の〝ミスエス〟のことを少々変人だと思っているかもしれないし、胡散臭いと思ってきたかもしれない。しかし、たとえそうだとしても、彼女を批判する権利は誰にもないし、ましてや、こんなことをするとは言語道断だ。階段を駆けのぼった。二階も同じだった。戸棚も引出しもあけられて中身が床に散乱し、ラグが放りだされ、絨毯がめくられ、枕とクッションが切り裂かれている。ボブは居間にひきかえすと、ハンカチを使って電話の受話器を上げた。指紋——残っているとは思えないが。アシュフォード警察にいるデルフィックと連絡がとれた。

「ああ、よかった。ここで警視を待つあいだに、ナイト医師や、コルヴデン家の人々や、トゥリーヴズ兄妹など、誰でもいいから電話して、ミス・シートンに関する情報がないか訊いておきます」

「ミス・シートンはどこだ？　いったい何が……？」「ミス・シートンはどこなの？　なんですって……？」「ええっ、荒らされてる？」「どこ……？」「何が……？」そして、なぜ？

ボブ・レンジャーは映画のプレミアで会場整理にあたるスタッフになったような気がしてきた。レディ・コルヴデンとアン・ナイトは、ボブにはとうてい太刀打ちできない相手で、現場を荒らさないことを約束したうえで紙と鉛筆を持ってコテージに押しかけ、オークションの入札準備をするかのようにメモをとり、それがすむと、ミス・トゥリーヴズと相談するために帰っていった。黄昏の色が濃くなるころ、ボブたちの動きに興味を持った村人がコテージの外に集まり、楽しげに憶測をめぐらしていた。「刺されたそうよ。一〇回以上っていうのは大袈裟だと思うけど」「郵便局で盗んだ大金を持って逃亡したんだ」「喉をスパッと切り裂かれたらしい」「バラバラに切断されたんだ」「怪しいと思ってた」「恐ろしいことだけど、仕方ないわね。わたしがいつも言ってたように……」

ミスエスはどこだ？　いったい何が……？　苦いユーモアがデルフィックの心をよぎった。混乱を招く呼び方が、潜在意識のなかから不意に飛びだしたのだ。デルフィックはアシュフォードから一緒に来た科学捜査班と共に、コテージのなかを徹底的に調べた。古典的な手がかりはどこからも出てこなかった。足跡なし。吸殻なし。煙草の灰もなし。名前と住所を書いた紙片もないし、もちろん指紋もない。クッションとマットレスを切り裂くのに使われたナイフは台所にあったものだ。幸い、格闘のあとはなかった。もっとも、それだけではなんの証明にもならないが。

現場のすべてが、犯人が時間をかけて何かを捜したが見つからなかったことを示していたので、デルフィックは捜査班をアシュフォードに帰らせることにし、封筒を何枚か持っていかせた。中身は役に立ちそうもない埃《ほこり》、塵《ちり》、そして黒っぽい毛髪が二本。一本は居間のソファから、もう一本は寝室の床から採取されたもので、人間の頭皮から抜けたらしい。そこに落ちていたもっともな理由がなければ、そして、毛髪の持ち主と思われる人物が首尾よく見つかれば、何かの証明になるかもしれないし、ならないかもしれない。

コテージ内の品についてマーサ・ブルーマーに質問したところ、次のような返事があった――靴についてはよくわかりません。手袋についても。でも、あの大きなハンドバッグ、旅行カバンと言ったほうがよさそうなサイズですけど、それがなくなってます。それと、帽子がひとつ、てっぺんに派手な飾りがついてて誰が見てもミス・シートンのだってわかる帽子が消えてます。冬のコートも。台所のドアの鍵と庭の塀の鍵もありません。もちろん、傘も。

デルフィックは胸をなでおろした。どうやら、ミス・シートンは自分の意思で出ていき、単数もしくは複数の侵入犯は彼女が出ていくのを見守っていたか、たまたま彼女の留守中にやってきたものと思われる。おそらく、鶏小屋のそばの低い塀を乗り越えて、窓を割って押し入り、時間をかけて何かを捜しまわったのちに、来た道を逆にたどり、運河沿いの小道から逃走したのだろう。推理の決め手となったのは傘だった。拉致の疑いがあるとすれば、いくらミス・シートンでも傘を持っていくと言いはることはできないだろうし、犯人が彼女の評判を少しでも知っているなら、傘を持つのを許すような愚かなまねをするとは思えない。盗まれた品は何もないようだが、考えてみれば、泥棒の興味を惹きそうな高価な品はひとつもない。やはり、わたしが最初に危惧したことが当たっていたようだ。郵便局の強盗犯がクリスの言う〝大金〟をとりもどしに来たのだ。おおげさに騒ぎたてた村の連中に大いに責任がある。

コルヴデン夫妻がアン・ナイトと一緒に、いくつものクッションと枕とマットレスを積みこんだ特大ステーション・ワゴンでやってきた。ミス・トゥリーヴズも牧師館から駆けつけ、活動のざわめきがコテージにあふれはじめた。マーサが夫のスタンを連れてくると、スタンは道具小屋にあった霜よけ用のガラスの残りを切断して台所の窓を修理した。玄関でかすれた声がして、ミス・ウィックスだと名乗った。

「すぐ失礼しますけど、お気の毒なミス・シートンが持ち物をすべて盗まれたと聞いたものですから、少しでもお役に立ちたくて、使っていただければと思い、絹のショールをお持ちしましたの」

レディ・コルヴデンは感激した。そういえば、中国製のこのショールを老婦人はこのうえなく大切にしていて、午後のお茶会ではいつも身に着けていた。でも、さ行の発音に難のある人に限ってなぜ、困ったことにさ行で始まる言葉を選ぶのかしら。そして、わたしのほうはなぜ、ミス・ウィックスと会話をするときに突然、さ行で始まる言葉ばかり使うようになるのかしら。自分に言い聞かせた。さ行の言葉はぜったい使わないことにしよう。

「まあ、なんて思いやりのある方なの。ミス・シートンもそのご親切に……」レディ・コルヴデンはうっかりして、さ行の言葉を使ってしまい、焦った。

モリー・トゥリーヴズが助けに来た。「まあ、なんて、なんて優しい方でしょう、ミス・ウィックス。ミス・シートンもさぞ……」今度は彼女が焦る番だった。

「感謝なさることでしょう」レディ・コルヴデンがあとを続けた。

喜びに顔を輝かせて老婦人は帰っていった。

大混乱になっても不思議はなかったのに——あとになって、デルフィックは思いかえした。しかし、そうはならなかった。引出しは中身を詰めなおしてもとの場所に戻され、戸棚は整頓されて扉が閉められた。ボブは絨毯のめくれたところを鋲《びょう》で留めたり、重い品を運んだりする役を命じられた。こわれた品がステーション・ワゴンに積みこまれ、保険会社に提出するリストも用意された。二階ではレディ・コルヴデンとアン・ナイトがベッドのマットレスをとりかえ、ベッドメーキングをしなおした。一階では新しいクッションがいくつも置かれ、ミス・トゥリーヴズがラグをもとの場所に戻してから、散乱した羽毛を掃除機で吸いとっていた。台所では、食事こそすべての悩みの特効薬という信念のマーサがシチューをこしらえていた。「ミス・シートンが今夜食べるかもしれないし、いらなきゃ明日のお昼にまわせばいいんだし。ひと晩寝かせたほうがおいしくなるんですよ」流し台の前にメル・フォービーが立ち、ナイジェル・コルヴデンに手伝ってもらって、玉ねぎを薄切りにし、ニンジンを刻み、ジャガイモの皮をむいていた。ミス・シートンの似顔絵に描かれているのと同じ、柔らかなトーンのアイシャドーに縁どられたきらめく瞳を見て、ナイジェルはうっとりした。感動的だとデルフィックは思った。善意の人々がとくに騒ぎ立てることもなく、短時間のうちに混沌から秩序を生みだしていく。

居間では、サー・ジョージ・コルヴデンがこの地区の大縮尺地図をテーブルに広げ、自らの司令部としていた。デルフィックはアシュフォード警察に電話を入れて、主任警部に状況を知らせておいた。心配する必要はなさそうだということで二人の意見は一致した。ミス・シートンは最終バスで帰ってくるに決まっている。もし帰ってこなかったら、パトロールの警官たちに連絡して捜索にとりかかろう。さらにいくつか電話で問い合わせた結果、列車でロンドンへ行った可能性はなさそうなことが判明した。フラットにも学校にも行っていない。いずれにしても、ロンドンへ行くならマーサ・ブルーマーにそう言っていったはずだ。

警視は居間を横切り、サー・ジョージの作戦計画をチェックすることにした。地図にはプラマージェンを中心とする半径八キロの円が描いてあった。四分割されている。そのひとつひとつにリストがつけられ、そこに割りあてられた車の種類とナンバー、運転担当者の名前、同乗者の名前が書いてある。ナイジェルの名前があり、フォービーとペアになっていた。デルフィックは顔をしかめた。彼女を捜索から締めだせなくて残念だ。新聞の取材だけはぜったい避けたいのに。

「じゃ、息子さんは自分の車を買ったんですね」

「あいつがいつも借りていた小型MGを妻が譲ってやった。妻は目下、ヒルマンの小型車に乗っている。そのほうがお似合いだ」

レディ・コルヴデンとミス・トゥリーヴズ、トゥリーヴズ牧師とサー・ジョージ。

「こういう捜索をするには、牧師さんは少々年をとりすぎているのでは？」

サー・ジョージはぼやいた。「大張り切りなんだ。仲間外れにしようものなら、パードレは自転車で姿を消し、十分後には自分が何をするつもりだったか忘れてしまうだろう。みんな、やることが多すぎて、牧師さんを捜してまわる余裕などないというのに」

ボブはアン・ナイトが母親と共同で使っている車に乗ることになっていた。まあ、いいだろう。自分たちの任務に集中するなら、大いにけっこう。この二人のことだから、その点は心配ない。デルフィック自身は〈聖ジョージとドラゴン亭〉の駐車場に止まったパトカーのなかで待ちながら、アシュフォード警察およびパトロールの連中と連絡をとり、何か知らせが入ったらただちにそちらへ向かえるよう、待機することになっていた。ボブを足止めしておくのはもったいない。デルフィックは別の紙を手にとった。〝警察用〟と書いてある。車種、担当区域、担当者がリストになっている。さすがもと軍人。作戦を立てるのはお手のものだ。

「ありがたい、サー・ジョージ。おかげで、パトロールの連中も余計な場所に立ち寄って質問したりする手間が省けます。もっとも、そんな必要が生じないよう願いたいですが」

「そうだな。だが、万一の場合に備えて、パトロールの連中にも準備をさせておいたほうがいい。土壇場で混乱が起きて、全部の車が一カ所に集まったりしては困るからな。ミス・シートンが最終バスで帰ってこなかったら、捜索隊の車を二二時に出発させる。零時半になったら帰還。素人が夜の闇のなかで行動できるのはせいぜい二時間半までだ。それを超えたら事故を起こすに決まっている」

6

「ここで左折。しばらくのあいだ、カーブした道を行く。そして、もう一度左折」レディ・コルヴデンがこの指示に従うあいだに、ミス・トゥリーヴズは懐中電灯のスイッチを切った。

二人は割りあてられた地区の北端までゆっくりと車を走らせたあと、いまは戻ってくる途中だった。歩いている者は一人もなく、自転車一台と車七台を見かけただけだったし、黒い影に気づいて車を二回止めたが、調べてみたら木々の黒い影に過ぎなかった。ミス・トゥリーヴズは路肩を見守り、レディ・コルヴデンは道路に目を凝らしていた。何も起きていないことを願っていた――心の底から。ぜったい大丈夫。ミス・シートンはどこかへ出かけて、きっと時間を忘れてしまったんだわ。でも、もしそうなら、どうやって戻ってくるの？　しかもこんなに寒いのに。

シンバルが大きく鳴り響いた。ミス・シートンは身じろぎをした。眠りの靄の向こうでつぶやき声がして、絵がちらついた。ミス・シートンは頭をふって靄を払いのけようとし、スクリーンに注意を集中した。顔がゆらゆらと前に出てきた。あたりを威圧する巨大な顔。ミス・シートンは驚いてまばたきをした。まぶたを軽く伏せた目が物思わしげに彼女を見た。官能的な唇が彼女を招いていた。

「そなたの知恵はまだ眠っておる」その顔が宣言した。「ここに来るがよい。目覚めさせてやろう」

ミス・シートンはその言葉に従った。椅子の上で身を起こした。

よかった。一瞬、眠りこんでしまったのかと焦った。でも、大丈夫、いま思いだした。ソロモン王だわ。さっきもこの場面があった。さっきも……？　出口の上の時計に目をやった。ふたたび頭をふった。時計に目を戻した。そ、そんな馬鹿な。一〇時四〇分。どうしよう。なんてことに……。きっと、上映のあいだずっと寝ていて、次の回になってたんだわ。あわてて席を立ち、同じ列に残っている観客三人につまずきながら通路に出て、そのまま走った。

バス停で時刻表を見た。朝までバスの便がない。どうしよう。まったく迂闊だった。ホテルへ行く？　でも、泊まる支度をしていない。歯ブラシさえない。抜歯したことを思いだして口を閉じた。タクシーに乗る？　でも、どこから？　いずれにしても、料金がかさむに決まっている。道路の向かいの標識に、ロンドン、セブンオークス、タンブリッジウェルズと書いてある。

　そちらに背を向けようとしたとき、標識に小さな矢印がついていて、下のほうを示していることに気づいた。〝プラマージェンまで九・九キロ〟と書いてある。なるほど、ここをずっと歩いていけば、きっと運河沿いの道に出られる。うちの庭のそばを通っている道だ。歩いたほうがいい？　でも、歩ける？　九・九キロも。一〇キロのかわりに九・九キロと書くのは、何かの品の値札が六シリングだと高く感じられるのに、五シリング一一・三ペンスに変わったとたんお得感が出てくるのと同じ発想ね。やっぱりずいぶん遠い。

　でも、考えてみたら、二つの場所のあいだの距離というのは一般に、それぞれの中心点を結んで示される。ロンドンからの距離を測る場合、つねにハイドパーク・コーナーを起点にするのと同じように。それとも、ピカディリーだった？　わたしはもう、ライのはずれまで来ている。だったら、一キロ半ほど距離が短くなるはず。それに、プラマージェンのほうも、うちの庭は運河のそばだから、もっと近いと言っていい。プラマージェンの中心部まで行くより、うちのほうが近いという意味。だったら、距離も短くなる。まあ、狭い村だから、それほどの差ではないと思うけど、少しは短くなるはず。そう考えれば、いまいる場所からコテージまでの距離は道路標識の数字よりかなり少なくなる。そうよね？ 元気が出てきて、ミス・シートンはハンドバッグのなかを探った。ええ、小型の懐中電灯も入っている。考えてみれば、運河はまっすぐ延びているのだから、道路もたぶんまっすぐだろう。

　正直なところ、一年前なら歩こうなんて思いもしなかったはずだけど、状況が変わった。いえ、正確に言うなら、わたし自身が変わった。『ヨガで毎日若返り』で紹介されるポーズには奇妙なものが多く、気恥ずかしいものまであるのは確かだが、ヨガのおかげでわたしが大きく変わったのは間違いない。〝膝の痛みはありませんか〟という新聞の広告が目に飛びこんできたことに、ミス・シートンはいまも感謝している。

　そう、あのころは膝が痛かった。でも、いまはもう大丈夫。せっかくだから膝を役立てることにしよう。早足で歩けば――まあ、早足はちょっと無理かもしれない。だって、かなり遠いから。でも、安定した歩調で歩けば――血行がよくなるし、寒さもしのげる。通りを渡り、下の道路に続く短い急坂を下りはじめた。そうよ、何も心配することはない。暖かいコートを着てるし、どちらにしても、ここに立っているより歩いたほうがいい。いまようやく気づいたのだが、あたりはかなり冷えこんでいた。

「サー・ジョージ、ミス・シートンがこの道を来ると確信しておいでですか？」

「いや」

「はあ……」トゥリーヴズ牧師は困惑した。その件について考えた。「ミス・シートンの行きそうな場所をまわってみてはどうでしょう？」

「いいお考えです、パードレ。その場所がわかりさえすれば」

「ええ。おっしゃるとおりです」これはトゥリーヴズ牧師の本心ではなかった。一羽のフクロウが道路に舞いおりた。牧師は興奮してふりむいた。「耳が長い――うん、きっとトラフズクだ。そうでしょう？」

サー・ジョージは黙って運転を続けた。あの小柄な女性が無事でいてくれるよう願った。どこかでひっそりと。今夜は冷える。風も強い。

ライからプラマージェンまでの距離は一〇キロ足らずかもしれないが、それはたぶん、カラスが大急ぎで飛んだときの距離で、ミス・シートンはカラスに劣らず急いでいたものの、カラス並みの方向感覚はなく、翼もなかった。この道路は急ぐ必要のない車のためのものだった。でこぼこで、曲がりくねっていて、Uターンしたり、カーブを描いたりして、やがて急角度で右へ曲がって橋を渡ると、そこから運河沿いの道路になる。運河はまっすぐかもしれない。しかし、道路はそうではない。まっすぐに延びている部分もあるが、片側は三メートルほど下の運河に向かって急斜面を描いているし、反対側は地面が隆起する場所では最小抵抗線に沿って上り坂となり、そのあとまた下り坂となって運河のほうへ向かうため、ヘアピンカーブの連続となる。道幅が狭くて車がすれ違うのは無理だし、歩行者ですら、車が近づいてきたら、草むらに逃げるか、水に飛びこむか、土手を這いおりるかしなくてはならない。ミス・シートンが橋に差しかかるころには、小さな懐中電灯の光が弱くなっていたので、ハンドバッグにしまった。心配することはない。ここまでくるのに思ったより時間がかかったが、あとは一本道を行けばいいだけだ。ほどなく闇に目が慣れて、あたりの輪郭がぼんやり見えるようになってきた。道路の右側を歩くようにしなくては。運河の幅は数十センチしかないけど、わたしの記憶だと確か、土手が急傾斜だったはず。足を踏みはずしたら大変なことになる。さえぎるもののない場所に出たせいで、風がひどく強くなってきた。

ニュー・ロムニーから帰る途中の道路で、ボブ・レンジャー部長刑事は車のスピードを大幅に落とした。停止しているのとほぼ変わらない。アン・ナイトが窓から目を凝らした。いえ、生垣のそばに木の枝がころがってるだけだわ。ボブはアクセルを踏み、ギアをチェンジした。ミス・シートンがどこへ行ったにしても、とにかく無事でいてくれるよう願った。寒くて風が強い。おまけに——ボブはフロントガラスのワイパーのスイッチを入れた——雨まで降りだした。

まあ、こんなに風が強くなるなんて。追い風で運がよかった。前に進む助けになる。でも——うんざりだわ——雨が降りはじめた。ミス・シートンは傘をさした。とたんに最初のカーブに差しかかってよろめいたが、運よく傘が風をはらんだおかげで、小走りでどうにかカーブを曲がりきることができた。そのままとぼとぼと歩きつづけた。風が強くなり、雨がひどくなり、ミス・シートンはずぶ濡れになってきた。前方に光が見えて、その光のなかに次のカーブの輪郭が浮かびあがった。前方から車がやってきた。どうしよう、すれ違うスペースがない。しかも、向こうはぎりぎりまでわたしの姿に気づかないだろう。どこへ逃げればいいの……？　仕方なく土手をよじのぼった。ライトが徐々に強くなってきた。車が徐行しながらカーブを曲がった。MGの小型車で、ミス・シートンの下の道路をゆっくりと通り過ぎた。ナイジェル・コルヴデンが豪雨を透かして目を凝らし、メル・フォービーが雨の流れ落ちる窓の外を必死に見ていた。テールランプが徐々に小さくなっていった。

報告は何もなし。デルフィックはじりじりしていた。〈聖ジョージとドラゴン亭〉の亭主が自分の仕事部屋をデルフィックに明け渡し、電話のベルの音量をゼロにしてからベッドに入った。ミス・シートンはいったいどこへ消えたんだ？　コテージを調べたあとの自分の読みが正しいことには自信があった。ミス・シートンはコテージが荒らされる前に出かけたに違いない。帰宅してから侵入者と鉢合わせしたと考えるのは、いくらなんでも偶然すぎる。もっとも、トラブルに巻きこまれては抜けだす傾向がミス・シートンにあることを考えると、何が起きても不思議ではないが。それにしても、今回の騒ぎはいつになったら収まるのだろう？　時刻は真夜中過ぎ、サー・ジョージの大隊がもうじき戻ってくる。誰かが何かつかんだなら、もっと早く戻ってくるか、もしくは、電話をよこしているだろう。サー・ジョージの案は悪くはないが、ミス・シートンが首尾よく見つかる見込みはあまりない。朝が来て明るくならないことには、本格的な捜索は望めない。

デルフィックは、ある程度は自分の責任だと思っていた。彼女を事件にひきずりこんだのはこの自分だ。もっとも、郵便局で彼女が起こした騒ぎに自分が責任を負う必要はないのだが。それにしても、ミス・シートンはなぜ、誰にも行き先を告げずに出かけたのか？　誰かに言ってくれていれば……。

電話が鳴りだした。アシュフォード警察からだった。短いやりとりののちにデルフィックは受話器を戻した。村で窃盗事件発生。もうっ、勘弁してくれ。すでにアシュフォード警察からパトカーを派遣していて、そちらで対処するとのことだった。泥棒どもはよりによってなぜこんな夜を選ぶのだ？　田園地帯を大人数がうろつきまわり、警察のパトロールも厳重だというのに。いや、たぶんそれが理由だろう。おまけにミス・シートンが行方知れずとなれば、村人の半数が、彼女のことを裏の窓から舞いこんで先祖伝来の宝を盗んでいく欲の深いコウモリだと思いこみ、事態を泥沼化させるに決まっている。まあ、わたしの担当事件ではないが……いや、待てよ……ぴったり一致する。

デルフィックはいきなり立ちあがった。小児殺し、郵便局強盗、一軒家とフラットの窃盗事件の増加。確認したほうがよさそうだ。わざわざパトカーを使うほどのことではない。大雨のなか、デルフィックは〈ザ・ストリート〉を歩きだした。車のヘッドライトに目がくらみ、その車が猛スピードで通り過ぎてタイヤが水たまりに突っこんだ瞬間、デルフィックの足首はずぶ濡れになった。レインコートのなかで身を縮めた。ロービームに切り替えないドライバーは逮捕すべきだ。こんな土砂降りのなかでスピードを出すなんて無謀すぎる。

ヘッドライト、まばゆい、すごいスピード。こんな天気のときに、なんて無謀なの。ミス・シートンは高いほうの土手に飛びつき、よじのぼろうとした。片足をすべらせ、土手にしがみつき、傘を落としてしまった——まあ、どうしよう。ふりむいた。ああ、だめ。恐怖で目が大きくなった。ああ、だめ、お願い。傘は風にあおられてくるくる舞いながら、標的を狙うかのごとく飛んでいった。わめき声、甲高い悲鳴、すべりやすい道路でタイヤが不服そうに急停止、罵声、傘の石突きがフロントガラスを直撃した瞬間にふたたび悲鳴。ガラスが割れて穴があき、ドライバーの鼻に石突きがあたって血が流れた。車は横向きにスリップし、驚いて宙に浮いたまま静止したかに見えたが、やがて車体が傾いて落ちていき——最後の悲鳴——水しぶきを上げて運河に転落した。

大変——大変だわ。何もかもわたしの責任よ。どうしよう、どうしよう。ミス・シートンは心臓をドクドクいわせ、足を必死に動かして土手をすべりおりた。焦りすぎた。雨が叩きつけてくる。じっとり濡れた靴がぐしょ濡れの草を踏む。風にあおられてミス・シートンの身体が回転した。止まろうとした。だが手遅れだった。両手を必死にふりまわして踏みとどまろうとした。今度は彼女が落ちていく番だった。水しぶきと共に、運河に転落している車の横に落ちた。

〈ザ・ストリート〉の真ん中あたりにある一軒家の外にパトカーが止まっていた。デルフィックは通りを渡って門の表札を見た。リリコット？　教わってきた名前と違う。運転席の警官が彼に気づいて降りようとしたが、デルフィックは手をふって止めた。

「二人でびしょ濡れになってもしょうがない。キャブレターを水浸しにしたり、シートカバーをだめにしたりせずにすむなら、わたしが車に乗りこもう」助手席のドアをあけ、グジュッと音を立ててすわった。「なぜこんなところに？」

アシュフォード警察の警部が部長刑事を連れて、窃盗の被害にあった最初の家へ話を聞きに出かけているあいだに、この家で二件目の窃盗事件が起きたという。被害は主に銀器と宝石。無線から車のナンバーが聞こえた。警官が音量を上げた。「窃盗事件、グレンヴェイル・ハウス、村から一キロ半ほどのところ、ブレッテンデン・ロード沿い。車も盗まれた」無線の向こうの声が言った。「住人の名前はファーミント」

声はつけくわえた。運転席の警官がドアをあけようとした。デルフィックが止めた。

「この喜ばしいニュースはわたしから警部に伝えておく。そして、ファーミント氏およぴ、もしくは、ファーミント夫人がひどく動揺していることも伝えておこう。この家の捜査が終わったら、きみと一緒にファーミント家へ行くことにする。わたし宛に伝言が入ったらメモしておいてくれ」

「承知しました」

デルフィックは車を降りると、リリコット荘の玄関をめざして駆けだし、呼鈴を鳴らした。


ミス・シートンは起きあがろうともがいた。車に閉じこめられてる気の毒な人たち。急がなきゃ。わたしに何かできないか見てみなくては。少なくとも、その人たちが溺れる危険はなさそうだけど。水がわたしの膝ぐらいまでしかないもの。でも、気を失ってるかもしれない。大怪我をして。わたしの力で車のドアがあけられるかしら。その心配は無用だった。前とうしろのドアが大きくあいていた。車内には誰もいなかった。まあ、大変、きっと投げだされてしまったのね。やっぱり溺れているかもしれない。

水中に沈んだヘッドライトの片方がいまもついたままだった。どうして？　一瞬、不思議に思った。水と電気がなじまないことは誰だって知っている。でも、幸いなことに、あたりの様子が見てとれる。周囲に目を走らせた。何か動いてる？　ええ、あそこ。車の向こう側。光が届いている範囲のすぐ外。運河から人影がひとつ現われ、土手をよじのぼった。二人目がそれに続いた。足をすべらせて横向きに落ちた。横なぐりに叩きつける雨のなかに、一瞬、濡れた衣服の輪郭が浮かびあがった。ほっそりした若い女の身体に衣服がまとわりついていた。黒っぽいロングヘアが垂れている。ふたつの人影は必死に土手をのぼり、闇のなかに姿を消した。ジジッと音がした。ヘッドライトが消えた。

デルフィックはほっとした思いでリリコット荘を辞し、アシュフォード警察の警官と一緒に次の現場へ向かうことにした。これが今宵最後の窃盗事件であってくれるよう心の底から願った。ファーミント夫妻がどんなに動揺しているとしても、ミス・ナッテルとブレイン夫人のときよりは楽に相手ができるだろう。デルフィックは二人から饒舌《じょうぜつ》きわまりない申し立てを聞かされて、盗まれた数々の貴重品のなかでいちばん惜しまれるのは、ミス・ナッテルがおばから相続したカメオのブローチと、ブレイン夫人が持っていたジョージ王朝時代の優美な銀のティーポットと、ブレイン夫人の祖母のもので正真正銘の家宝とされている黄金の台にルビーをはめこんだ豪華な指輪のようだと推測した。ブレイン夫人のうんざりするおしゃべりが終わるころには、デルフィックは夫人のことだけでなく、その祖母と他の多くの世代についても詳しく知ったような気がしていた。

ファーミント家へ向かう前に、運転席の警官に頼んで〈聖ジョージとドラゴン亭〉に寄ってもらった。その数分前に、メル・フォービーがナイジェル・コルヴデンの車で戻ってきたばかりだった。収穫なし。彼女の顔に緊張と不安が浮かんでいるのをデルフィックは見てとった。「きみにできることはもうないから、ベッドに入ったほうがいい」彼女に言って聞かせた。メルは拒絶し、このまま待つほうがいいと答えた。デルフィックは肩をすくめた。新聞記者はみんな同じだ。ネタをつかんだが最後、けっして放そうとしない。彼がパブを出ようとしたとき、アン・ナイトがボブと一緒に車で戻ってきた。収穫なし。デルフィックはアンを家に帰らせ、ボブに今夜発生した事件のことを伝え、パブの亭主の仕事部屋で電話番をするよう命じた。

ふたたびパトカーに乗りこんでファーミント家へ向かった。収穫なし……窃盗事件が多発していることがわかっただけだ。そのせいで、屈折した愚かな論理ではあるが、ミス・シートンの身を案じる思いがさらに強くなった。殺人の場合は——殺意を固めた犯人を止めることは誰にもできない。できるのは、事件後の混乱を片づけることだけだ。しかし、窃盗となると話は違う。窃盗事件が発生したら、とくにミス・シートンの身近で起きたなら、現場にはたいてい彼女の姿があって、盗まれた品を奪いかえそうとしたり、傘で殴りかかったりして、大騒動をひきおこすものだ。ところが、今回、彼女の姿はどこにもない。本格的に心配な状況になってきた。

明るくなってきた？　それとも、目が慣れただけ？　いいえ、やっぱり明るくなってる。雨音を聞き、肌で感じるだけでなく、いまは目で見ることができる。雨粒があちこちで金色に光っている。でも、月は出ていないから、きっと——そうよ、それしか考えられない——車のヘッドライトだわ。ミス・シートンは勇気づけられた。車を運転してる人の注意をひくことができれば……かすかな光のなかで、ミス・シートンは現在の苦境を実感した。運河の水に浸かっている。道路から三メートルほど下で。暗い嵐の夜に。車を運転してる人にはとうてい気づいてもらえそうにない。それに、叫んだところで、車のエンジン音に邪魔されて声はたぶん届かないだろう。たとえ嵐に負けない大声を出したとしても。がっかりした。もちろん、車が接近してきたと思われるタイミングに合わせて大声で叫んでもいいが、それよりまず、自力で脱出する方法を考えたほうがよさそうだ。

反対側の土手を見た。ええ、それがいちばんいい。そう急斜面でもないみたい。この車に乗ってた気の毒な人たちもよじのぼったんだもの。あの人たちにできたのなら、わたしにもできるはず。それに、あの二人は助けを呼びに行ってるに違いない。車をひきあげてもらうために。わたしまで不注意にも運河に落ちてしまったなんて、もちろん、夢にも思っていないはず。車が転落したのはすべてわたしの責任だけど、幸い、二人とも大怪我はせずにすんだようね——ミス・シートンはそう思ってほっとした。

黒鳥が一羽、明るさを増すライトに頭をつやつや光らせながら、ミス・シートンと車のあいだの水面に向かってすべるように泳いできた。彼女を押しのけた。ミス・シートンは驚いて悲鳴を上げ、思わずふりむいた。まあ、うれしい。なんて運がいいのかしら。わたしの傘だわ。手を伸ばした。傘は恥ずかしげにあとずさり、開いたままの後部ドアにぶつかった。何かが落ちた。ミス・シートンはよたよたと前に出た。傘をつかんで閉じようとした。傘は抵抗した。手を水に入れて探り、骨の下のほうから——なんとも不思議なことだが——指輪をひっぱりだした。水に濡れたハンドバッグを開き、指輪をしまっておくことにした。バッグのストラップが頑丈にできていて助かった。人が何を言おうと勝手だけど、こういう古めかしいバッグがいちばん頼りになる。いったん腕にかけたら、何があっても離れずについてくる。

車が身じろぎをし、わずかに傾いた。なかで何かが動いた。光るものが飛びだして、ゆらゆら沈みはじめた。ミス・シートンはそれをつかまえた。まさか……アラジンのランプ？　いえ、いえ、そんなわけはない。ティーポットだわ。口の開いた袋が車の床に落ちていて、それがミス・シートンのほうにすべってきた。彼女はそこにティーポットを押しこんだ。袋の奥のほうでさらに多くの銀器が光を放っていた。ずいぶん変ねえ。あの気の毒な人たち、引越しの途中だったのかしら。いえ、違う。引越しだったら、銀器は薄い紙で包むものだ。もしくは、少なくとも新聞紙で。むきだしだなんて、扱いが粗雑すぎる。たぶん、何か事情があるんでしょうね。でも、考えてみたら、郵便局の事件もあったことだし、もしかしたら——もしかしたらだけど——ここにある品は盗品かもしれない。

水に沈んだ車がふたたび動いた。なかの袋も動いた。カチャンと音がした。あら、いけない。ミス・シートンは袋をつかんだ。ずしりと重い。彼女の苦労を察したかのように、車がふたたび傾いた。袋が落ちた。ミス・シートンは袋をひっぱった。水をたっぷり含んで重くなった袋は微動だにしない。でも、ここに置いていくわけにはいかない。誰か持ち主がいるはずだ。もう一度ひっぱってみた。つかみ、ひっぱり、持ちあげようとした。袋は徐々に持ちあがり、水がざーっとこぼれたおかげで軽くなった。ミス・シートンはそれを土手の上へ押しあげようとした。でも、すぐにすべり落ちてしまう。袋を肩で支えておいて、傘を手にとり、袋の口のところに石突きを刺して土手に突き立てた。袋は土手で静止し、まるで特大のクリスマス・ストッキングのように見える。ええ、これで大丈夫。

ミス・シートンは軽いめまいを覚えて手を止めた。寒さで歯がガチガチ鳴りはじめた。倦怠感《けんたい》が広がり、周囲のものから現実味が失せていった。銀と宝石の豪華な贈物を携えて……あんなに鮮やかな金髪はおかしい。でも、いっぽうでは、黒髪をなびかせて……そのほうがずっと自然だ。図書館で調べてこなくては……。ミス・シートンは軽く身を震わせ、崩れるようにすわりこんだ。水が顎にぶつかった。苛立って水を押しのけようとした。その拍子にはっと目がさめた。こんなことしてちゃだめ。雪のなかで眠りこむ人がいるという話を聞いたことがあるけど、だからって、運河で眠りこんでいいわけではない。

ライトがまぶしくなり、幅の広い光の帯が彼女の頭上を越えて反対側の土手を照らし、そのため、彼女の姿は薄闇のなかに沈んでしまった。たぶん、いまが絶好のタイミングね。やってみよう。

「助けて」か細い声でミス・シートンは言った。

耳をすませた。風の音と絶え間なく降りつづける雨の音しか聞こえない。誰も応えてくれない。でも、きっと、わたしの声が誰にも届いてないんだわ。車の屋根にのぼって手をふったら、もしかして……車をじっと見た。餌《えさ》入れに首を突っこんで飼料を食べる豚みたいに、ボンネットの部分が水に沈んでいる。でも、後部は高く持ちあがっている。あそこにのぼることができれば……手をかけられる場所を探した。車がのしかかってくるような感じだ。さっきはこんなに傾いてなかったんじゃない？　ドアの上部に片手をかけてひっぱった。車は協力的かつ友好的な態度を示し、彼女のほうに傾いてきた。ミス・シートンはあわてて手を放した。車は新しい角度で静かに揺れた。ああ、どうしよう。思ったとおりだわ。さっきはこんなに傾いていなかった。避けがたい事態が訪れ、車はゆっくり傾いて——いまにも彼女を押しつぶそうとしている。いますぐ逃げなくては。ぬかるんだ土手に指を突きたて、片足を持ちあげようとした。失敗した。反対の足で挑戦した。ふたたび失敗。渾身《こんしん》の力をこめたのに。無駄だった。ああ、どうしよう、どうしよう。両足とも泥のなかにはまりこんでしまった。どうしよう。だめ——パニックを起こしてはだめ。冷静になって、足を抜かなくては。

もちろん——それしかない。両足を抜くのよ。身をかがめ、水中を手で探って、足首のまわりの泥をとりのぞこうとした。すぐ近くでカチャンと音がした。やがて、遠くからドサッという音。ミス・シートンは上を向き、目を凝らした。袋と傘……でも——両方とも消えていた。

車がふたたび傾いた。ミス・シートンはそちらへ顔を向けた。車はゆっくり倒れてきそうな気配だ。ああ、お願い、やめて、お願い。土手に身を寄せ、手を高く伸ばして土をひっかいた。でも、足が泥に埋まったままだ。頭上で車が揺れた。もはや友好的ではなくなり、彼女を威嚇していた。

手首に何かが当たり、つかまれ、乱暴にひっぱられた。反対の手首も万力のようなもので締めつけられ、ひっぱられた。上を見た。雨に濡れた不愛想な顔がすぐ目の前にあった。水が滴るまつげの奥から、怒りに満ちた目が彼女をにらみつけていた。

あの内気な若者だわ。「ご親切にどうも」ミス・シートンはあえぎながら言った。「申しわけありません……大変な思いをさせて……わたしの足が……泥に埋まってしまってて」

若者は大の字になって土手に張りつき、足先を泥にもぐりこませて身体の支えにした。ミス・シートンは肩を脱臼しそうな気がした。足を抜かなきゃ。願いが叶った。

ズボッとみっともない音を立てて片足が自由になった。足先を土手で固定しておき、反対の足に力をこめて泥から抜いた。上にぐいとひっぱられた。その衝撃で、ぐらついていた車がため息をつき、身震いとともに、さっきまでミス・シートンがいた場所に横倒しになった。彼女の手首を握っていた手が片方ずつ離れ、彼女の腕から肩のほうへ移動して腰をつかんだ。若者は垂直に近い斜面を何センチかよじのぼると、そこで足を踏んばり、じっと待った。ミス・シートンは彼の力に支えられて少しのぼり、それから静止した。こうして停止と前進をくりかえしながらようやく土手の上に這いあがり、息を切らしてはいたものの、勝ち誇った気分ですわりこんだ。

道路の幅いっぱいに、トラックがプラマージェンのほうを向いて止まっていた。ヘッドライトが袋と傘を照らしていた。

「大変なの——袋に銀器がぎっしり」ミス・シートンは言った。真実を告げるのはひと苦労だった。でも、それが正しいやり方だ。はっと気づいた——この人、不審に思ってるに違いない。説明することにした。「あの人たちが置いていったの。土手をよじのぼって逃げていったときに。で、わたしは責任を感じたの。だって、あの人たち、わたしのせいで運河に落ちたんですもの。傘に直撃されて。わかるでしょ？」説明をはっきりさせるためにつけくわえた。「でも、あんなふうに袋に銀器が入ってるなんて変だし、あの人たちのものじゃないかもしれないわ。そう思いません？」

「そうだね」若者は同意した。

彼は立ちあがると、袋をとり、トラックと路肩のあいだの狭いスペースを抜けて、尾板の上からその袋を荷台へ投げこんだ。ミス・シートンは傘をとりもどしてから、若者のところへ行って運転席側からトラックに乗りこみ、助手席へ身体をずらした。若者も飛び乗ると、キーをまわしてエンジンをかけ、ギアを入れ、ワイパーを動かしてから、道路を走りはじめた。ミス・シートンはその横で水を滴らせていた。


警察がファーミント家をあとにしたときも、来たときと同じぐらいのことしかわかっていなかった。盗まれた品のリストに何点か加わったものの、単数もしくは複数の窃盗犯に関しては、新しい情報はまったく得られなかった。どこの家でも、犯人は家の裏の窓から侵入している。窓には強引に押し入った形跡が残っている。しかし、デルフィックは二軒の家の窓を調べた結果、掛け金の周囲のひっかき傷と木のささくれは、押し入ったように見せかけるためにあとでわざとつけたものではないかとの疑いを持った。押し入った可能性もなくはないが、二軒に残っているひっかき傷とささくれがまったく同じなので、不審に思ったのだ。内部の者の犯行か、もしくは、内部情報を手に入れた者の犯行のように思えてならなかった。家のなかがほとんど荒らされていない。犯人は目当ての品のところへ直行している。物音をまったく立てていない。誰にも気づかれずに窓をこじあけることはできるかもしれないが、音を立てずにあけるのはぜったい無理だ。三軒とも音に気づいていないとなると、犯人はよほどの強運の持ち主と言うしかない。

一軒目の家族が被害に気づいたのは、その家の娘がミルクをとりに一階に下りて、台所の窓があいているのを目にしたときだった。リリコット荘では、ブレイン夫人がベッドに入る支度をしていたとき、化粧台の引出しの中身がかき乱され、指輪がなくなっていることに気づいた。グレンヴェイル・ハウスでは、ファーミント氏が玄関先で車の音がするのに気づき、寝室の窓から外をのぞいたところ、彼の車が走り去ろうとしていた。ファーミント夫人が警察に電話をするあいだに、夫が家のなかを調べてまわり、銀器と妻の宝石箱が消えているのを知って、またあらためて警察に電話をした。

三軒すべてでドリス・クイントを家事ヘルパーとして雇い入れていて、その事実を無視するわけにはいかないとデルフィック警視は判断し、アシュフォード警察の警官もそれに同意した。すでに午前一時に近くなっていたが、いますぐクイント家を訪ねてドリスがどう説明するかを聞くことにしようと二人は決めた。デルフィックがファーミント家の電話を借りてボブにかけ、それからプラマージェン共有地へ向けて出発した。ボブの報告では、いまだ情報なしとのことだった。嵐はいまだ衰えず、ミス・シートンの身を案じるデルフィックの思いは強くなるばかりだった。なんの効果もないとわかってはいたが、予備兵を招集して夜間の捜索にとりかかってはどうかと考えはじめていた。

トラックが止まった。若者が飛びおり、しばらく待つようにとミス・シートンに合図した。ミス・シートンはそのまま待った。若者は小さなコテージに入っていった。明かりがついた。しばらくすると二階の窓にも明かりがついた。当然だ。彼が妻に事情を説明しに行ったに違いない。優しい子だ。それに、とても思慮深い。ミス・シートンはフロントガラスから外をのぞき、雨の向こうを透かし見た。なるほど——そうか——ここは運河にかかる橋のそば。運河沿いに行けばわたしのコテージに帰れる。二分もしないうちに若者が戻ってきた。開いた玄関先に若い娘の子供っぽいシルエットが浮かんだ。片手が上がって挨拶らしきしぐさを見せ、それから玄関が閉まった。ミス・シートンは助手席の固いハンドルと格闘してトラックを降りようとした。若者があわてて飛んできて、降りるのに手を貸してくれた。

「こんなに親切にしてもらって、いくら感謝してもしきれないわ。でも、わたしの家はこのすぐ近くなの。ここから楽に歩いて帰れます。勝手口の鍵がバッグに入ってるし」水に濡れた不運な品々を手で探り、鍵をとりだした。「車で帰るよりそのほうがずっといいと思うの。車の音で近所の人々を起こしてしまうかもしれないでしょ。でも、歩いて帰れば、こっそり家に入れるわ。それに――」ミス・シートンは水に濡れて哀れな姿になった品々に視線を落とした。てっぺんに派手な飾りがついていて誰が見てもミス・シートンのものだとわかる誇らしげな帽子は、いまはもう誇らしげではなくなり、派手な飾りだけがいまもミス・シートンらしさを主張してはいるものの、額に情けなく垂れていた。「これ以上濡れようがないわ。そうでしょ?」

ごくかすかな微笑。「そうだね」若者は同意した。

ミス・シートンは彼と握手をしようとした。若者はそれを無視した。ミス・シートンは向きを変えて歩きだした。彼がついてきた。二人で水しぶきを上げながら小道を歩いた。ミス・シートンは塀の脇のドアの錠をはずして庭に入った。彼がついてきた。

彼女は握手の手を差しだした。若者は無視した。横手のドアがしまっていたので、二人は庭を横切って台所まで行った。ミス・シートンは勝手口の錠をはずし、別れの挨拶をしようとした。若者はそれも無視して家に入った。彼女があとに続いた。彼は明かりをつけ、あちこちのドアを開いて部屋をのぞきこんだ。ミス・シートンは声をかけようとした。彼はそれを無視して二階に上がった。彼女もあとに続いた。若者は浴室を見つけると、蛇口をひねり、身振りで彼女の寝室のほうを示した。ミス・シートンはタオルをとって寝室の床に置いてから、身体に張りついている服をタオルの上に脱ぎ捨て、寝間着を手にしてガウンをはおった。ほんとにまあ、なんて親切なの。あの若い人は。とっても思慮深いし。浴室へ行った。若者の姿はすでになかった。

ミス・シートンは熱い湯にゆっくり浸かり――フローラおばさんの湯沸かし装置に感謝――それから身体を拭き、ようやく人心地がついたので寝室に戻った。衣類がなくなっていた。

タオルの上にハンドバッグのなかの品が並べてあった。そのなかに、歯科医のゲルドソン氏がくれた錠剤の二錠目がポリ袋で厳重に包まれて置かれていた。そうそう。寝る前にのむように言われている。ええ、のむことにしましょう。もっとも、とくに痛みはないんだけど。でも、もちろん、めまぐるしい出来事の連続だったから。ベッドに入って錠剤を手にとり、脇に置かれた水差しから水を注ごうとしたとき、湯気の立つグラスを持って若者が入ってきた。それをミス・シートンに渡した。彼女はグラスの縁に手をかけて受けとった。なかの液体は深い琥珀《こはく》色で熱々だった。錠剤を口に放りこみ、琥珀色の液体をひと口飲んで――むせた。あら、いけない。だって、すごく熱いんですもの。おまけに口のなかが焼けるよう。あまりおいしくない。でも――液体が喉を伝い落ちるうちに――全身がぽかぽかしてきた。グラスを返そうとした。若者は首を横にふった。ミス・シートンはふたたび液体を口に含んだ。飲んだ。ちっともおいしくない。でも、とても、とてもいい気分になってきた。周囲のものがなんだか変だった。天井がいつもより傾いている。ベッドが高くなって天井にくっつきかけたと思ったら、低く沈み、また高くなった。わたしが船酔いしない体質でほんとによかった。二人の若者が彼女の上にかがみこんだ。二個のグラスを受けとった。

「ろーも、ご親切に」ミス・シートンはつぶやいた。

三人の若者が三個の明かりを消し、部屋を出ていった。ミス・シートンは枕の上に倒れこんだ。

サタデー・ストップ荘のカーテンの奥には明かりがついていた。ガウンをはおって頭にタオルを巻いたドリス・クイントが玄関に出てくると、雨の雫《しずく》を垂らした刑事たちを迷惑そうに見た。

「サツ？　夜のこんな時間に？　なんの用よ？」

刑事たちは用件を告げた。ドリスは愕然とした様子だったが、自分になんの関係があるのかわからない、とやや強すぎる口調で言いはった。家に入ってもらうことはできない、見ればわかるように、寝間着に着替えてしまったし、寝る前にシャンプーしたところだから、と説明した。昼間はあれこれ忙しくしてて時間がないの。亭主は眠ってるし、弟ももうベッドのなかだから、わかるでしょ。刑事たちには強引に押し入る権利もないため、彼女は相手を豪雨のなかに立たせたまま、夫の神経衰弱のこと、睡眠をとる必要があること、途中で起こしたりすると危険なこと、弟の障害、自分自身の苦労、どうすればいいのか本当にわからない、といったことをしゃべりつづけた。結局、饒舌なだけで、捜査の参考になりそうな話は何もなかった。

なんの成果もなく、納得もできないまま、刑事たちはあきらめて辞去するしかなかった。車のなかで検討をおこなった。ドリスの態度と〝サツ〟という言葉が反射的に口を突いて出たことからすると、犯罪の世界になじんでいるか、もしくは、犯罪者の知りあいがいるものと思われる。シャンプーしたところだというのは事実かもしれないが、雨のなかを出かけたあとで髪を乾かしていたとも考えられる。もっとも、この悪天候だから、普通はレインコートか何かを着ていくはずだが。夫が眠っているというのも事実かもしれない。あるいは、顔を合わせないようにしたのか、出かけていたのか。漠然とした疑惑だけでは、夫に会わせてほしいと強引に頼みこむことはできない。弟のほうはまだ小さいから、犯人候補からはずしてもいいだろう。アシュフォード警察の警官が、郵便局強盗に関してクイント一家にはアリバイがあることを、デルフィックに思いださせた。

デルフィックは不満そうに答えた。「三月にピクニックか」

パトカーは〈聖ジョージとドラゴン亭〉で警視を降ろしてから警察署に戻っていった。デルフィックはミス・シートンのことが心配で、どうすればいいのかと迷いつづけた。ベッドに入って朝まで不安を抑えておくべきか――どう考えてもこれが分別ある方法だ――もしくは、悪天候の夜に過労気味の多くの警官をひきずりだして、田園地帯を周囲何キロにもわたって捜索させるべきか。自分の良心はそれでなだめられるかもしれないが、いくら捜索したところで、朝まで成果が期待できないことぐらいわかっているではないか？　明るくなればヘリを呼ぶことができる。上空から捜索できるという利点に加えて、捜索チームの位置関係を明確にして貴重な時間を節約できる。ミス・シートンの居場所がまったくつかめない。何キロも先かもしれないし、すぐ近くかもしれない。嵐を避けてどこかにこもっているかもしれない。あるいは、苦境に陥ることが運命づけられているのと同じく、自力で苦境から抜けだす不可思議な能力を備えていることを考えると、親切な善きサマリア人にめぐりあい、どこかのベッドにもぐりこんで眠っている可能性だってある。

スイートブライアーズ荘のほうへ目をやった。なかを調べてみようと衝動的に決めた。最後の決断を下す前に、さらなるトラブルが起きていないことを確認しておきたかった。玄関ドアは警察が閉めたものの、錠はかけないままにしてあった。これ以上窃盗事件が起きるとは思えないし、早朝にどこかでミス・シートンが見つかった場合、マーサ・ブルーマーを起こさなくてもすぐここに運びこめるようにしておくためだった。

玄関ドアをあけた瞬間、デルフィックは変化を感じとった。無人の家の持つ雰囲気が消えていた。何かが……そう、濡れた衣類の匂いがする。匂いをたどって台所まで行った。椅子とテーブルにミス・シートンのびしょ濡れの服がきちんと並べてあった。中身を出して逆さまにしたハンドバッグが水切り台に置かれ、ゆすいだグラスの横でいまも水を滴らせていた。流しには彼女の傘が立てかけてあった。

デルフィックは向きを変え、ほかの部屋を手早くのぞいてから二階へ駆けあがった。礼儀作法を無視して彼女の寝室のドアを大きく開き、明かりをつけた。足を止めて凝視した。ミス・シートンは乱入を咎めようともしなかった。ぐっすり眠っていた。

デルフィックの足元にタオルが広げてあり、そこに並んだハンドバッグの中身に彼は注意を奪われた。膝を突いた。どれもびしょ濡れだ。いったい何をしていたのだ？　いくらミス・シートンでも服を着たまま泳ぐはずはない。だが……以前、彼女が池に落ちたことを思いだした。あれも夜のことだった。あのときはボブがいなければ溺死していただろう。指輪？　彼女が指輪をしているのは一度も見たことがない。たぶん名付け親か母親のもので、感傷的な理由から持ち歩いているのだろう。先祖伝来の家宝として……赤い石？　黄金の台？　正真正銘の家宝？　まさかミス・シートンが――盗んだなどと――そんなことがあるだろうか？　デルフィックはあわてて立ちあがり、指輪を明かりにかざした。いや、違う、ルビーではない。ガーネットだ。カボションカットのガーネット。しかし、人はとかく自分の宝物の価値を誇張したがる。ブレイン夫人のようなタイプはとくに。眉をひそめ、指輪をタオルの上に戻した。鼻をくんくんさせ、ベッドまで行って身をかがめた。やっぱりそうか――ウィスキーだ。彼女の肩を軽く揺すった。ミス・シートンは気づきもしない。もっと強く揺すってみた。

夢のなかでぼんやりと、銀器と宝石が川面を滝のように流れ下ってきた。黒鳥の群れが一緒に泳いでくる。うしろから、孔雀の羽根で飾ったクレオパトラの御座船がすべるようにやってくる。女王はクッションにもたれている。

「金髪は変」ミス・シートンはつぶやいた。女王が身を起こした。長い黒髪が流れ落ちた。「黒髪のほうがずっとふさわしい」

デルフィックは耳をそばだててその言葉を聞きとった。金髪？　黒髪？　どういうことだ？　彼女自身のためにも、指輪の件をはっきりさせるためにも、聞き流すわけにはいかない。ミス・シートンが何をしていたのか、どうしても突き止めなくては。

「起きるんだ、ミス・シートン」と命令した。ふたたび彼女の肩を揺すった。「起きろ。起きるんだ」

川の土手で誰かが立ちあがった。堂々たる人物。あたりを威圧する巨大な姿で流れの中央を泳いでくる。「起きるんだ」その人物が叫んだ。「起きろ。起きるんだ」

うるさいわね、ぐったり疲れてるのに。いまはだめ――ミス・シートンは固く決心した。ええ、とにかくいまはだめ。身を起こした。目を大きく開いた。

「いまはだめです、王さま」断固たる口調で言って、ふたたびぐっすり眠りこんだ。

デルフィックはどうすることもできずに彼女を見つめた。殴りつけてやりたくて手がむずむずした。みんなが死ぬほど心配していたときに、よくもまあ、家で横になり、ニタニタ笑いを顔じゅうに広げ、酔っぱらって眠りこけるなどということができたものだ。彼女を見た。噴きだしそうになって唇がひきつった。ぐったりした小さな顔、眠りのなかで頰を染め、唇を開いて軽い微笑を浮かべている。ミスエス。このくだらないあだ名がなぜかぴったりだ。ずぶ濡れになり、泥酔するなんて、この困った女性はいったいどこをうろついてたんだ？　誰がウィスキーを飲ませたんだ？　さっきコテージを調べたときに確認したとおり、ここには誰もいなかった。水切り台にのっているあのグラス。いや、違う——どこかでグラスに酒を注ぎ、どしゃ降りのなかを家まで運んできたなどとは、とうてい考えられない。

デルフィックは急いで一階に下りた。ナイト医師に電話をした。夜中に叩き起こしたことを詫びた。ミス・シートンの状態をできるだけ詳しく説明し、ウィスキーのほかに何か理由があるに違いないと言った。こうまでひどく酔っぱらうはずがない。ご迷惑でなければ、診察に来てもらえないでしょうか。

ナイト医師は、時刻を考えれば大いに迷惑だと答えた。五分以内に行くと言った。

デルフィックは礼を言い、次に部長刑事に電話をして、ミス・シートンが見つかったことをアシュフォード警察に伝えるよう命じた。

ボブが報告を届けに来た。盗まれた品々が見つかり、犯人が拘束されたという。ミス・シートンの捜索に駆りだされていたパトロール警官が、すべての車のドライバーに質問するようにとの指示に従い、ブレッテンデン・ロードで一台のトラックを止めた。ドライバーが挙動不審だったので車内を調べたところ、消えた銀器と宝石が濡れた袋に入っているのが見つかった。現在、その品々をリストと照らしあわせているところ。免許証によると運転手の氏名はレナード・ホッシグで、住所はロチェスターの近く。ブレッテンデンの運送会社で働いていて、トラックは会社のものだと本人は主張している。事情を説明したが、それは使い古された手だった。道路に袋が落ちているのを見つけて、ブレッテンデン署へ届けにいく途中だったというのだ。警官がさらに質問すると、貝のように口を閉ざしてそれ以上何も言おうとしなくなったため、ブレッテンデン署で身柄を預かることになった。正式な逮捕は盗まれた貴重品のリストが完成してからだという。ボブは上司に言った――地元警察の連中、鼻高々です。発生から二時間もしないうちに窃盗事件はすべて解決、郵便局強盗の少なくとも一人は警察に拘束されたから、ゴーファーって少女の身に危険が及ぶことはないでしょう。ただし、正式な指示が出るまで、今夜も少女の護衛を続けることになってます。

デルフィックは居間を歩きまわり、それから電話のところへ行って、アシュフォード警察にかけた。プラマージェンの窃盗事件の被害リストはもうできあがったかね？　少々お待ちを、ブレッテンデン署のほうへ問いあわせますので……はい、できています。指輪が一個、紛失していないだろうか？　少々お待ちを……はい、そのとおりです。しかし、袋の口が開いていたうえ、品物が乱雑に放りこまれていたわけですから、もっと多くの品がこぼれ落ちなかったのが不思議なぐらいです。紛失したのが小さな指輪一個で幸いでしたし、それもたぶん、トラックのどこかにころがっているか、もしくは、トラックが走った道筋のどこかに落ちているでしょう。デルフィックはブリントン主任警部の自宅の電話番号を尋ねた。そちらに電話をした。主任警部は迷惑そうだった。デルフィックは、ホッシグを逮捕するのは捜査がもう少し進むまで見合わせたほうが賢明かもしれないと助言した。

午前一時半に叩き起こされ、事実の半分しか知らされていないブリントンは、癇癪を起こしそうになった。「〈御神託〉は何が望みなんだ？　現行犯で若造をつかまえたのに、逮捕を見合わせろだと？　どんなふうに捜査を進めるんだ？　いいか、うちの署で〈御神託〉の事件を解決してやった。そうだろう？　〈御神託〉の女友達は無事に戻ってきた。そうだろう？　だから万事めでたしめでたしだ。これ以上何を望むことがある？　珍しくも事件はきちんと解決し、ミス・シートンがこうもり傘で大騒ぎを起こすことも、大金を横どりすることもなかったんだぞ」

デルフィックは謝罪の口調になった。「じつはそれで困ってるんだ、クリス。まだ断言はできないが、彼女がくすねた可能性もないとは言いきれない。彼女のコテージで指輪が見つかった。盗まれたものと同一の品と思われる」

「ミス・シートンはなんて言ってる？」

「そこが問題でね。当人がしゃべれない状況だ。朝になったら尋ねてみる」

「朝？　いますぐ訊けばいいじゃないか」

「無理なんだ、クリス。眠ってる」

「なるほど、眠ってるわけか。ふむ、なるほど、叩き起こせ。レディがひと眠りしてるから、われわれはお茶を飲みながら待つしかないってのか？」

あれこれ説明しようとしてミス・シートンがときたま苦労する気持ちが、デルフィックにもわかってきた。「そういう単純なことじゃないんだ、クリス。彼女は、そのう——ええと、酔っぱらっている」

「なんだと？」ブリントンがわめいた。

「そうなんだ」デルフィックはあわててつけくわえた。「いま医者を呼んだ」

「なるほど、なるほど、酔っぱらってる。で、なるほど、きみは医者を呼んだわけか。

今度わたしが酒を飲んだときは、文句を言うのをやめて医者を呼ぶよう、うちのかみさんにも言っとこう」電話の向こうから大きなため息が聞こえた。「〈御神託〉、いまからわたしがブレッテンデン署まで車を飛ばして、朝まで何もしないようそっちの連中に伝えてくる。それと、頼むから、きみのレディが休暇から戻ってきたら、単刀直入に質問をぶつけ、はぐらかされることのないよう気をつけろ」ブリントンは電話を切った。

部長刑事が驚きで目を丸くした。「ミス・シートンが酔いつぶれたっていうんですか？　まさか。考えられませんよ。あの人がそんな……」

デルフィックはうんざりした声になった。「言いたいことはよくわかる、ボブ。だが、事実は変えようがない。へべれけに酔ってるんだ」

「あの人が酒に口をつけるはずはありません。ともかく、どこで酒を手に入れるというんです？」

「そこが大事な点だ、ボブ。それがわかれば、いまよりはるかに多くのことが明らかになるだろう」

デルフィックがふたたび電話に手を伸ばそうとしたとき、ナイト医師が到着した。

デルフィックは医師のあとについて二階へ行く前に、ボブに指示を出した——まずブレッテンデン署に連絡をとって、ホッシグがウィスキーを持っていないか、もしくはトラックに置いていないかを確認してもらい、次に、台所に置いてあるミス・シートンの衣類を調べ、水切り台にのっているゆすいだグラスの匂いを嗅いでウィスキーの痕跡がないかどうか確かめてくれ。

ナイト医師は寝室で時間を無駄にすることもなく、上機嫌で一階に下りてきた。看護の初級コースを受講するよう警官に助言したほうがよさそうだ、と提案した。高度なことは必要ない。初歩的な知識だけでいい。そうすれば、レディが歯医者へ出かけて抜歯され、鎮痛剤を処方され――たぶんバルビツール酸系と思われる――アルコールと一緒に服用した結果、意識を失ってしまった、というきわめて単純な事実に気づくことができただろう。そして、無理やり起こしてあれこれしゃべらせようとするかわりに、酔いがさめるまで寝かせておくだけの分別を働かせていただろう。玄関を出ようとして、医師はさらにつけくわえた。「それから、八時に起こして早朝のお茶を飲ませようとするのはやめてほしい。そんなことをしたら、ミス・シートンは夕方まで薬の影響が抜けず、割れるような頭痛に苦しむことになる。自然に目がさめるのを待つんだ。あの感じからすると、たぶん正午ぐらいだな」ナイト医師は腕時計にちらっと目をやった。「やあ、おはよう」会釈をして帰っていった。

ボブが報告に来た。ブレッテンデン署の話では、ホッシグのオーバーのポケットから半分に減ったウィスキーの携帯用フラスクが見つかったとのこと。デルフィックは満足そうな表情を浮かべると、最後にもう一度ミス・シートンの様子を見るため、ボブと二人で二階の寝室へ行き、ついでに、タオルの上に並べてあるわずかな品を詳しく調べることにした。膝を突いて丹念に見ていったが、指輪以外に不審な品はなかった。ただ、どれも水に濡れているので、デルフィックは首をかしげた。

「サイコロ博打をしてるの、坊やたち？」ドアのところからメルが問いかけた。「わたしも仲間に入って、サイコロを投げてもいい？」

ボブは当惑し、デルフィックは激怒した。ゆっくり立ちあがった。ミス・シートンを起こさないよう、声を低く抑えた。

「ほう、記者さんのご登場か。ようこそ。不法侵入、公務執行妨害……」

「妨害なんかしてません」メルはカッとして言いかえした。「道化者が二人、午前二時にレディの部屋でサイコロ博打をしたいなら、別に構わないのよ。止める気はないわ。こっちは何も妨害してないし、不法侵入については……」メルはベッドのほうを見た。「わたしはそこで意識不明になってる人の友達のつもりなんだけど。ねえ、何があったの？」

デルフィックは返事もせずにドアまで行き、メルを廊下に押しだして階段を下りていった。ボブは明かりを消してドアを閉めてから、二人のあとを追った。

居間に入ると、メルはくつろいだ様子で椅子にすわり、デルフィックはじっと立ち、ボブは室内をうろついた。

「お手数だが」デルフィックが言った。「勝手に入りこんだ図々しさを謝る気はないとしても、せめて理由だけでも説明してもらえないだろうか」

「ええ、喜んで」メルは皮肉っぽく答えた。「友達の家を訪ねただけよ。人間味あふれる記事を書くために」

「なるほど。人間味あふれる記事なら、ゴシップ記事を読めばいい。取材のために人を追いまわすのがどれほど迷惑なことか、きみ、考えたことはないのかね？　特ダネを求めて人の生活を嗅ぎまわる。事実をねじ曲げ、名誉棄損すれすれのことをほのめかす。それもこれもみんな、特ダネがほしいからだ。ニュースの世界に聖域はなく、特ダネをつかむためならどんなことでも許される」

「あらあら」メルは感嘆の口調で言った。「まるで高潔なるサー・ガラハッドね」椅子の上で身を乗りだした。表情がこわばった。「じゃ、わたしが第一面にこんな記事を書けばご満足？　〝戦うこうもり傘〟の寝室で警察が馬鹿騒ぎ。ミス・シートン、夜からずっと行方不明。警察による大々的な捜索。窃盗事件が三件発生。ミス・シートンの居所は依然として不明。窃盗犯の仲間なのか？　午前二時過ぎ、ウィスキーの強烈な匂いをさせてミス・シートンが眠る寝室において、警官二名が発見される」

デルフィックは不機嫌な顔になった。「きみにもじきにわかるだろうが、ミス・フォービー、警察がその気になれば記者を厄介な立場に追いこむこともできるんだぞ。あまりにも厄介なため、編集長はいずれ、甚だしい後れをとらずに事実をつかむためにはほかの記者を雇ったほうがいいと考えるようになるだろう」

「あら、また脅しね。呆《あき》れた。ところで、浅薄な十字軍戦士さん、お気づきだったかしら——あなたがミス・Sをルイシャムのモルグへ連れてって死体の絵を描かせたことは、わたしも知ってるのよ。たぶん、凛々《りり》しい騎士のつもりだったんでしょうね。ついでに、わたし、ゴーファーって少女の絵も見たわよ」デルフィックははっと顔を上げた。「あら、驚いたようね。あなたがここに来た理由も、あちこちに流れたゴシップも、だいたい知ってるつもりよ。でも、わたしがそれをひとことでも漏らしたりした？　いいえ、成行きを見守ってるだけ。ミス・Sの名前を出せば大ニュースになる——当然でしょ——でも、わたしがそうした？　いいえ、こうもり傘の部分を強調して、ミス・Sの名前が読者の記憶に残らないよう配慮したのよ。もちろん、事件は追うつもり——編集長の命令だから。当然、スクープは狙ってるわ。でも、ミス・シートンに迷惑をかけようとは思わない。わたしをなんだと思ってるの？　ゴシップばかり追っかけてる記者？」

デルフィックは両手を広げ、それからすわった。「ミス・フォービー、お詫びする……」と言いかけた。

「詫びる気があるなら、メルと呼んで」

「わかった。すまなかった、メル」

「じゃ、最初からやり直しましょう。あなたの了解を得ないかぎり、どんなスクープも社に送るつもりはないし、二階で寝ているあの無垢な人をみんなで守っていきたいと思ってるの」メルは不思議そうに首をふった。「どういうわけか、放っておけなくて」

意見の相違が解消し、二人のあいだに強固な土台を築くことができたので、デルフィックは自分の立場を明確に述べた——どんな情報であれ、新聞記者に流すのは警官として規律違反だが、きみがミス・シートンの友達であることを考えれば、わたしにはこのコテージからきみをつまみだす権利はない。今夜の騒動で判明したことをわたしが部長刑事と協議するあいだ、きみがここにいるというなら、わたしにはそれを妨げる力はない。

最後に、メルは椅子のクッションをとり、ラグを見つけてきて、ボブのためのベッドを床にこしらえた。ソファでは寸法がまったく足りないのだ。何があってもミス・シートンをコテージに一人にしてはならないということで、全員の意見が一致した。デルフィックは朝早くアシュフォードへ出かけて主任警部をなだめなくてはならない。メルが朝のうちにスイートブライアーズ荘に顔を出し、ミス・シートンが目をさましたら、アシュフォード署まで行って供述書を作る元気があるかどうか尋ねることになった。マーサ・ブルーマー宛に、彼女が心配しないよう、そして、ミス・シートンを起こしに来たりしないよう、状況を説明した短いメモを書いた。

メル・フォービーと警視は彼女の小さな傘に二人で仲良く身を寄せあってコテージをあとにし、ブルーマー家の郵便受けにメモを入れてから〈聖ジョージとドラゴン亭〉に帰っていった。

ボブは悟りの境地で床に横になり、眠れぬままにもぞもぞしながら何時間かを過ごした。

ミス・シートンは眠りつづけていた。

7

　ミス・シートンは目をさました。ゆったりとくつろいだ気分で、動こうという気になれなかった。ゆうべの出来事が少しずつよみがえってきた。ゲルドソン先生はほんとに腕のいい歯医者さんね。少しも痛まなかった……そうだわ、こんなことしてちゃいけない。ベッドでだらだらするなんてだめ。

　起きあがり、風呂に入り、寝室に戻って着替えを出した。一瞬、濡れた衣類はどこへ行ったのかと不思議に思った。まあ、あとでゆっくり確かめよう。ベッドを整えた。あら、変ねえ。このマットレス、うちのじゃないわ。あたりを見た。安楽椅子のクッションも違っている。どこから来たの？　たぶん、マーサが春の大掃除にとりかかったのね。クッションはきっとマーサのだわ。わたしのクッションをきれいにするあいだ、これを貸してくれたのよ。訊いてみなきゃ。ミス・シートンは着替えようとして――手を止めた。心が騒いだ。ゆうべ……手が震えはじめた。鏡台の引出しをあけて画用紙帳と鉛筆をとりだした。ゆうべ……ええ、そうよ、記録しておかなきゃ。記憶がはっきりしているうちに、起きたことをすべて記録しておこう。ほっとした思いでしゃがみこみ、作業にとりかかった。

すべてを描き終えると、画用紙帳を脇に置いた。心も手も安らいだ。さて、今度こそ着替えなきゃ。まだ眠気が残っていて、立ちあがろうとしたとき、身体が少々こわばっているのを感じた。いっそのこと――あの本の著者はなんて呼んでたかしら？あ、そうそう、ワークアウトだわ――ワークアウトをしたほうが賢明かもしれない。トーストと紅茶の支度をする前に、少し運動しておこう。

メル・フォービーがそっと玄関ドアをあけ、忍び足で二階に上がり、寝室のドアの掛け金を慎重にはずして部屋をのぞいた。ストッキングとブルマーとセーター姿のミス・シートンが床にすわりこんでいた。膝を重ね、膝から下をそれぞれ左右へ流し、両腕を背中にまわして上と下から指を重ねあわせている。目を閉じ、深く呼吸し、唇を動かして秒数を数えている。メルは息をのんだ。

「あ、あの、どういうこと？」と叫んだ。「ミス・S、いったい何を始めたの？」

ミス・シートンの目が開いた。ほんの少し首をまわした。四……五……困ったわ、どうしましょう。呼吸を止めてはいけない。秒数がわからなくなってしまう。でも、もちろん返事をしなきゃ。数を数え、深い呼吸を続け、筋肉に力を入れているせいで、絞め殺されそうな声になった。

「牛の顔のポーズよ」と答えた。

まあ、ヨガをやってる人に〝何してるの？〟って図々しく質問すると……大変！……〝牛の顔〟だなんてふざけた返事が来るわけね。メルは静かにドアを閉めて一階に下りた。台所に入り、まだ湿り気を帯びているミス・シートンの衣類をとり、クリーニング屋へ持っていくために紐でくくった。やかんを火にかけ、パンを切り、冷蔵庫からバターを出し、マーマレードも見つかったので、朝食に使うことにした。居間へ行った。部長刑事は夜明けごろに宿へ戻ったらしく、寝具がきれいに片づけてあった。メルは彼に電話して、ミス・シートンが目をさましたが着替えと食事がまだなので、三〇分ほど待ってほしいと伝えた。受話器を戻したとたんに電話が鳴りだした。コルヴデン家からだった。また鳴りだした。ミス・トゥリーヴズから。また鳴りだした。アン・ナイトから。また鳴りだした。〈御神託〉から。メルはそのすべてに返事をした。廊下の小さなテーブルにのっていた郵便物をとってミス・シートンの皿にのせた。これならミス・シートンはいやでも気づき、〝ケント州プラマージェン、スイートブライアーズ荘、ミスエス様〟と書かれた公文書のような封筒に興味をそそられることだろう。

メルはミス・シートンに落ち着いて食事をしてもらおうと思って、好奇心を抑え、ゆうべのことに関する質問は差し控えた。食事がすむと、ミス・シートンが手伝おうとするのを押しとどめて、テーブルの上を片づけ、食器を洗った。ボブがもうじきやってくることと、すぐにアシュフォードへ出かけなくてはならないことを告げた。

ミス・シートンはあきらめの境地だった。気は進まないながら、そうするしかないと覚悟していた。とりあえず、気がかりの種だった指輪を警察に渡すことができる。そうすれば、何もかも忘れてしまえる。郵便物を調べることにした。公文書のような封筒にちらっと目をやり、首をひねった。やがて表情が明るくなり、笑顔になって封を切った。小切手とメモが入っているのが、流し台の前に立つメルのところからも見えた。ミス・シートンはメモを読んで眉をひそめ、首をふった。小切手に目を向け、よく見てから、「まあ」と小さな困惑の声を上げた。メモの内容はとても親切なものだったが、そんな厚意に甘えるわけにはいかない。デルフィックはメモのなかでこう説明していた——エフィー・ゴーファーの絵は捜査中の事件に関係があるため、ミス・シートンの許可を得て警察で預かっている、そこで両方のスケッチの合計代金として小切手の金額を二倍にさせてもらうことにした、と。でも、この小切手——あら、どうしましょう。気前のいい金額のほかにも問題が……ミス・シートンはふたたび小切手を見た。ええ、やっぱりそうだわ。〝ロンドン警視庁管区会計担当者《レシーヴァー》にかわって〟というサインが入っている。ミス・シートンはこの〝レシーヴァー〟の意味を誤解して、破産管財人と間違え、警視庁は破産したのだと思いこんだ。困ったわね、身の縮む思いだわ。もちろん、警視庁が財政難だってことはわたしも知っている。それに、警官の給料が安いことも知っている。でも、破産管財人が置かれてるなんて……そこまで状況が悪化していたとは夢にも思わなかった。もちろん、小切手を現金に換えるのはやめておこう。いいえ、少しだけ寄付したほうがいいかしら。ミス・シートンは困りはてた。

「何を悩んでるの？」メルが訊いた。

ああ。また新たな難問が。話したほうがいい？　警察は伏せておきたがっているかもしれない。でも、考えてみたら、新聞記者はあれこれ情報をつかんでも、記事にするときはずいぶん慎重になるものだ。警視さんに尋ねるわけにはいかない――ばつの悪い思いをさせてしまうもの――また、あの性格のいい部長刑事さんに話しても、わかってもらえないかもしれない。でも、ミス・フォービーなら、いえ、メルなら……ミス・シートンは彼女を見た。じっくり観察した。アイメークはかなり改善されている。くっきりとなめらかな顔の輪郭、ふっくらした唇、高い頬骨――興味深い骨格だ――これらが頬骨の下の軽いくぼみに陰影を添え、額の広さをひきたてている。すばらしく魅力的な目がこうした要素をひとつにまとめて、すべてを柔らかく見せている。あら――わたし、さっきは何を考えてたんだった？　あ、そうそう。メルに相談すれば助言がもらえるかもしれない。ミス・シートンは彼女に小切手を見せ、悩みを打ち明けた。メルはまじめな表情を崩すまいと努めたが、やがて、こらえきれなくなった。

「あなたぐらいのものよ、ブフッ」笑いころげた。「警視庁にホームレスが住んでると思う人なんて」ふたたび笑いころげた。

ミス・シートンはわけがわからなくて曖昧に微笑した。メルから、ここに書かれているレシーヴァーは破産管財人のことではなく、ロンドンの警察すべての財政事項を扱う誠実な人物を差しているのだと説明されて、ほっとした表情になった。

「でも、どうしてミスエスなの？」メルが訊いた。

「あら、当然でしょ。最近は誰もがやってることだわ。公にという意味だけど」

「なんのこと？」

「イニシャルで呼ぶこと。昔はC・O・D（代引き）とC・P（ゴミ収集場所）ぐらいしかなかったのよ。でも、最近はずいぶんたくさんあって、複雑になるばかり。

H・Pは分割払いのことだけど——これを利用するのはとても軽率ね——ソースのブランド名でもある。それから、人間にもイニシャルが使われてるわ」ミス・シートンは例を挙げた。「P・Mは首相、M・Pは国会議員、G・Pは一般開業医、J・Pは治安判事。至るところで見かけるでしょ。わたしの場合はイニシャルを使ってもそんなに便利じゃないのよ。M・Sですもの。原稿《マニュスクリプト》と間違われやすくて、かえって面倒なの。だから、折衷案をとって〝ミスエス〟にしたんじゃないかしら。賢明なやり方だわ」

玄関にノックが響いた。きっとボブね。メルは見に行った。そこにいたのは若い娘だった。ここのレディに会わせてもらえます？　メルは彼女を台所へ案内した。娘はミス・シートンに駆け寄って膝を突いた。彼女の口から言葉がほとばしった。

「お願い、お願い、彼が連れてかれたの。助けてください。レンはそんなことしてない。ぜったいに。わかってくれますよね。でも、あの人、きっと何も言わないわ。あたしにはわかるの。言えないの。あたしのせいで」

ミス・シートンは彼女の両手をとった。内気なあの若者の妻だ。涙に濡れた彼女の顔に向かってミス・シートンは笑いかけた。「さあさあ、泣いちゃだめ。誰が連れていったの？——名前はレンだったわね？——連れていかれた理由は？」

「連れてったのは警官よ。ゆうべ彼が盗みを働いたって言って。でも、そんなわけないわ。わかるでしょ？」

ミス・シートンは憤慨した。「もちろん、そんなわけはありませんよ。馬鹿馬鹿しい。何を根拠にレンが盗みを働いたなどと？　レンはどうして黙ってるの？　あなたのせいだというのはなぜ？」

「あたし、未成年だから。結婚できる年齢じゃないんです。だからこっちに来たの。レンはまだ保護観察中。あたしの実家でちょっとゴタゴタがあって」

「ゴタゴタ？　わかりました」ミス・シートンはうなずいた。「おうちで何があったのか、詳しく話してもらったほうがよさそうね」

「えっと、継父がひどいやつなの。母さんは馬鹿だし。でね、あいつが姉さんのロージーに手を出そうとして、あたし、それをついレンに言っちゃって、次にあいつがあたしにまでちょっかい出そうとしたもんだから、レンが怒り狂ってあいつに殴りかかって、階段から突き落としたの。肋骨が三本折れてしまった。傷害罪で有罪になって、そのせいで保護観察の身ってわけ。実家にいちゃいけないってレンが言って、だから結婚許可証を手に入れて家を飛びだしたんだけど、もちろん、結婚なんてできるわけないわ。法律的には。母さんの同意がなきゃだめなの。だって、あたしが未成年者だから。あ、レンもそうなのよ。だから、レンがトラックの運転手をして、二人でここに身を隠してるの。でも、泥棒なんかぜったいしてない」

「そうでしょうとも」ミス・シートンは言った。「レンのしたことは正しかったわ。ほんとに正しいことをしたのよ。罪に問われるべきは継父のほうよ。なんておぞましい男かしら。おうちの人たちもわかってくれればいいのに」

娘は絶望的な表情になった。「みんな、何も知らなかったの」

「どうして?」

「レンが黙ってたから。あたし、ほんとのこと言おうとしたけど、レンに止められたの。母さんがいて、ロージーがいて、近所の人もいる。そういう人たちがどんなこと言うかわかるでしょ。悪口ばっかり言う人たちのなかであたしがそんなゴタゴタに巻きこまれるのを、レンは必死に防ごうとしたの。裁判のときは、理由もなしに暴力をふるったって言われたけど、レンは性格がいいし、事件を起こしたのは初めてだったから、保護観察処分になったのよ」娘は弱々しい笑みを浮かべた。「それですんでほんとに幸運だった」

ミス・シートンは娘の両手を軽く叩いた。「さあさあ、心配しなくていいのよ。とんでもない言いがかりだわ。レンはゆうべわたしに付き添ってくれて、ほんとによくしてくれたのよ」

メルはこの光景に魅せられた。ミス・Sの新たな一面だ。落ちこんでいる生徒を励まそうとする女教師。そして、ゆうべ何があったかを語ろうとしている。

「知ってる」娘はさらっと答えた。「夜遅く帰ってきて、ウィスキーをちょっと飲んで、あなたがひどい風邪をひかないか心配だって言ってた。びしょ濡れだったそうね」

車のなかでしばらく待っていた部長刑事がついに玄関をノックした。返事はなく、奥から声が聞こえてきたので、台所のほうへまわり、誰にも気づかれずに戸口に立って話に聞き入った。

「そうなのよ」ミス・シートンはうなずいた。「わたしを運河から助けだして、袋を道路に置いてくれたの。あんな親切な若者はいないわ。しかも、思慮深いし」ミス・シートンの両手が動いて宙をなぞった。「けさ起きたときに、すべてを紙に記録しておいたのよ。記憶が新たなうちにと思って。二人で相談して、彼が警察に届けるって言ってくれたの。あ、袋のことよ。わたしはちょっと疲れてたから」ミス・シートンは謝った。「彼にここまで送ってもらって……」途方に暮れた様子で言葉を切った。

「そのあとのことはよく覚えてないんだけど」

ボブが咳払いをした。ぎくっとして全員がふりむいた。「支度はできたでしょうか？」

「ええ、大丈夫よ」ミス・シートンは立ちあがった。「ほんとにごめんなさい。忘れてたわ。帽子とコートをとってきますね」

「あのう、ミス・シートン」ボブは提案した。「ゆうべの出来事を記録したものを持っていってもらえると、時間の節約になるし、事情聴取も進めやすいと思うんですが」

ミス・シートンは疑わしげだった。「参考になるとは思えないけど」

「ねえ、お願いします、ミス」娘が言った。

「そうよ、ミス・S」メルも勧めた。「警察の連中に見せてやって」ミス・シートンは疑いを抱きつつ二階へ行った。

「あの人をどこへ連れてくの？」娘が問い詰めた。

「アシュフォード警察だよ」ボブは答えた。「供述書を作成するために」

「あの人がレンの容疑を晴らしてくれるのね」娘は目を輝かせた。「お願い、あたしも一緒に行っていい？」

「きみがホッシグの奥さん？」

「そうよ。行ってもいい？　あたしには権利があるはずよ。何があったのか、あたしも知ってるもの。レンが話してくれたの」

ボブは心を決めかねた。メルは迷わなかった。「みんなで行きましょう」娘に言った。

「いや、きみはだめだ、ミス・フォービー」

「いいえ、行きます。わたしを締めだそうとするなら、あなたの皮をはいで装身具を作ることにするわ」

ボブは自分に勝ち目はなさそうだと悟って降参し、忸怩《じくじ》たる思いを胸に、女性の一団を連れて出発した。


ブリントン主任警部は激怒していた。〈アシュフォード・チョッパーズ〉がまた暴れまわったのだ。連中が襲ったのはブレッテンデンのダンスホールで、店内が無惨に荒らされた。五人が怪我を負い、そのうち二人は重傷だった。アシュフォード警察の制服警官の一人が非番だったので踊りに来ていた。乱闘が始まったとき、警官は法と秩序の側の人間としてそこに飛びこんだ。〈チョッパーズ〉のメンバー三人が彼に飛びかかり、そのうち二人が床に彼を押さえこんでおいて、あとの一人が自転車のチェーンで頭をしたたかに殴りつけた。警官は目下、脳震盪でアシュフォードの病院に入院中、深刻な状態とのことだ。

この日の朝の法廷で、〈チョッパーズ〉の顧問弁護士が「依頼人たちの若さゆえの元気が誤解され、友好的な提案が曲解され、親しくしようとすると怒りをぶつけられるのです」と、いつもの主張を延々と述べたばかりだった。依頼人たちがナイフとブラスナックルと自転車のチェーンと鉄パイプで武装していたことについては、とんでもない誤解だと主張した。「わが依頼人たちが攻撃用の武器を持ったことは一度もありませんし、今後もけっしてないでしょう」と反論した。自転車のチェーンを手首からはずす暇もなく逮捕された少年については、敵側が一方的に使った凶器を恐怖におののきながら調べていた清浄無垢な少年、という感動的なイメージに変えてしまった。この雄弁な弁護が功を奏して、治安判事はまたしてもいつものように、警告を与え、〈チョッパーズ〉が及ぼした被害に対して一人五シリングの罰金を科しただけで、少年たちを無罪放免にしてしまった。

ブリントンは腹立ちのあまり、地元で起きたトラブルの責任すべてを〈チョッパーズ〉に押しつけてやろうと思っていたのに、レン・ホッシグの登場で状況がぼやけてしまったことが癪にさわってならなかった。ホッシグと〈アシュフォード・チョッパーズ〉にはなんのつながりも見つからなかったが、少なくともホッシグが窃盗犯であることは確実だった。ところが今度は、不運な午前中の仕上げをするかのように、デルフィックがそれに疑問をはさみ、性急な判断は控えるようにと言っている。

「有罪は確実なんだがね。〈御神託〉、あの男には前科がある。暴力をふるい、保護観察中なのに未成年者と駆け落ちし、身を隠していた。いいか、あれはすぐカッとなるタイプだ」主任警部はロチェスターの警察から届いた報告書を彼のデスクに戻した。「そして、いま、やつが盗品を売り払う前につかまえた。それ以上何が望みだ？　もう解決済みだぞ」

デルフィックはブリントンのオフィスを行きつ戻りつしていた。「ミス・シートンがこちらに来るまで、未解決ということにしておこう、クリス」ブリントンが不満そうなので、デルフィックはさらに言った。「きみの言うとおりだとしても、やはり納得できん。ウィスキーと指輪のことはどう説明する気だ？」

「説明の必要なんかない。指輪はガーネットだと、きみ自身が言ったじゃないか。盗まれた指輪はルビーだった。それからウィスキーだが、あのレディはもしかしたらひそかな大酒飲みかもしれない。〝わたしにさわらないで〟と助平男にきっぱり言える現代の女性たちは男と同じように酒をあおり、靴のなかに酒瓶を隠したりするからな」

ノックの音。ボブがおどおどしながら入ってきた。「ミス・シートンと、ホッシグ夫人と、ミス・フォービーを連れてきました、警視」

「ここをどこだと思ってるんだ？」ブリントンが詰問した。「女性用シェルターか？」デルフィックはボブを見ただけだった。

「仕方がなかったんです」ボブは言った。「どうしても来ると全員が言いはって……ついて来たもので」

「よし、ここに来るようミス・シートンに伝えてくれ。ホッシグって娘を連れてきたことも、まあいいだろう。会う必要があるからな。それから、ミス・フォービーには伝言を頼む」デルフィックの目が楽しげに躍った。「階下で待つこと。そして、運試しをするのも、わたしを悩ませるのも控えること」

ボブがミス・シートンを連れ、大判の封筒を持って戻ってきた。正式な手続きを踏んでから、ミス・シートンに椅子を勧め、封筒をブリントンのデスクに誇らしげに置いた。

「なんだ、これは？」

「ミス・シートンの供述書です」ミス・シートンが口を開いて反論しようとした。

「きみが作成したのか、部長刑事？」

「いえ、わたしはまだ見てないんですが、ミス・シートンの話では——いや、ミス・フォービーの話では——いや、じつはミス・シートンの話をわたしが漏れ聞いたんですが、ゆうべの出来事をけさ起きてからすべて記録したそうで、だから、警察に持参してもらえないかとわたしが頼んだんです。時間の節約になると思ったもので」ボブはノートとペンを持って隅の椅子にひっこんだ。

デルフィックがデスクの向こうへまわるあいだに、ブリントンが封筒を開いて紙をとりだした。沈黙が流れ、ブリントンは必死に感情を抑えようとしている様子だった。

「きみはまだ見ていないと言ったね、部長刑事」

「はっ、主任警部」

「だったら、ここに来て見てみろ」

胸騒ぎを覚えつつ——何か変だ——ボブはデスクまで行き、画用紙を見た。そこに描かれていたのは〝騎士の不寝番《ねずのばん》〟と題された漫画だった。鎧に身を包んだ若き騎士が横顔を見せて祭壇の前に膝を突き、祈りを捧げている。すっきりとカットした髪が不機嫌な顔を縁どり、表情に変化が出ている。祈りのために組みあわせた手には、剣のかわりに一本の白百合が握られていて、輝く目が陶酔の色を浮かべて花を見つめている。ボブはため息をついた。変だと気づくべきだった。ものすごく変だと。

「だから言ったでしょう。参考になるとは思えないって」自分の椅子に戻るボブに、ミス・シートンは言った。

デルフィックは彼女に笑顔を向けた。「わたしにはそうは思えません。これはホッシグという若者ですね？」

「ええ」

「彼からこういう印象を受けたわけでしょう？」

「ええ」

「要するに」笑みを浮かべたまま、デルフィックはスケッチを指さした。「ゆうべの出来事のすべてをあなたの視点から描くと、こうなるわけですね」

ミス・シートンはほっとした表情で彼を見た。「ええ、そうなんです。じつは……」彼に救助されたときの様子をみんなに話した。次に、さっき娘から聞いたばかりの、彼と二人でプラマージェンに来るに至った事情についても話した。

デルフィックが電話に手を伸ばし、ロチェスター警察にかけて、ホッシグの保護観察官宛に伝言を残した。事情をざっと説明するから確認してほしい、と。警察のほうには、ホッシグの妻の姉でロージーという名の娘に連絡をとって、折り返し電話をもらえないかと頼んだ。

ミス・シートンはほっとした。あの不憫《ふびん》な二人。これでいい方向へ進むかもしれない。デルフィックはもう一度スケッチを見た。

「教えてください。なぜ白百合を描いたのか」

ミス・シートンは驚いて眉をひそめた。「白百合？　ここに？　あ、そうだわ」思いだした。「そのほうがぴったりの気がしたんです」

今度はデルフィックが眉をひそめ、考えこんだ。「ホッシグの妻の名前は？」

「困ったわ」ミス・シートンは言った。「知らないんです。訊こうとも思わなかったし」

「それならわたしが答えられる」ブリントンが書類をめくった。「レナード・ホッシグ。妻、リル・ホッシグ」と読みあげた。「結婚前の名前はリリー・スメイル」ミス・シートンを見た。いま初めてまともに見た。

ミス・シートンはハンドバッグをあけて指輪をとりだした。「この指輪、袋からこぼれでたものです。ティーポットよりも先に。で、わたしの傘にひっかかってました。運がよかった。水底に落ちてたかもしれませんもの。また紛失しては大変なので、袋に戻す気にはなれませんでした」

ブリントンがリストを見て読みあげた。「高価なルビーの指輪。所有主はブレイン夫人。盗まれたまま行方不明」ミス・シートンにきびしい目を向けた。「これがその指輪というわけですね？」

ミス・シートンは自信がなさそうだった。「でも、これはガーネットだし。少なくともわたしはそう思います。あ――」そこで気づいた。「なるほど。このまま持ち主に返して、何も言わずにおくほうが親切でしょうね」

主任警部は彼女を凝視し、それからニッと笑った。「ジョージ王朝時代の銀のティーポットと同じように？　あれは現代の品で銀メッキでした。それから、一夜にして偽物に変わった、黄金の台にはめこんだミス・ナッテルのカメオのブローチのように？」

ミス・シートンは微笑を返した。「人はときとして誘惑に駆られ、自分の持ち物がじっさいよりも値打ち物だと思いたくなるものです」

「話してください、ミス・シートン」デルフィックが割りこんだ。「運河に転落した車のことを。その車はファーミントという夫妻の家から盗まれたもので、三件目の窃盗事件が起きたのがそこだったのです――どんな状況で車が運河に落ちたかを目撃されましたか？　フロントガラスの損傷はおそらく転落時に生じたものと思われますが、鑑識の報告によると、弾丸が貫通したとおぼしき穴があいているそうです」

ミス・シートンは赤くなった。「いえ、それはたぶん、わたしのせいかと……」ブリントンが鋭く顔を上げた。「というより、わたしの傘のせいです」ミス・シートンは訂正した。「足をすべらせたときに落としてしまって。で、風がすごかったため、傘が車を直撃したのです。運が悪ければ、二人とも死んでいたかもしれません」

「死ななかったのが残念だ」ブリントンが言った。

「二人を見たのですか？」デルフィックが尋ねた。

「はい、見ました」

ボブがすわりなおし、ペンを静止させた。

「ほんの一瞬でしたけど。そのとき、わたしも車のそばに落ちて水のなかでした。二人は反対側の土手をよじのぼっていきました。運河の反対側という意味です。顔はよく見えませんでした。こちらに背中を向けてましたし、光もそこまでは届いていなかったので」

ボブは緊張を解いた。

「車のヘッドライトのことです。もちろん、そのあとでジーッといって消えてしまいましたけど」

ボブは首をかしげた。この人はなぜ普通の話し方ができないんだ？〈御神託〉は彼女の話を理解してるようだし、ブリントンでさえ話についていってるようだが、目撃者がどんなふうに話そうと、警察の供述書にはそれをわかりやすく記さなくてはならない。ボブは試験的に考えてみた。〝運河の水のなかを東のほうへ進んでいくと、ジーッという音に遭遇しました〟思わずくすっと笑いを漏らした。デルフィックが眉をひそめた。ミス・シートンは話を続けた。「でも、ライトがジーッという直前に、女性のほうが足をすべらせ、光が当たっている水面に落ちました。男性がひっぱりあげなくてはなりませんでした」

「女性？」デルフィックが問いかけた。「女性に間違いないのですか？」

「ええ、もちろん。長い髪でした」

「長髪の若者だったという可能性は？」

「とんでもない。ありえません。服が濡れて身体に張りついてましたもの。間違えようがありません」

〝シャンプーしたところだから〟という声がデルフィックの頭のなかに響いた。〝昼間はあれこれ忙しくしてて時間がないの〟例のピクニックのアリバイはかならず崩してやるぞ。デルフィックはポケットから古い封筒をとりだした。メモ用紙がわりに使ったものだ。「これはあなたの言葉だが――すまない、ミス・シートン、あなたが、そのう、眠っていたときのつぶやきをメモさせてもらいました――〝金髪は変〟というものです。事件に何か関係していたのでしょうか？」

ミス・シートンは考えこみ、それから明るい表情になった。「いいえ、違うんです。シバの女王のことなの。変だと思ったんです。でも、もちろん、クレオパトラと同じようにギリシャ人の血をひいていたのなら、変ではありませんけど。調べてみればわかるでしょう」説明のつもりでつけくわえた。

さすがのデルフィックも当惑気味だった。「シバ？」

「ええ。つまりね、お茶のせいで『シバの女王』を観に行ったんです。お茶を飲むのが大変だったから。口のせいで」

ようやくわかった。「ああ、なるほど、映画の『シバの女王』ですね。そうか、わかりました」デルフィックは封筒に注意を戻した。「あなたはさらにこうも言っている。〝黒髪のほうがずっとふさわしい〟と」

ミス・シートンは考えこんだ。「もしかしたら、あの女のことかしら。土手をよじのぼろうとして足をすべらせた女。長い黒髪でした。でも、もちろん、光の加減でそう見えたのかもしれません。あるいは、光が当たっていなかったせいで」

ミス・シートンからは、参考になる話はそれ以上聞きだせそうになかった。ロチェスター警察から電話があった。スメイル家の姉娘は本当のことを告白した。問い詰められて母親も娘の話を裏づけた。継父が警察に連行された。尋問を受け、妻の裏切りを知って、ついに白状した。強姦未遂の罪に問われることより、偽証罪のほうを心配している様子だった。〝なんのための継娘だ？〟というのだ。レン・ホッシグの容疑は晴れ、事件全体が見直されることになった。ブリントンがブレッテンデン署に電話をして、ホッシグを釈放するよう命じた。ボブがミス・シートンを階下にエスコートした。〝後宮の女たち〟をひきつれてプラマージェンに戻る途中、ブレッテンデン署に寄ってレン・ホッシグを拾っていくよう命じられた。

ドアが閉まったとたん、主任警部が噴きだした。「そうか、あれがきみのミス・シートンか、〈御神託〉。納得だ。わたしも彼女に頼るとしよう。頻繁ではないと思うが。それから、きみの力でミス・シートンを犯罪から遠ざけておくことはできないのか？〝いえね、その車が〟」ミス・シートンの声色をまねた。「〝近づいてきたんです。おわかりになりますでしょ。だから、わたし、こうもり傘を叩きつけて、そしたら車は運河に落ちてしまったんです。そのあと、もちろん、わたしも飛びこみました。いわばまあ、どうなってるのか見ようと思いまして。どういう意味かわかっていただけますわね〟」主任警部は爆笑し、それから真面目な声になった。「なるほど、すべてが愛らしく、何もかもが心地よく、被害にあった品はいつものようにミス・シートンがとりもどしてくれた。だが、いいか、〈御神託〉、ホッシグの容疑が完全に晴れたわけではないぞ。やつは輝く鎧を着けた騎士かもしれん。わたしも否定するつもりはない。また、百合を栽培させたら、市場に出荷してる栽培農家より優秀かもしれん。だが、窃盗を働いていないということにはならないぞ。運河に落ちたあとで土手をよじのぼって逃げ、自分のトラックに戻り、ふたたび盗みを働きに出かけたのかもしれん」

「では、一緒にいた女は？」デルフィックは尋ねた。

「女房に決まってるだろうが。運河から逃げだしたあと、女は大急ぎで家に帰り、男のほうは次の獲物を探しに出かけた」

「しかし、次の行動と辻褄《つじつま》が合わないぞ。なぜミス・シートンを助けだした？　運河に置き去りにすればいいのに。なぜ時間を無駄にする？　なぜ彼女を自宅まで送った？　なぜウィスキーを飲ませた？　なぜ彼女の服を広げて乾かそうとした？　とにかく、ホッシグはそこまでやったんだ、クリス。大変な手間をかけたんだぞ」

「わかったよ。じゃ、その可能性は低いことに同意しよう。ホッシグ夫婦は犯人ではない、クイント夫婦も犯人ではない。最初からやり直しだ。残った候補のうち、可能性が高いのはやはり〈アシュフォード・チョッパーズ〉の連中だな。いずれきみにもわたしの意見の正しさがわかるだろうが、妄想に溺れてる場合じゃないぞ。強盗や窃盗が小児殺しと関係してるなんて証拠はどこにもない。あのくだらんスケッチがあるだけだ。きみはミス・シートンに心酔しているし、総監補も右へ倣えのようだが、われわれの手元にあるものを見てみよう。地元の犯罪、そして、犯人像に符合する地元の連中だ。なぜことをややこしくする？」

警視は肩をすくめた。「きみが正しいのかもしれない。筋の通った意見だとは思う。しかし……」

「しかし、納得できないと言うんだな？」

デルフィックはうなずいた。「納得する気になれないんだ。この小児殺し……」むずかしい表情になった。「まあ、いつの時代にも異常な犯罪があったことは認めよう。しかし、今回は発生件数が急激に増えている。この二年間で五〇パーセント以上の増加だ」そう言って首をふった。「なぜそんなことに？　現在、明確なパターンを持つ連続殺人が起きている以上、わたしはそれに食らいついて徹底的に追うつもりでいる。放っておいたら大変なことになる。注目を集める犯罪が模倣されやすいことはわたしも知っているが、郵便局強盗のあとに子供が殺されるというパターンが続くのは、どう考えてもおかしい」デルフィックは渋い顔になった。「この界隈のどこかに犯人が潜んでいるに違いない。わたしがかならずつかまえてみせる」

「だったら」ブリントンが提案した。「〈チョッパーズ〉のメンバーから好きなのを選んでくれ。まぬけな連中の集まりだ」

デルフィックはそれも耳に入らないかのように話を続けた。「どこかで、なんらかの形で、誰かの頭のネジがはずれて、正常に機能しなくなっている。ずらりと並んだ車を見せられ、そのうち一台のクラッチが利かないと言われるようなものだ。自分で一台ずつ運転するか、もしくは、装置を分解する以外に、問題の車を見分ける方法がどこにある？　外見だけで言えば、クイントの女房を候補に挙げたいところだ。安っぽい美貌だが、額が狭くて受け口だ。狡猾《こうかつ》な感じだな。精神的に安定していると言えるだろうか？　どうも疑わしい。クイント夫婦に関して何かわかればいいのだが。経歴、血筋。ヒントになるものがあるはずだ。しかし、どの線を調べても空振りばかりだ」

ブリントンが目の前のファイルを閉じて脇に置いた。「よし、わかった、〈御神託〉、精神面の調査はきみにまかせる。われわれは側面から中心に向かって調べていくことにする。〈チョッパーズ〉の連中を尋問して、爪を研いでる二人組がいないかどうか調べてみる。きみは精神障害者の角度から切りこんでくれ。どこかでおたがいの線が交差するかもしれん」

デルフィックはふたたび室内をうろつきはじめた。「クイント夫婦のことだが、すべてはあのアリバイにかかっている。それを崩す方法が何か見つかれば……」

ブレッテンデンを通るのなら、ついでに銀行に寄って用を済ませてこよう、とミス・シートンは決心した。ただし、部長刑事がこころよく待ってくれそうなら。一分か二分ぐらいで済む用事だ。小切手はたいてい郵送することにしているが、今回の小切手については、支店長に会い、彼女のイニシャル宛にふりだされていることを説明しておく必要があった。いや、厳密に言うと、エミリー・ドロシーアのイニシャルがE・Dになるというような意味でのイニシャルではなく、〝ミスエス〟宛になっている。考えてみれば、メルにはいつも〝ミス・S〟と呼ばれていて、発音がまったく同じだ。それも当然。新聞社と役人はいつもそう。つまり、イニシャルを使いたがる。銀行の支店長ならきっと、こういうケースを数多く見ていて、理解してくれるだろう。

あの若い行員には説明したくない。ひどく尊大な感じだから。もちろん、若いといっても比較的という意味で、三〇歳を超えているに違いない。それでも、出納主任になるには若すぎる感じだ。銀行に出かけると、ミス・シートンはいつもほかの出納係の窓口を使おうとするが、たいてい失敗に終わる。もちろん、自分の口座にわずかなお金しか入っていないことはわかっている。とるに足りない額だ。だから、行員の時間を奪ったことを謝りたくなる。でも、出納主任はとても偉そうで、うんざりと言いたげな態度をとるため、こちらはばつの悪い思いをさせられる。だから、たいてい郵送で用を済ませることにしている。

銀行に着いてボブがミス・シートンを降ろすと、ミス・シートンは徒歩でみんなのあとを追うから迎えに来てもらう必要はない、と言った。

ボブはリル・ホッシグを警察署へ連れていき、メルも一緒についていった。ここまで関係者に食らいつけば、記者としては上出来だ。こうもり傘の記事は効果抜群だった。これが世間の注目を集めたおかげで、ミス・Sはスポットライトを浴びずにすみ、〝イギリスの田舎の安らぎ〟という連載記事は〝言葉を使った漫画〟として人気を博している。トップニュースの内側にもぐりこんでいるおかげで、〈御神託〉との約束どおり誠実に取材を続ければ、特ダネをものにできるのは間違いない。ホッシグの若夫婦のことを何かのついでにとりあげてもいいかもしれない。健気《けなげ》に生きる若い二人といった感じで。記事にしたところで二人を傷つける心配はないし、当人たちが望もうと望むまいと、継父の裁判が始まれば、二人のことも新聞に書き立てられるだろう。

やっぱり……。窓口にいたのは下っ端の行員ではなかった。きっと昼食に出ているのだ。選択の余地はなかった。出納主任と話をするしかない。それとも、主任を飛ばして、じかに支店長のところへ行く？　いえ、それは無理。妙な人だと思われる。主任に小切手のことを説明する必要はないし、気圧《けお》されたりするものかとミス・シートンは決心した。相手の目をまっすぐに見て、微笑し、小切手を手にしたまま、支店長に会わせてほしいと言えばいい。

息を吸って気をひきしめてから、つかつかと窓口まで行って用紙に記入した。次にバッグのなかを探って狼狽した。小切手はどこ？　ああ、ここにあった。決意を固めたまま、背筋を伸ばし、主任の目を真正面から見た……ひどく妙な気がした。この人をこんなふうに見たのは初めてだわ。いえ、この人の目を見たのは、と言うべきね。薄いブルーの目なのに、こんな強い光を帯びているのも珍しい。〝射るような〟と形容したほうがいいかもしれない。それに、頬骨が平らで上瞼《うわまぶた》にたるみがある……いわゆる〝蒙古《もうこ》ひだ〟と呼ばれるこのたるみは、ふつう、アジア系の丸顔によく見られるものだ。薄いブルーの目と蒙古ひだの組み合わせは珍しい。だから、目の光の強さが際立つのかもしれない。また、面長な顔とこの組み合わせからすると、まさか金色で波打っていようとは予想もつかない。あ、髪の毛のことだけど。不思議な感じ。そして興味深い……ミス・シートンは説明抜きで小切手を差しだし、微笑を浮かべて言った。

「支店長さんにお目にかかりたいんです」ミス・シートンは窓口を通りすぎ、奥の聖域のドアをノックした。

出納主任は目を細めて彼女の姿を追った。止めていた息をゆっくり吐きだした。ついに来た。出納主任の〈良心〉が彼に語りかけてきた。何年ものあいだ休眠状態にあった〈良心〉が衝撃を受けて荒々しく覚醒し、彼に語りかけるだけでなく、発言権を得て饒舌になった。〈良心〉が彼に指摘した――おまえが金を奪うとき、手にするのは金だけではない。危険も手にすることになり、危険を抱えこめば、その結果まで抱えこむことになる。おまえは、自分の運命は自分で切り開くものだし、いつどうやって何をするかも、なぜそうするかも、自分で決めるつもりだ、と思っているかもしれない。しかし、そこには〝外的事情〟と呼ばれるものが存在する。おまえの隙を突いて不慮の出来事が顔を出したり、予想外の人物が登場したりするから、おまえが柔軟性に欠けていたり、万一の場合の準備を怠ったりすれば、身の破滅を招くことになりかねない。いや——出納主任は自分に言い聞かせた——今回はちゃんと準備をしておいた。論理的に考え、先見の明を発揮し、何があっても大丈夫なようにしてある。

ついに見破られたわけだ。しかも、嗅ぎつけたのがこともあろうにあの女だったとは。緊張感はまだ残っていたが、彼女のせいで陥ったパニック状態からはどうにか抜けだし、落ち着きをとりもどしはじめていた——逃れるチャンスはあると思った。さっきは一瞬、これで一巻の終わりかと覚悟した。しかし、いまは……窓の外へ目をやった。通りに警察車両の姿はない。見張っている警官の姿もない。いや、姿を見せるわけがない。連中も自分たちの仕事を心得ているはずだ。待ち伏せしているのかもしれない。危険を覚悟でやってみるしかない。

そう、チャンスはある。あの愚かな中年女がうっかり正体を現わしてチャンスをくれたのだ。おかげで姿を消す決心がついた。いずれ露見するのは避けられないことで、前々から覚悟だけはしていたが、危なくなりそうな時期を監査の前に判断し、追及の手が伸びてくる前に余裕をもって逃亡するつもりでいた。ところが、あの干からびた女が……前々からサツのスパイだったわけだ。わたしがなぜそれに気づいたかって？　ああいうおばさんたちを使うとは、警察も油断がならない。一〇〇年たっても、わたしが彼女を怪しむことはなかっただろう。だが、幸いなことに、彼女のほうで見せびらかしたい気持ちを抑えきれなくなったようだ。銀行に入ってきたときは、スパイの常としてネズミのようにこそこそしていたが、そのうち、目立たないようにこちらの様子を窺《うかが》いはじめた。次に一人前の猫となり、毛を逆立てて襲いかかってきたかと思ったら、こちらの鼻先で警察の小切手をふりまわした。そこには彼女の暗号名が書いてあり——愚かな女め——意地悪そうな薄笑いをよこした。自惚《うぬぼ》れがひどすぎて、隠しておけなくなったのだろう。そして——思いきり気どった声で言った——〝支店長さんにお目にかかりたいんです〟と。ああ、会ってくるがいい。ついでに密告するがいい。これから先、支店長も、あの女も、わたしの姿を見ることは二度とない。

焦りを気取られないよう、客から預かっていた札束をわざとゆっくりした動作で手にとって、シャツの内側に押しこんだ。小遣い銭のようなものだ。この金はアシュフォードのマリーズのところにしばらく預けるとしよう。紙幣の通し番号が記録から消えたことが確認できるまで。そして、事態がどう動いているかを見定める時間ができるまで。マリーズのところに……心臓の鼓動が速くなった。マリーズのところに。マリーズ。彼女のことを考えただけで興奮する。危ない橋を渡るだけの値打ちはあった。

これから急いで駐車場まで行き、古びた車を運転してブレッテンデンのはずれにある立派な自宅の裏の森に入る。さっきのおばさんがいくら探っていたとしても、この屋敷のことは知らないはずだ。誰にも見られないように庭を通ってこっそり屋敷に入り、髪を染め、口髭《くちひげ》をつけ、コンタクトレンズをはめてから、ガレージに入れてあるローヴァーを出し、ドーヴァー高速道路の向こう端まで行って、石切場の近くに車を止める。ブレッテンデンには歩いて戻らなくてはならず、かなりの距離だが、時間は充分にある。アシュフォードの下宿に戻るわけにはいかない。危険すぎる。あそこで何か見つかろうものなら、警察が大喜びだ。暗くなったらすぐ、森に置いておいた古びた車をとりに行く。ナンバープレートを泥で汚してあるから、なんの心配もない。石切場のそばまで行って下草のなかに車を止める。それからローヴァーが止めてあるところに戻り、アシュフォードへ、マリーズのもとへ向かう。しばらく彼女のところに身を潜めて、計画の中心部分を実行に移すときが来るのを待つ。札束を詰めこんだシャツのせいで、上着のボタンがはめにくかった。前をあけたままにして、うしろで忙しそうに仕事をしているタイピストのほうを向いた。

「留守を頼む。すぐ戻るから」

「〝……また、無担保融資の件ですが、この状況では遺憾ながらご希望には沿いかねる……〟」タイピストは驚いて、キーを打つ手を止めた。顔を上げ、出納主任に質問しようとしたが……主任の姿はすでになかった。

ミス・シートンは警察署まで歩いた。銀行の支店長はとても理解があり、少しばかり感心していた――そう思っていいかしら？ ドアのところまで送ってくれた。出納主任の姿がないことに驚いた様子だった。奥のほうにいる女子行員が、主任は出かけているがすぐ戻ってくるはずだと言った。支店長はぼやいた。ひどく心配そうな顔になった。それも当然で、考えてみたら、出納係はいつも席についているものだ。そうでなかったら、客がどうやって金を受けとれるだろう？ 出納主任はたぶん、ほかの行員が戻ってくる前に、誰にも言わずに早めの昼食に出かけたのだろう。

ミス・シートンが署に着くと、車が待っていた。ボブが急いで降りてきて、ドアをあけてくれた。ミス・シートンは助手席に乗った。うしろの席にはホッシグ夫婦が手をつないですわり、その横に乗ったメルがせっせとメモをとっていた。レン・ホッシグはあいかわらず不機嫌な表情で、いまも油断のない目つきだが、警戒の色は消えていた。身を乗りだしてミス・シートンの腕をつかんだ。もとどおりに座席にもたれた。ミス・シートンは痛さで顔がゆがみそうになるのをどうにかこらえた。

「ほんとにごめんなさいね」レンに詫びた。「警察が誤解したみたいで。でも、悪いのは警察じゃないのよ。いえ、全面的に悪いのは、と言うべきかしら。責任の大部分はわたしにあるの。だって、寝坊したんですもの。ウィスキーのせいで——飲み慣れてないから。それから、もちろん、錠剤のせいもあるわ」ミス・シートンは二人ににこやかな笑みを向けた。ほんとにまあ、二人とも若いこと。ほんとに内気だし。そして、ほんとに信頼できる。「でも、こうしてすべてが丸く収まったでしょ？」

「そうだね」レンが言った。

車はプラマージェンに向かった。

村は大騒動だった。なぜか噂で持ちきりだった。太鼓が叩かれ、ニュースが広まったのだ。さまざまな品が盗まれた。それは議論の余地なきことだ。議論の的になったのは、誰がどんな理由から何を盗んだのか、ということだった。ほうぼうの家でせっせと働いているドリス・クイントは窃盗被害にあった人々に深い同情を寄せて、「盗まれた品物が全部見つかって幸運だったと思いません？」と言いつつ、彼女自身の口からも噂を広めていた。

ミス・シートンが噂の的になったのは避けがたいことだった。車を盗んで運河に落とした。逮捕された。免許証に違反事項が記入された。ホッシグ夫婦も関わっている。

ミス・シートンは警察の追及を逃れて痕跡をくらますためにライまで泳いだ。もちろん、麻薬がからんでいる。それから酒も。ボトルが何本も。ウィスキーを浴びるように飲んだそうだ。コテージで乱痴気騒ぎをくりひろげた。家具が叩きこわされた。クッションとカーテンが切り裂かれた。コルヴデン一家もその場にいた。警察は――まったく信用できない。ミス・ナイトとあの女性記者。それから、ミス・トゥリーヴズも――なんと恐ろしい。牧師の妹なのに……衝撃だ。あの人がそんなことをするなんて。そのあと、全員がへべれけに酔っぱらってどしゃ降りの雨にも気づかず、真夜中の宝探しに出かけていった。そのあいだに、ミス・シートンはあのホッシグと一緒にトラックに乗ってこっそり村をまわり、盗みを働いた。そのあいだじゅう、彼女が殺されたのではないかと村じゅうの者が心配していたというのに。まったくもう。とんでもないやつらだ。

メルは誇張されてこと細かに伝えられる村のゴシップというものに不慣れなため、頭に来ていた。〝牛の頭のポーズ〟でみんなの度肝を抜いてやろうかしら。

『デイリー・ネガティブ』より――三月二九日

イギリスの田舎の安らぎ

連載第三回　牧草地の牛

アミーリア・フォービー

平和なプラマージェン、ケント州という旧世界の片隅にあるこの静かで優しい小さな村では、羊が湿地帯で、牛が牧草地で草を食んでいる。羊のメエエという声、牛のモーという声が黄昏のなかに柔らかくこだまする。

平和なプラマージェンでは、家のなかでも牛がモーと鳴く。そして、羊も猿のようにまねをしたがって、コテージのなかでメエエと鳴く。

平和なプラマージェンでは、人々の暮らしがのどかに流れ、何も起きない。窃盗事件と暴力沙汰以外には。窃盗事件がひと晩で三件というのが、これまでの最高記録だ……。

ここでは、こうもり傘が夜中まで働いて人命救助をおこない……

ここでは、歯医者に出かけたあとで乱痴気騒ぎを非難され……

ここでは、若さに満ちた愛と崇高さに泥が塗られ、悪意の中傷を受け……

ここでは、警察が夜も昼も働いて村人を助け、守り、大切にしているのに、最後は誤解され……

平和なプラマージェンではどんなことでも起こりうるし——現に起きている——いまだに起きていない唯一のものは殺人である。

平和なプラマージェンに殺人までもが起きることを、わたしたちは確信して待てばいいのだろうか？

8

エフィー・ゴーファーは生涯最高のひとときを過ごしていた。学校まで送ってもらい、迎えに来てもらい、どこへ行くにも二人の屈強な若者のどちらかが付き添ってくれる。二人のどちらにも好かれていなかったが、エフィーは気にしなかった。人に好かれたことは一度もない。可愛げのない子だった。器量が悪くて、おませで、行儀が悪く、学校の友達をいじめるたびに相手に反撃されていた。いま、それが変化した。校庭でも、村の通りでも、狙った相手を思いきりいじめることができ、しかもエフィーの身は安全だ。舌を出し、靴で蹴り、腕をふりあげておいて、番犬のところへ駆けていけば守ってもらえる。注目を浴びたことはこれまで一度もなかった。だが、いまのエフィーは注目の的だ。

そのうちにつまらなくなってきた。人の身辺をこそこそ嗅ぎまわるというお気に入りの遊びができなくなってしまった。監視されている身で人のことを嗅ぎまわるのは無理だ。そのため、エフィーはいらいらしてきた。どこへ行くにも付き添う人がいるというのは、こちらの行動も厳重に監視されているということだ。エフィーの大好きな〝スパイごっこ〟を、いまはこの二人がやっているのだ。スパイされているのはエフィー。こんなふうに挑戦されたら、ひきさがるわけにはいかない。どっちが偉いか見せてやる。夕方になって護衛が交代するまで待った。それから、夕食と就寝のために家に帰る途中で逃げだし、姿を消した。

翌朝、仕事に出かける途中の農場労働者が溝で遺体を見つけた。

プラマージェンに人々があふれた。小児ばかりを狙う絞殺魔ふたたび登場。警官の数が増えた。報道陣が押し寄せ、野次馬が押し寄せ、困惑も押し寄せた。殺人事件というのは新聞で読むだけなら娯楽にもなるが、そこにはルールがある。殺人犯は犯行場所をわきまえるべきだ。予想される範囲からはみだしてはならない。しかし、いかなる配慮にも増して大切なのは、どこかよその土地で起きるべきであるという点だ。そうでないと、娯楽ではなくなってしまう。そのルールが破られたため、村は不機嫌になった。

ライサム館では朝食が味気ないものになった。誰も新聞を読もうとしなかった。

レディ・コルヴデンが言った。「村の人たちにとって大きなショックなのは、自分たちがショックを受けていないことだと思うの」ナイジェルが母親を見た。「だってそうでしょ」母親はさらに言った。「ショックを受けるべきなのに、じつは受けていない。あまりに身近なところで起きたせいかしらね。ほら、シェイクスピアの何かの作品でも、わが家でこんなことが起きてはならなかったのに、とかなんとか言う女性がいるでしょ。『ハムレット』だったかしら。有名な引用ってかならずこの作品よね。エフィーのために悲しむべきだとは思うけど、そんな気になれないの。可愛げのない子だったし。お母さんのことはお気の毒だと思うわよ――ほんとにお気の毒――ただ、ここだけの話だけど、わたしがその立場だったら、たぶん……」レディ・コルヴデンは夫の視線に気づいた。「でも、正直な気持ちなのよ、ジョージ」弁解した。「そう言いたかったの……自分でもぞっとするんだけど、悲しむ気になれないのよ」

トーストをもうひと切れとり、紅茶を飲んだ。辛そうな表情になった。「お母さんの様子を見に行かなくては。そうでしょ？」沈黙が返ってきたのは同意のしるしだった。「でも、何を言えばいいんでしょうね？　何も言わないのはもっとよくないし。お悔やみの品を持っていくのもためらわれるわ。とにかく、わたしには何も思いつけない」息子に声をかけた。「あなたはどう？」

息子は首を横にふった。「ぼくも思いつけない。だって、弔問に行って、〝お嬢さんが殺されてお気の毒に思います。ところで、このジャムをお持ちしました〟なんて言えるわけないしね」

レディ・コルヴデンは夫に訴えかけた。「このまま放っておいてはだめ？　つまり――行かずにすませるの」返事はなかった。「ええ、やっぱりだめよね」ため息をついて立ちあがり、皿を集めはじめた。


警察が感じたのは怒りで、警視の場合はそこに絶望が加わっていた。予備兵まで招集して大人数で捜査に当たり、あらゆる相手に質問した。デルフィック自身はクイント夫婦を調べた。はっきりした結果は得られなかった。病理学者の報告によると、死亡推定時刻は夕方六時から八時のあいだ。凶器のワイヤ、殺害の手口、挫傷の状態などの法医学的な詳細を、デルフィックはすべて頭に叩きこんでいた。

クイントに緊張は見られず、快活で協力的だった。ボブはノートに〝横柄〟と書きこんだ。当人が言うには、少し身体を動かそうと思って午後から散歩に出ていたとのこと。四時前に帰宅し、横になって、ドリスが帰ってくるのを待った。心臓が悪いので、気をつけるよう医者に言われている。デルフィックは働きすぎによる神経衰弱が心臓病に変わったことに気づいたが、何も言わないことにした。辻褄が合わないわけではない。神経の病で心臓が悪くなることもある。クイントは話を続けた――女房の弟は家にいたりいなかったりなんで、たいして気にしなかった。お茶のあと、みんなでテレビを見て――クソみたいな番組ばっかり――それからベッドに入った。牛乳配達の男が来るまで、そんな事件があったことも知らなかった。

　ドリスの話とも一致していた。通いの家事手伝いの仕事が五時に終わった。昨日はリリコット荘だった――あの二人、〈ナッツコンビ〉って呼ばれてるけど、それも当然よね。どっちもすごくいかれ《ナッティ》てて、野菜しか食べないとか、そういう人たちだもん。泥棒のことでまだブツブツ言ってたわ。でも、盗まれた品が全部返ってきたのに何をブツブツ言うことがあるんだか、わたしにはわからないけど。とにかく、五時一〇分に家に帰って、お茶にしたの。卵料理と、おいしい缶詰スパゲッティ、ハム、食後にチーズ。そのあと、ディックも言ってるように、テレビを見てベッドに入ったのよ。けさ、話を聞いてぞっとしたわ。こんな小さな村で次々と事件が起きるなんて変よね。

　デルフィックも変だと思った。クイント夫婦の話はわかりやすくて、もっともらしく聞こえるが、証拠がない。ドリスはひどく饒舌だ。前回と違って率直な口調だ。デルフィックははっと気づいた——神経をぴりぴりさせている。何かを隠そうとしている。ホッシグ夫婦から善良さが伝わってきたのに対して、クイント夫婦からは邪悪さしか伝わってこない。村にいたことも、帰宅後のことも、筋は通っている。もしかしたら事実かもしれない。だが、彼の勘からすると、そうは思えなかった。

クイント夫婦のことを警視庁に問いあわせておいたので、ロンドンのほうで目下調査中だが、これまでのところ、クイント夫婦のことを知る者は見つかっていない。二人はどこからともなく突然現われ、この村にやってきたかのようだ。勘と漠然たる疑惑以外に何もなく、あのアリバイが壁になっている限り、これ以上二人を追及することはできない。臨時に雇った家政婦に盗みの疑いをかけていたフラットの家主を連れてきてはどうかとまで、デルフィックは考えた。もしかしたら、ドリスの顔を覚えているかもしれない。しかし、たとえ家主を連れてきて、彼女が〝この女よ〟と言ったとしても、そこから先へは進めない。なんの証拠にもならない。彼がすでに心のなかで確信している事柄を、漠然と裏づけるだけのことだ。

デルフィックはドリスの弟に目を向けた。少年は彼をじっと見ていた。いまのは……？　少年の表情が変化したことを、デルフィックはほぼ確信した。ほんの一瞬のことなので分析は無理だったが。恐怖？　少年の顔はすでに無表情になっていた。だが、確かに何かがあった。デルフィックは頭を空っぽにして、いましがたとらえた印象を自分の意思で呼び戻そうとした。まばたきするあいだに浮かんで消えてしまった、ぼやけたネガを現像しようとした。敵意？　嘲笑？　よくわからない。現像によってどうにか浮かびあがったのは、かすんで不明瞭ではあるが、恐怖の表情だった。もしそうなら、何を恐れているのか？　わたしを？――知らない人間だから？――警官だから？　それとも、少年自身の家族を？　耳と口の不自由な相手にどうやって質問すればいい？　この少年に読唇術はできるだろうか？　それだけの年齢になっているだろうか？　デルフィックは大仰な口の動きで質問を試みた。返ってきたのは、こわばった耳ざわりな音だけだった。わけのわからないいさえずりといったところか。

たちまちドリスが食ってかかった。「この子をそっとしといて」ときつい調子で言った。「いきなり押しかけてきて、口の利けない、ましてや質問を理解することもできない子供を脅すなんて。いったい何さまのつもり？　わたしだって、自分の権利ぐらい知ってんだからね」

デルフィックは少年のかわりに夫婦を観察した。ディック・クイントは表情の読めない顔をしている。額が狭い。狡猾そう。唇が分厚い。粗野な感じ。全体の印象としては目立たない男だ。ドリスの顔立ちには弟に似たところがある。顎がしゃくれ、口元に締まりがないため、情緒不安定なものが感じられる。いささか頑固そう。わずかに飛びでた目は甲状腺機能亢進《こうしん》症のせいかもしれない。弟の顔にも同じ特徴が見られ、それがあどけない口元に不安定な魅力を与え、目に柔らかな無邪気さを与えている。もしこの子に心の問題があるとすると——わたしの勘と確信が間違っていなければ、ぜったいあるはずだ——どこに潜んでいるのだろう?

ディック・クイントの反応は単純でわかりやすかった。「このデカ、おれたちを疑う証拠なんか持ってねえよ。嫌がらせに来ただけさ。勝手にやらせとけ。なんの証拠もねえんだから。けど、ガキをずいぶんいじめてくれたもんだ。なあ?」

ドリスの返事にはもう少し含みがあった。「とっとと失せればいいのよ。頭がいいわけじゃなくて、あちこちつつきまわってるだけ。いわゆる〝型どおりの捜査〟ってやつね。やらせとけばいいわよ。何もつかめやしないんだから。けど、弟をいじめるのだけは許せない。弟のことはわたしがいちばんよく知ってるけど、この子、家族のなかでいちばん頑固で、いったん心を決めたらぜったい変えようとしないし、これまでの経験からわかるんだけど、まわりの者が変えさせようとすれば、癇癪玉が破裂して大変なことになってしまう。ついでに言っとくけど、この子だってその気になれば、人と話をする方法ぐらい見つけられるのよ。デカがこの子に図々しく質問なんかするから、わたし、ぞっとしたわよ。頭に来たわ。けど、こいつを黙らせて、とっとと出てけって言ってやるつもり。今後は二度とこの子につきまとわないで。でないと、ひどい目にあわせるよ、って」

ドリスの弟については？　こわれた心のなかでどんな反応が起きているのか、誰にわかるだろう？　精神科医に尋ねれば、なんらかの説を述べるかもしれない。何か提案するかもしれない。心臓もしくは脳に刺激を与えることでグラフが描けるかもしれない。しかし、どれも当て推量の域を出ない。心の歪みを明らかにするのはむずかしく、いくら理論的に考えたところで、行動や反応を正確に予測することはできない。症状から原因を探ることはできるが、症状が表に出ていない場合は、原因を探るための根拠がないため、いくら探ったところで推測の域を出ることはない。デルフィックが質問しようとしたことをドリスの弟は理解していたのか、返事をしようと努めたのか、デルフィックが訪ねてきた理由を理解していたのか、理解したうえで返事をわざとごまかしたのか——これに対する答えは推測でしかない。不完全な情報をもとにひきだした結論だ。

デルフィックは帰り支度をした。もう一度弟に目をやった。愛らしい子供。ドリスと夫にももう一度目をやり、殺意に満ちた手から垂れているワイヤを想像した。軽い吐き気を覚えた。

アシュフォード警察では、主任警部がレン・ホッシグを釈放したことを悔やんでいた。

「ひきつづき勾留《こうりゅう》しておけば、さらにいろいろ聞きだせたはずだ。ところが、少し取り調べただけで釈放したためにこの有様だ。まずいじゃないか」

「いや、妻が犯人という可能性もあるぞ」デルフィックは指摘した。「今回の事件では、わたしは弱き器に賭けようと思う」

デルフィックの要請により、クイント家のバンを路上で見かけたら何か理由をつけて停止させ、運転免許証の呈示を求めて、氏名と住所をチェックするように、との通達が出されていた。自宅ガレージに入っている車を調べるためには、捜索令状が必要だが、理非をわきまえた治安判事なら、根拠となる証拠もないのに令状を出すはずはない。クイント夫婦が留守のときに、ボブ・レンジャーが自宅界隈を偵察してみた。バイクのタイヤ痕はどこにもなし。小屋にバイクが置いてあった形跡もなし。要するに、クイント夫婦がバイクに乗ったことや所有していることを示す証拠はどこにもなかった。洗車の必要がある小型バンが止めてあるだけで、車のドアはロックされていた。ブリントンがあることを思いついた。デルフィックからミス・シートンに頼んで村の学校を訪ねてもらい、すべての児童の絵を描いてもらってはどうだろう？

デルフィックは抵抗した。「きみ、ミス・シートンを利用しすぎだぞ。ひとつの区域で殺人が二件起きた例はこれまで一度もなかった。それはともかくとして、きみが彼女をそんなに信頼していたとは意外だな」

「信頼ってわけではない」ブリントンは言いかえした。「だが、どうしても無視できない。ゴーファー家の少女を描いた不気味な絵があったし、今度は白百合の絵だ。いやいや、なんの意味もないかもしれんが、考える材料にはなる。いまはとにかく、ひとつの見落としもあってはならない。ずいぶん小さな学校だぞ。それに、われわれが求めるのは油絵ではなく、簡単なスケッチ程度のものだ。ミス・シートンはたぶん、諸費用込みの安い値段でやってくれるだろう」

デルフィックは警視庁に電話をかけた。サー・ヒューバート・エヴァリーは承知した。だが、このペースでいくならミス・シートンを正式に雇ったほうが安上がりだ、と苦々しい口調で言った。

どの新聞も〝世間の怒り〟という流れに調子を合わせることにした。〝世間は怒っている。すでに子供が六人も殺されたというのに、いまだ犯人逮捕に至っていない。

警察の目の前で殺人事件が発生したのは言語道断だ。しかもロンドン警視庁のデルフィック警視の目の前だ。彼は連続殺人の指揮に当たっている警視で、なんと、残虐な殺人が起きた村に滞在中だった〟

この点に注目すれば、警察が犯人の目星をつけはじめたことがわかるはずなのに、どの新聞も犯罪発生時に警察が現場に滞在中だったという事実を強調するあまり、その点をなおざりにしていた。フリート街では、『ネガティブ』とメルに正真正銘の怒りが向けられていた。殺人を警告する記事をメルが遺体発見の前日にのせたのは、ひそかに情報が入ったからに違いない。どんな情報だったんだ？　メルはどこからそれを手に入れた？〈御神託〉がプラマージェンにいることをどの新聞社も知らなかったのはなぜだ？『ネガティブ』はどうやって特ダネをつかんだんだ？　メルはなぜ自分の記事にそれを入れなかったんだ？

『デイリー・ネガティブ』の編集長の計画はまさに彼の思惑どおりに進んでいた。〝戦うこうもり傘〟をめぐるフォービーの署名記事を、『ネガティブ』の数々のライバル紙はくだらないと評し、その切り口は日刊新聞より女性誌向けだと言って嘲笑しただけだった。独特の風変わりな切り口で記事を書きつつも、彼女が本年度最大の特ダネのひとつに食らいついていようとは、誰も夢にも思っていなかった。特ダネをつかむために大切なのは切り口ではなく、事実をつかみ、レースを有利に進めるためインコースに立つことだ。

エフィー・ゴーファーが姿を消したとき、メルは新聞社に夜通し電話を入れつづけて、警察の大々的な捜索、エフィーの身の安全を危惧する声、警察犬の使用について報告し、最後にデルフィックの承認を得たうえで、小児連続殺人犯による犯行と確信されるとの報告を送った。第一面のトップニュースにするのは時間的に無理だったが、別刷り記事にかろうじて間に合った。遺体発見のニュースについては、どの新聞も朝刊に間に合わせることができなかったため、夕刊で大きく扱った。しかし、メルは自分だけの特ダネを手にしたことに満足していた。『ネガティブ』も同じだった。ミス・シートンとこうもり傘のことは今後も伏せておくつもりだった。事情を知らない読者はミス・シートンと事件の関わりには気づいていないのだし、〝イギリスの田舎の安らぎ〟というメルの連載記事でとりあげるべきものではない。メルはこれからも自分のやり方で取材を続け、大ニュースをつかんだらただちに社のほうへ送るつもりだった。

野次馬連中、すなわち〈怒れる世間〉は、事件に対して各自がすでに猟奇的なものを期待していた。

「ううん、ガーティ、ここはよくないわ——太陽が正面からレンズに当たってる。こっち側から撮ったほうがいいわ」「正確な場所がわからないのなら、わざわざここまで来る値打ちなんかなかったわね」「そうよ、はっきり言って、がっかりだわ——値打ちなし。血もなんにもないんだもの」

ミス・シートンは依頼に応じることにした。ナイト医師の介護ホームのほぼ向かいにある学校の教室で椅子にすわり、頼まれた仕事をこなした。五〇人ほどの小さな顔をスケッチした。描きあがったものは、芸術的観点からすれば落胆の種かもしれないが、警察にとっては安心できる材料だった。かなりぞんざいな描き方ではあるが、少なくとも、すべての顔が無事に完成した。

デルフィックが〈聖ジョージとドラゴン亭〉のラウンジでスケッチを丹念に見ていたとき、メルが昼食にやってきた。見せてもらえないかと彼に頼んだ。警視は厳格だった。

「もちろん断わる、ミス・フォービー。捜査に関わることだから。ぜったいに認められない。ところで、すまないが……」デルフィックはつけくわえた。「わたしの背後へ移動してもらえないかな？　きみがそこにいると、光をさえぎられてしまう」

メルの口元がほころんだ。彼の椅子の背にもたれると、デルフィックが彼女にも見えるようにスケッチを一枚ずつ並べていった。全部で五枚あった。一枚に複数の顔。メルはそれをざっと見て、彼の肩越しに手を伸ばし、スケッチをひとまとめにすると、裏向きにして彼の膝に置いた。

「時間を無駄にしないほうがいいわ。まだわからないの？　ミス・Sがすぐれた教師なのかどうか、わたしは知らないけど、下手くそな画家だってことはわかるわ。たまに何かが乗り移って彼女の手を自在に操りはじめたときだけ、すごいものを描くの。すばらしい傑作を――わたしの専門分野じゃないから、はっきりしたことはわからないけど、そういう現象が起きてるのは事実よ。ミス・シートンの動きが抑制されるとでも言うのかしら」

デルフィックは笑いだした。ミス・シートンほど抑制から縁遠い人物はどこにもいない。「いや、抑制されてはいない。控えめなだけだ。ミス・シートンはこう信じている――表現の自由は真の天才のためか、もしくは」そこでニッと笑った。「修業を積んだ者のためのものだ、と。自分を天才だと思ったことは一度もないようだ。今後もきっとないだろう」

「惜しいわね。トランス状態のときに描く漫画は天才的なのに。ねえ、警視さん。飲みましょう。わたしに持たせて。交際費で落とせるから」メルは先に立ってバーへ向かった。

デルフィックはスケッチをしまってからあとを追った。「惜しくはないさ。それで満足しているなら」

「あたしに？　悪党と結婚しろって？　頭がどうかしちゃったんじゃない？」

「マリーズ……」

「人のこと、なんだと思ってんのよ？」マリーズ・パルステッドはハンドバッグから煙草の箱を出して一本抜いた。「警察がいつあんたをつかまえにくるかとひやひやしながら、あたしが一生を送るつもりだとでも思ってるわけ？　通りでおまわりに出くわすたびに、あたしが心臓発作を起こすとでも思ってんの」マリーズは煙草をくわえた。「それから」しゃべるのに合わせて煙草が揺れた。「駐車違反のチケットを貼られるたびに、罠じゃないか、次は警察が家に来て質問を始めるんじゃないかって心配しなきゃいけないの？　あんたのことで」

「マリーズ……」

「あたしのこと、なんだと思ってんのよ」マリーズは冷笑した。「ギャングの情婦だとでも?」前にプレゼントされた金のライターをカチッとつけ、炎越しに彼を見つめた。「あたしがまっとうな人生を捨てるとでも思ってんの?」煙草を深々と吸い、彼に煙を吹きかけた。「あんたの青い目とウェーブした髪にふらっとなって、危なっかしい人生を送る気でいるとでも?」彼の黒い目、まっすぐな黒髪、細い口髭を見て、彼女は笑いだした。「あんた、きっとどうかしちゃったのね。もう一回よく考えなさいよ」

「しかし、きみ、言ったじゃないか……」

「何も言ってないわ」きっぱりした口調だった。ライターを傍らの低いテーブルに放り投げると、ゆったりすわり、両脚をソファに上げた。「あんたは金を持ってる。それを使って、立派な格好をして、泥棒ごっこをして、変装して、別人になりすまそうとしてる。すてきね」彼を嘲《あざけ》った。「どんどんやんなさいよ。好きにすればいい。あんたはあたしと寝たがった」彼女の口元がこわばった。「まあ、それはあたしのせいでもあるわね。だけど、あんたの金がどこから出てようと、あたしには関係ない。知りたくもないし」煙草の灰を落とした。「あんたは金を湯水のように使おうとした。あたしにそれが止められる? 質問するのはあたしの役目じゃないのよ」彼がふたたび文句を言おうとすると、彼女は乱暴にさえぎった。「あんたがろくでもない本心を打ち明けて、いまやってることも、これからやるつもりのことも残らずしゃべって、将来の計画をすべて話す気なら、それはあんたの勝手よ。けど、あたしはつきあう気なんかないし、これから先もないってことを、ちゃんと覚えといて」

出納主任は愕然とし、ソファと向かいあった肘掛椅子に崩れるようにすわりこんだ。銀行から持ちだした金の詰まったブリーフケースが床に置かれ、その横に夕刊が置いてある。彼のことはまだ出ていない。顔を上げて不思議そうにあたりを見まわした。彼女のフラット、高価な家具、装飾品。ほとんど彼が買ったものだ。将来のために買ったのだ。二人の将来のために。

マリーズが冷たく彼を見た。「自分じゃずいぶん利口なつもりだったようね」思慮深くて優しいといってもよさそうな彼女の声が、彼の神経にさわりはじめた。「利口？」彼女が問いかけた。「警察はたぶん、何カ月も前からあんたに目をつけてたんだわ。でなきゃ、なんでどっかのババアを銀行に送りこんで、あんたを慌てさせようとすんのよ？　あんた、ババアの正体を見抜いたつもりだったんでしょ。笑わせないでよ。その女がなんのために銀行へ行ったと思ってんの？　警察も馬鹿じゃないんだからね。あんたが逃亡するのを望んでた。で、そうなるように仕向けた。そこであんたは姿をくらまし、別人になって戻ってきた」マリーズは嘲りの言葉を浴びせた。

「カラーコンタクトをはめ、髪を染め、ほかにもいろいろと変装して。さてと」きっぱりと言った。「あたしも消えることにするわ。ここが二人の道の終点よ」

出納主任は黙ったままだった。道の終点？　マリーズが本性を現わしたのだ。頭がぼうっと麻痺したなかで、現実が心にしみこむのを待った。あんなに愛らしくて、優しくて、思いやりがあって、楽しい話し相手で、このわたしを気遣い、励ましてくれたのに。わたしはそのうち、彼女との将来を夢見るようになった。彼女に贈った宝石、それは二人で始める新たな人生のための安全装置であり、共同資本の一部だった。金はいくらでも安全に手に入れることができた。少なくとも、彼女にとっては安全だった。ところが、いざこうして重大な瞬間が訪れ、すべてを変えるときが、古い自分を投げ捨てて埋めるときが——いや、ほかの連中に埋めてもらうときが——来て、本物の危険が身近に迫ったのを知ったとたん、この女は〝抜ける〟と言いだした。本当は危険などないのに。計画はシンプルで、慎重に考え抜き、時間をかけて進めてきたのだから、なんの危険もない。

銀行の金を横領するのは拍子抜けするほど簡単だった。必要なのは能力と度胸だけで、わたしにはその両方がそろっていた。さらにすばらしいことに、頭脳も備えていた。少額の横領には経営陣も目を光らせているから、すぐ露見してしまう。だが、勤続年数が長くなり銀行から信頼されるようになれば、かなりの額でも大丈夫……預金口座を管理する裁量権を銀行に委ねている馬鹿どもの名前で受領書を偽造すればいい。遊ばせておける莫大な金があり、銀行にその管理を任せておいて、自分は海外で遊びまわり、ときには何年も帰国しないという人物がいるなら、それは要するに、分別とある程度の度胸を備えた者に〝盗んでください〟と頼んでいるようなものだ。しかも、その人物に迷惑はかからない。どうせ銀行が弁償するからだ。

さて、出納主任は横領した金で贅沢《ぜいたく》をし、三年連続で監査の目を逃れてきた。なんの不満もなかった。家を購入して支払いを終えた。マリーズの宝石、家具、車、そして、現金と証券を合わせて三万五〇〇〇ポンド以上。わたしの金融知識をもってすれば、二年以内に倍に増やせるだろう。そして、ある程度の元金ができれば、あとは金が金を生んでくれる。

〝単純な計画〟というのは、次のようなものだった。名前を変え、資産家としてブレッテンデンで暮らしはじめるのだ。古い自分を消すために、これまで乗りまわしていた車の焼け焦げた残骸のなかから自分の焼死体が見つかるように細工をする。次に、失踪した銀行の出納主任の死体の身元確認が終わり、捜査が打ち切られたら、新しい名前、家、車、そしてマリーズと共に、ブレッテンデンに腰を落ち着ける。

彼にはひどく目立つ特徴がひとつある。それは薄いブルーという珍しい色合いの目だ。三年前、休暇でミュンヘンへ行ったとき、カラーコンタクトを誂えた。夜間にコンタクトをはめる時間を徐々に長くしていったおかげで、いまではすっかり目になじみ、何時間でも楽にはめられるようになっている。目の色が黒に近い焦げ茶に変わっただけで、彼という人間の全体的な印象も変わる。ウェーブした金色の髪をウォッシャブルタイプのヘアダイで黒く染め、ストレートにし、細い口髭を生やせば、誰もも う彼だとは気づかない。

一年間練習したのちに、ひとつ試してみようと思って勤務先の銀行へ行き、偽名で口座を作ってみたことがある。万が一怪しまれたら、半ば本気のいたずらということにしてごまかすつもりだった。銀行の安全レベルと不正行為の可能性をチェックし、犯罪を阻止する予行演習のためだと言って。実験は成功し、問題なく口座を作ることができた。

自分の変装にますます自信を持って、ブレッテンデン郊外に屋敷を購入し、ローヴァーのオートマティック車を買い、変装と偽名で試験を受けて運転免許証を取得した。屋敷の隣人たちには、仕事の関係でしばらくあちこちへ出かけなくてはならないが、一段落したら腰を落ち着けるつもりだと言ってある。だから、アイヴィー館を購入した外国人っぽい外見の紳士がたまの週末にちらっと姿を見せるだけであっても、誰も不審には思わなかった。この資産家の紳士と、アシュフォードの下宿からブレッテンデンの銀行へ古びた車で通勤している貧しい出納主任が結びつくことは、どう考えてもなさそうだった。

最初の計画に生じた唯一の番狂わせは、マリーズ・パルステッドだった。たまたまパーティで出会って惚れこんだ。彼女はそうでもなかった。彼女の歓心を買いたくてデートに誘い、ふんだんに金を使ったところ、向こうも反応を示した。彼はのぼせあがった。向こうもそのように見えた。彼は自分の計画をそれとなくほのめかすようになり、最後はついに、今後の予定をすべて打ち明けた。彼女も賛成してくれた。宝石を買い集める。偽名で新規口座を作って、そこに入った金を彼の古い口座に移す。この最後の点が痛快だった。ピーターの金を奪ってポールに渡すという完璧な手法だ。貧乏くじをひくのは銀行で、ピーターに弁償しなくてはならず、それはつまり、知らないうちにポールにも弁償するということだ。マリーズはこの計画が無事に成功するまでは関わりあいになるのを避けたいと言い、結婚するのは、彼の死を偽装してから少なくとも三カ月後にしようと提案した。

出納主任は椅子の上で身じろぎをした。血の気が失せていた。そうか、これが終点か。道の。マリーズとの。確かに彼女の言うとおりだ。わたしはどうかしていたに違いない。計画をすべて打ち明けるとは。愚かな考えを告白してしまうとは。この女にいつ密告されるかわからない。足元の新聞に見るともなく目がいった。活字が焦点を結びはじめた。〝小児絞殺魔ふたたび現われる、プラマージェンの窃盗事件と関連性あり?〟関連性? 関連性。頭が働きはじめた。完璧な筋書きができあがった。腕時計で時刻を確かめた。午後一〇時二〇分。よし——完璧な筋書きだ。名案だ。だが、時間を無駄にしてはならない。

立ちあがった。「酒をとってくる」

「いらない」

「わたしは飲みたい」

小さなキッチンへ行き、グラスを触れあわせてチリンと音を立ててから、引出しをあけた。工具がいくつか入っている。ねじ回し、ペンチ、そして——予想どおり——ワイヤがひと巻。適当な長さに切った。ふたたびグラスをチリンといわせて居間に戻った。

マリーズは背後に彼の足音を聞いた。「さっさと飲んで。そしたら出てって。永遠に」テーブルに寄りかかって、灰皿で煙草を揉み消した。

「出ていくとも」彼はソファのうしろから身を乗りだすと、両腕を交差させ、彼女が椅子にもたれた瞬間、輪にしたワイヤをかぶせた。ひっぱった。彼女は驚いて口をあけたまま爪先立ちになり、ワイヤをひきはがそうとした。彼はワイヤが自分の手に食いこむまでひっぱりつづけた。手を放した。マリーズの身体がだらしなく床に崩れ落ちた。

彼はロボットのように正確な動きでマリーズのハンドバッグを手にすると、金のライターを出してポケットに入れ、手帳と小銭をとり、ハンドバッグを投げ捨て、それから寝室へ行って宝石箱を見つけて叩きこわし、宝石類を自分のブリーフケースに投げこんだ。どれも保険はかけていないし、目録も作っていない。引出しと戸棚を次々とあけて中身をあたりに散乱させた。新聞とコートをとり、フラットを出た。

警察がすでに彼の古い車を捜しているはずだ。ふん、警察の目に留まるようにこっちが仕向けるまで、見つけられるはずがない。今夜、その車を利用するつもりだが、石切場のそばに置いてある車をとってきたら、幹線道路を長く走るわけにはいかない。その車を走らせるのは少々危険ではあるが、危険を承知でやるしかなかった。ひやひやしたのは、ブレッテンデンの屋敷にこっそり忍びこんで服を着替え、ローヴァーを出すときだけだった。うまくいった。誰にも見られずにすんだ。

アシュフォードから高速道路まで直線コースをとった。三キロほど走ったところで枝道へ曲がり、そこからさらに、いまはもう使われていない石切場へ続く細い道に入った。石切場の正面に立つと、右手は草に覆われた短い斜面になって、崖の縁まで続いている。左手は茂みと藪《やぶ》で、その向こうに雑木林が広がっている。雑然と固まって生えているキイチゴで車体にひっかき傷を作らないよう用心しながら車をゆっくり走らせ、茂みの向こう側まで行った。彼の古い車がそこで待っていた。ナンバープレートは泥で汚してある。懐中電灯をつけてプレートを調べ、あたりが充分に暗くなっていなくても、どの距離から見ようとプレートの文字は読めそうにないと判断した。車に乗りこみ、彼のイニシャルが刻まれた腕時計をはずして助手席に置いてから、古いほうの運転免許証と保険契約書が入っている札入れをとりだして、シートの背にかかった布カバーの下に押しこんだ。脇道ばかりを選んで北へ向かい、A20道路まで行ってから、ゆっくりした走りでメイドストーンのほうへひきかえした。本当はこの作戦に二晩か三晩かけ、なるべく多くのなかから相手を選ぶつもりだったが、あのいまいましい中年女が銀行に現われたせいで逃亡を余儀なくされたため、運を天に任せてうまくいくよう祈るしかなくなった。

ヒッチハイカーが親指を立てた。彼は車のスピードを落とした。大きなナップザックを背負った若者だった。アクセルを踏んだ。数分後、ふたたび親指を立てた者がいた。ひとつだけ確かなことがある。ヒッチハイカーはつねにいくらでもいる。彼はふたたび車のスピードを落とした。この男ならよさそうだ。車を止めて助手席のほうへ身を寄せ、ドアをあけた。

「ドーヴァー?」ヒッチハイカーが尋ねた。身をかがめた瞬間、車内灯にその顔が照らしだされた。三〇代、包みを手にしている。こいつにしよう。

「いいよ」出納主任は言った。「少し遠まわりするが、それで構わなければ。途中でちょっと用があるんでね。たいして時間はかからない。あ、待ってくれ――」乗りこもうとするヒッチハイカーに言った。助手席に置いておいた腕時計をとった。「これ、持っててくれないかな? 腕にはめてくれたら、わたしは手首を火傷《やけど》してしまって、時計をはめると痛いんだ。シートのあいだに落ちたりすると困るしね」

ハイカーは驚いたようだったが、肩をすくめた。「いいとも」腕時計をはめた。

出納主任はメイドストーンを迂回して高速道路を走りつづけ、それから左に曲がった。三キロほど走ったところで枝道へ曲がり、そこからさらに細い道に入った。助手席の男に煙草を勧め、自分も一本とって火をつけた。車は急な坂をのぼっていった。

彼は車を左へターンさせて茂みと藪のほうへ向かい、ハンドルをまわして半円形を描いてから、ヘッドライトを消した。ギアをニュートラルに入れたまま車を止め、エンジンはかけっぱなしにして、ブレーキペダルから足をはずした。

「ちょっと待っててくれ。すぐ戻る」彼は火がついたままの煙草を床に落とし、飛び降りると、小走りで車の背後にまわった。

ヒッチハイカーがふりむいた。「おい、あんた……」車がぐらっと動いたのを感じ、パニックに陥ってドアの取っ手をつかもうとした。「この馬鹿、やめろ……」

車が草むらを離れて宙に浮いたため、あとの言葉はかき消された。

時間が止まり、永遠とも思えるときが流れた。やがて、下のほうから音が聞こえてきた。爆発音、動物のような悲鳴、金属がぶつかる音、ガラスが割れる音。静寂。かすかな苦痛の声。窒息しそうなうめき。静寂。

出納主任は下をのぞいた。目を凝らし、じっと待った。うまくいくはずだ。かならず。高いところから転落した車の記事を読むと、どんな場合も、最大の被害をもたらすのは火災だ。エンジンをかけっぱなしにし、蓋をゆるめたガソリンの予備の缶をうしろにのせ、火のついた煙草が車内に二本あれば、失敗しようがない。光はどこにも見えなかった。転落時にサイドランプが割れてしまったに違いない。想像をめぐらしながら根が生えたようにそこに立ちつくしていると、数秒後、下の闇のなかに小さな赤い光が浮かんだ。消滅した。彼の心臓の鼓動が乱れた。ふたたび光が浮かんだ。それが不意に大きくなり、芯の部分が赤いオレンジ色の花が咲いた。赤い色が炎となって広がった瞬間、彼の耳に爆発音が届いた。

9

石切場の火災は農場からでも見えた。消防団が到着し、警察が駆けつけたときには、残骸の熱が充分に冷めて検証ができるようになるまで待つ以外、もう何もできない状態だった。救急隊員たちが遺体をひきだすのを若い巡査が手伝ったが、遺体がバラバラに崩れた瞬間、巡査も崩れ落ちてしまい、事件の担当を命じられた警部はショック状態に陥った巡査を応急手当てのために病院へ送りこんだ。

現場を保存するため、警官が一人残され、車から発見された遺体はトラックでアシュフォードへ搬送され、朝になってから科学捜査班が調べることになった。フロント部分のナンバープレートはどうにか読める状態で、また、遺体が身に着けていた腕時計が病院から警察に送られてきた。そのため、朝食をたっぷりとったブリントン主任警部が出勤したときには、おぞましくも詳しい報告書と、一応の身元確認の結果がデスクで彼を待っていた。身元は搬送から一時間もたたないうちに判明した。焼け焦げた運転免許証の一部と燃え残った紙片を科学捜査班が発見したおかげで、捜査班は保険契約書と思われるその紙片からいくつかの数字をどうにか読みとることができた。遺体は行方不明の銀行の出納主任のものと正式に認められた。自殺もしくは不注意による事故との判定が下された。捜査は終了した。ところが、昼食前に再開される運びとなった。

マリーズ・パルステッドが殺されているのが、午前一〇時にやってきた通いの家政婦によって発見された。家政婦は悲鳴を上げて助けを求め、となりのフラットの住人に電話をかけ、そこから他の住人にも連絡が行き、全員が現場をひと目見たあとで家政婦が守衛に電話をすると、守衛が家主に電話を入れ、最後に家主が警察に通報した。

捜査のために現場へ出向いた警部はワイヤと殺害の手口をじっくり調べてから、アシュフォード警察に電話をした。次にブリントン主任警部がデルフィックに電話をかけて、彼の得意分野の事件がまたしても起きたことを伝え、〈御神託〉の登場によってケント州でワイヤのネクタイが大流行するのなら、自分は先週の月曜付で辞職したことにしてほしい、と告げた。

デルフィックがアシュフォードの事件現場に到着すると、地元の警部がほっとした表情で彼に捜査を委ねた。デルフィックはざっと調べたあとで、捜査を警部の手に戻した。小児絞殺魔ではないことを見抜いたのだ。模倣犯だ。しかもお粗末な模倣。病理学者の鑑定結果を待つつもりだが、もっと力のある犯人が別種類のワイヤを使ったことは間違いない、と告げた。遺体のそばに落ちていたワイヤを拾いあげた。ワイヤをねじった箇所が被害者の首に深い跡を残し、皮膚が二カ所で裂けている。また、あざの跡もこれまでの事件に比べると範囲が広い。

彼の事件ではなかったが、デルフィックは聞取り調査への協力を承知した。通いの家政婦は目下三杯目の紅茶を飲んでいるところで、彼女の話から次のようなことがわかった——彼女の長男はちゃんとした子で、ガソリンスタンドで働いている。次男は怠け者で、まじめに働く気はなさそうだ。娘はろくな子ではない（どういう意味やら……）。末っ子はまだ学校に行っている。亭主はろくな男ではない。この話から明らかになったのは、娘が父親に似ているらしいということだけだった。彼女自身に関しては〝予想もしなかったものを見ちまったもんだから、こんなにおろおろしてるのもわかってくれますよね。あんなものを見ることになるなんてわかってたら、もし誰かが教えてくれてたら、こんなとこには一日だって来なかったでしょうよ。考えてみたら、あたしに言えるのは、ええ、ズバッと言わせてもらいますけど、生まれてこの方、あんなに驚いたことはなかったですよ〟とのことだった。アシュフォード警察の警部はむっとしていた。デルフィックは忍耐心を発揮して家政婦から情報をひきだし、ミス・パルステッドがなかなか色っぽいタイプだったことを知った。もっとも、家政婦が以前の雇い主に関して知っているのはせいぜいそこまでのようだった。

守衛の話のほうが役に立った。うん、ミス・パルステッドにはつきあってる男がたくさんいたが、ここんとこ長続きしてた相手は一人だけだった。その相手の人相と車について尋ねたところ、警察がブレッテンデンの銀行から提供された情報をもとに作成して昨日掲示したばかりの手配書の内容と、一致するように思われた。警部は考えこんだ。仕事熱心な巡査が自分のノートを差しだした。手配書の内容を書き写しておいたのだ。警部は署にふたたび電話をした。警察が捜査を進め、マリーズのフラットと出納主任の部屋から採取した指紋を比べた結果、疑惑が裏づけられた。お茶の時間までに出納主任の事件の捜査は終了し、パルステッド事件もきれいに解決し、以前にも増して穏やかな時間が戻ってきた。

プラマージェンの人々は安堵した。嵐を呼ぶ雲が垂れこめていたが、いまはもう流れ去った。エフィーが殺されたのはもちろん怖いことだが、それだけにとどまらず、窃盗事件がからみ、村人にも関わりがあったことを考えると、なおさら怖い気がしていたのだ。誰でも知っているように、雷が同じ場所に二度落ちることはない。そう思って人々は安堵した。

牧師の妹も安堵していた。「ほんとによかった」ミス・トゥリーヴズは言った。「何もかも解決したうえに、犯人は結局、村の人じゃなかったんですもの。そんなふうに考えちゃいけないんでしょうけど、やっぱり言わずにいられないわ、アーサー」モリー・トゥリーヴズは兄にコーヒーのおかわりを渡した。「銀行にいたあの恐ろしい男が死んでくれてほっとしたわ。正直に言うと、あの男にはどうしても好感が持てなかったの。いつもうんざりした表情だったし。銀行の仕事なんかどうでもいいって感じね。兄さんは気がつかなかった?」

牧師はコーヒーに角砂糖を二個入れてかきまわした。「気がつく?」

「ええ」モリーは立ちあがって昼食の皿を集めはじめた。「考えてみれば、あのアシュフォードの女性のところに入り浸ってたのね……もちろん、女性に同情はするけど、自業自得だと思わずにいられないわ。あの男はそれ以外にも、ここの郵便局に強盗に入り、エフィーを殺し——きっと、パーソナリティ障害だったのね」重ねた皿をトレイにのせ、ナイフとフォーク類を皿の上に置いた。「おまけに、あちこちの家に盗みに入って——一度犯罪に手を染めたら、もうやめられないんでしょうね」コーヒーポットをとった。「こんなこと言っちゃいけないのはわかってるけど」ポットと自分のカップもトレイにのせた。「でも、正直なところ、死がいちばんいい解決法だったと思うの。そう思わない?」モリーはトレイを持った。「ねえ、そう思わない?」ドアのところでもう一度言ったが、兄は無言だった。モリーは居間を出た。

どうなんだろう? アーサー牧師は考えこんだ。人の悪事と神の罰に関する多くの謎と同じく、いまの質問も複雑だ。おまけに女性が犯人だったとは、なんとも気が滅入る。警察が言っていたのは男性のことだと、わたしは思いこんでいたのだが。もっと注意深くなり、人の話をきちんと聞くことにしよう——これで一〇〇回目ぐらいになるが、牧師は自分に誓った。うんざりした顔の女性出納係の姿を思い浮かべようと苦心した。いっこうに浮かんでこなかった。牧師はため息をついた。モリーがいなかったら、ときとして自分の立場に自信が持てなくなりそうだ、と謙虚に認めた。モリーは何を訊いていたのだろう? 〝そう思わない?〟「ああ、そうだな」牧師は空っぽの部屋に向かって答えた。「思うとも」

リリコット荘の女性たちは、盗まれた家宝の値打ちに関して警察から侮辱的なあてこすりを言われたため、当然ながら、安堵するどころではなかった。もっとも、誰もが知っているように、本物を秘匿しておき、模造品を作ってそちらを返却するのは、ある種の連中にとってはしごく簡単にできることだ――しかし、殺人犯が村人以外の者だったとわかって、ほっと安心できた。もちろん、窃盗事件は別問題だ。自分たちは公平に判断し、寛大な目で見ようと努めているが、ひそかに悪事を働く連中がいるのは、具体的に名前を出すまでもなく明白だ。牛の記事ばかり書いてるあの嫌みな記者に対しては……こっちの正直な気持ちを告げ、彼女のことをどう思っているかをはっきり言ってやった。自分たちが利用している銀行が出納主任のせいでスキャンダルに巻きこまれるような情けない銀行だったことは、二人にとって大きな侮辱だった。

ミス・ナッテルが対策を思いついた。

「口座をよその銀行へ移すことにするわ」

ライサム館では、安堵が疑問視されていた。

「すべて終わったと思えば気分が楽になるわね」レディ・コルヴデンがナイジェルにコーヒーを渡した。「たとえ信じていなくても」

「えっ、母さんは信じてないの?」ナイジェルは訊いた。

「そうなの。信じる気になれないの。もちろん、いまの状況を警察の立場に立って見ることはできるわよ。大いに手間が省けたわけよね。でも、アシュフォードで女を作り、銀行のお金を横領するのと、田舎をまわって子供たちを殺すのとはまったくの別問題よ」夫と息子の両方の表情が、それはどういう意味かと問いかけていた。レディ・コルヴデンは考えこんだ。「わたしにはわかりきったことに思えるけど。アシュフォードで女を作り——もっとも、率直に言って、わたしだったらああいう場所は選ばないわね——その関係に飽きてしまったり、相手にうんざりしたりして、お誂え向きにそばにワイヤが落ちてたら、ついカッとなって相手を絞め殺すっていうのは想像できるわよ。また、横領に関しては——そうね、方法さえわかれば誰だってやってみるでしょうね。でも、郵便局強盗やエフィーの件とはまったくの別物だわ」レディ・コルヴデンは自分を励まそうとするかのように一人でうなずいた。「いずれわたしの意見が正しいってわかるはずよ。新聞記者はみんな帰ってしまったけど、ミス・フォービーは帰ろうとしないし、警視さんと部長刑事さんも残ってる」勝ち誇ったように結論を出した。「もし事件が完全に片づいたのなら、あの人たちも帰ったはずよ」

ダニホー老人のコテージに住む二人はあまりに若いため、安堵の思いに疑いをはさもうともしなかった。

「ああ、レン、すてきだわ。そうでしょ？」リル・ホッシグはスエットプディングを大きく切り分けると、金色のシロップをかけて彼に渡した。「だって、あたしたち、警察とかいろんな人とかにもう疑われてないし。もちろん、またおんなじことがあったりするとやだし、母さんが結婚したあの男のことも、あいつがやったことも、とにかくやろうとしたことも、喜んでられないけどね。あなた、やっぱり黙ってちゃいけなかったのよ。あたしはちゃんと声を上げたくて、ほら、実行したし、できればロージーにもそうしてほしかったけど、もう大丈夫みたいで、それもすてきなことだと思うのよ」リルはうっとりした表情で何秒か彼を見た。「ねえ、あなたもすてき。これって全部、あの愉快で小柄なおばさんのおかげだわ。あたしたちが初めてここに来たとき、笑顔を見せてくれたでしょ。そして、あの子供が車の前に飛びだそうとしたときは、普通だったら大騒ぎするはずなのに、あの人は急ブレーキを踏んだあなたを褒めてくれた。それから、あなたがあの人を運河から助けてあげたときは、お礼を言ってそれきり忘れてしまうんじゃなくて、警察へ飛んでって、あなたのことを〝これこれこういう人です〟って言って、何もかもうまくいくようにしてくれたし、あなたをモデルにしてすてきな絵を描いてくれた。売ってもらえないかって、あたしが頼んだら、プレゼントしてくれたわ」リルは彼に輝く笑顔を向けた。「そんな不機嫌そうな顔をしてもだめよ。画家があなたそっくりに描いてくれた本物の絵だもん。いくらお金を積まれても、あたしは手放さない。ガラスの額に入れて飾っとくつもりよ。あたし、あの人が好き。いい人だもん。いまでは警察も、あなたがどんな人かわかってくれたし、ロンドンからきたあの刑事さんが保護観察処分をなんとかしてくれるそうよ。それに結局、犯人はこの村の人じゃなくて、アシュフォードのほうの人だったわけだから、何もかも解決して、何もかもすてきなの」誇らしげに微笑した。「そうでしょ、食いしん坊さん」

不機嫌だった顔が変化した。驚きと愛が湧きあがり、言葉となってあふれでた。

「そうだね」レンは言った。

サタデー・ストップ荘には安堵はなかった。

「なんにも収穫なし、ゼロ、空っぽ。ドジ踏んだせいでこのザマだ。おまえ、ぜーんぶわかってんじゃなかったのかよ？　おまえが言ったんだぞ――都会はそろそろヤバくなってきた。今度はケント州にしよう、無知な連中ばっかりの小さな村がいい。盗みを働くのは超簡単だから、あとはさっさとずらかって都会に戻るだけ。確かそう言ったよな？」ディック・クイントは怒り狂っていた。「ところが、かわりにこの家に足止めされて、有り金使いはたして、もう少しでデカにひっぱられるとこだった」

「めそめそしてんの？」ドリスが嘲った。「こっちに来てから、何もかもやってるのは誰よ？　わたしでしょうが。一日じゅう、あちこちの家を下見してまわって、盗みに入る値打ちがあるのはどの家かを見て、段取りを考えてんだからね。それから、あんたと弟のために料理してさ。あんたは何してんのよ？　のらくらすわってるだけで、何もしてないじゃない」

「うるせえ女だな」彼がつっかかった。「じっさいの現場で仕事するのは誰だよ？しかも、ひと仕事終えて、成果はどうだった？　盗んだ品の半分は紛《まが》いものだ。おまえの困った点は本物と偽物の区別がつかねえことだ。ナッツハウスの二人のババア、よくまあ、おまえをみごとにだましてくれたもんだ」

ドリスはカッとなった。「わたしにわかるわけないでしょ。〝とっても、とっても貴重な宝物なのよ〟」口真似をしてみせた。「自分が持ってるもののことで嘘ついて、おおげさに騒ぎ立てるなんて最低。とんでもない嘘つきだわ。誰を信用していいのかわかんない。だけど、あと二軒からとってきた品は上等だったじゃない」

「で、その品でおれたちはどんな上等な思いができた？」ディックが嘲笑《あざわら》った。「なくしちまったじゃねえか。あのババアがフロントガラスにこうもり傘を突き刺して、おれたちを溝に投げこんだおかげでよ」

「そこよ。二倍もひどい目にあわされたわね。それと、あのこうもり傘。わたしたち、フードゥーの呪いをかけられたんだわ」

ディック・クイントは肩をすくめた。「フードゥー、ヴードゥー、似たようなもんか。で、どうなったかって言うと、デカどもが蚤《しらみ》みたいにそこらじゅう跳ねまわるようになって、おれたちが家に帰り着いたあとすぐに、あの〈御神託〉ってデカがやってきて、まだ髪も乾いてないおまえをつかまえた」

「ふん、それがなんなのよ?」ドリスは防御の姿勢になった。「わたしがちゃんと話をしたじゃない。あんなお上品なしゃべり方するデカは好みじゃないけどね。まったくもう、気どったやつだわ」

「ああ、おまえはやつと話をした」ディックは嘲った。「品のいいタイプに見えるだろうが、抜け目のないやつだ。また訪ねてきただろ? 部下のゴリラが庭をうろつきまわって、納屋をのぞきこんでたぞ」

「けど、何も見つけられなかったじゃない。タイヤの跡も、ほかのものも。バイクは安全なとこに隠してあったし、バンはロックしてあった。部長刑事だろうと、なんだろうと、車をのぞくのは無理。法律違反だわ」

「ところで、〈御神託〉がいかれたガキを見てたときの目つき、気がついたか？」クイントは妻の弟をにらみつけた。

「その子のことはほっといて」カッとなってドリスは言った。

「ほっとけだと？」ディックも言いかえした。「いいとも、ほっといてやろう。絞殺魔を。勝手にそんなことさせとくなんて、おまえもどうかしてるぞ。実家の連中もみんな変なんだろ？　こいつ、なんのために子供を絞め殺すんだ？　おまえもなんで止めないんだ？」

「じゃ、あんたが止めたらどう？」ドリスは弟を横目で見た。「この子を怒らせたらどんなにひどい癇癪を起こすか、あんたも知ってるでしょ」彼女は身を守ろうとするかのように、片手を首に当てた。「わたしは一度でたくさん。あんたがあわててこの子を殴りつけてくれなかったら、わたし、死んでたとこだわ。あんな怖い思いをするのは二度とごめんよ。好きにさせておけば、この子はおとなしいの」ドリスは頭をつんとそらした。「慎重にやってるかぎり、危険はないわ。この子を疑う者なんかいない。そうでしょ？　大丈夫よ。それに、この子には楽しみなんて何もないのよ。わずかな子供の命がどうだっていうの？」

「こいつのせいで、最後にはおれたちまで破滅だぜ。こいつ、なんで成長しないんだ？　もう一七なのに――見ろ、なよっとしてやがる。誰かをバラさずにいられねえんだったら、なんで、もっと邪魔なやつにしねえんだ？　例えば、口うるせえ例のババアとか。あの女だったら殺されて当然だろうが。それにしても、サツもあんなババアなんか使ったりして、どういうつもりだ？」

耳と口の不自由な少年は二人の唇をじっと見ながら、会話についていこうと必死だった。一人でうなずき、微笑した。片手をポケットに入れた。

「おれたちゃ、これでひと息つける」ディック・クイントは話を続けた。「サツは銀行の金を横領したあの男の犯行だと思いこんでて、おかげでおれたちは無罪放免だ。けど、無一文だからな、金を稼がないと。そこでいい方法を考えた。ここんとこ、アシュフォードのお利口な兄ちゃんたちと――〈チョッパーズ〉と名乗ってる連中だが――つきあってて、それでバッチリ計画を立ててたんだ。土曜日に村の会館でダンスパーティが開かれる予定でさ、〈チョッパーズ〉がそれをぶちこわしにくる」

「わたしたちにどんな関係があんの？」

「いい隠れ蓑《みの》にできる。連中が騒ぎを起こしてるあいだに、一軒か二軒、盗みに入るんだ。まず、コルヴデンのとこにしよう。あそこのかみさん、でかいダイヤの指輪をはめてるだろ。前に見たことがある。きっと、家じゅうにお宝がごろごろしてるぜ」

「あそこの家族はダンスなんか行かないわよ」ドリスが指摘した。「ああいう連中はね、そこいらの村人に交じって踊るなんてことはしないの」

「郵便局のときみたいにやればいい」ディックは答えた。「押し入って、手を上げさせて、どっかに閉じこめる。向こうが大声で叫ぶようなら、ぶん殴る。アシュフォードでハジキを買ってきた……ぼったくられた。ハジキじゃなくて金の延べ棒でも買ったのかと思いたくなるほどだ……使うのはたぶん一回きりだと思うが」毒のある口調でつけくわえた。「あのババアがおれたちのケツにこうもり傘を突き刺して、ハジキと戦利品を奪って逃げるなんてことは、もうぜったい許さねえぞ」

耳の不自由な少年はくつろいだ気分で腰を下ろし、幼く見える顔に、夢を見ているような楽しげな表情を浮かべた。両端に木製グリップをつけたワイヤが彼の手のなかでゆらゆら揺れていた。

メル・フォービーの場合は、安堵は郵便でやってきた。パブに戻った彼女は『ネガティブ』から提案された件についてじっくり考えた。村の名前を変更し、彼女の記事を連載漫画にしてはどうかというのだ。連載漫画……？　ひょっとしたら、ラジオでレギュラー番組が持てるようになる……？　ひょっとしたら、アメリカへも進出……？　わたしの仕事が認めてもらえたようね。〈ザ・ストリート〉で小柄な老婦人に呼び止められた。いやだわ――メルは思った――〝牧草地の牛たち〟がまた文句を言うつもり？

「とってもお茶目ね」彼女を呼び止めた老婦人が甲高い声で言った。「新聞に出てるあなたの記事、ユーモアたっぷりだわ。よそから来た人でなきゃ、わたしたちをあんなふうに見ることはできませんよ」人差し指をふってみせた。「ほんとに頭がいいのね、あなたがたアメリカ人は」

「あ、あの、アメリカ人って？」唖然としてメルは尋ねた。

「ええ」ミス・ウィックスが答えた。「しかも、見る目がおありだし。わたしの姪《めい》もアメリカに住んでるのよ。もしかしたら、向こうでお会いになったことがあるかもね。シビルっていうの」

メルは相手の華奢な肩を軽く叩いた。「いんや、おばちゃん、それは間違い。あたしゃ、リヴァプール生まれだよ。これまで行ったなかでアメリカにいちばん近い場所が、たぶんそこだわ」

小さな顔にしわが寄り、しぼんだ唇が開いた――わ、どうしよう、この人、泣きだしそう――ところが、〝ククッ！〟という笑いが漏れた。老婦人は入れ歯をきらめかせてメルの腕を楽しげに叩き、それから向きを変えた。メルも向きを変え、〈ザ・ストリート〉を渡ってククッと笑いながら自宅へ向かうミス・ウィックスを呆然と見送った。

そうか、あの人、漫画の材料にぴったりね。漫画……いい子にしてたご褒美？　われらがミス・Sも登場させる？　しかし、ニュース記者という立場から、メルはもうしばらく村にとどまるつもりだった。事件は終わった？　そうかしら？〈御神託〉は腰を上げようとしない。ボブ・レンジャーも。二人がここを去るときまで、メルもとどまるつもりでいる。

さて、危険と死が都会のほうへ去ったので、村は日常の安らぎのなかで本来の姿をとりもどし、ふたたび呼吸できるようになり、隣人たちに関する〝真実〟をふたたび噂の種にできるようになった。噂のなかの〝真実〟は正真正銘の真実かもしれないという、うしろめたい思いなど抱くこともないままに。

警察の仕事においては、暗雲が流れ去ることはない。移動するだけだ。警察もそれと一緒に移動して、どこかよその場所に集まることになる。だから、人命と財産を脅かす犯罪は絶えることがない。しかしながら、アシュフォード警察は、国じゅうを不安に陥れていた事件をどう扱うかをロンドン警視庁に示してやれたと思って悦に入っていた。〈チョッパーズ〉が怪しいというブリントンの説は結局のところ見当違いで、事件の後始末をする以外、アシュフォード警察はほとんど役に立たなかったのだが、それは無視することにした。大事なのは、後始末によって判明した真実だ。この真実をめぐって、警察の見解はふたつに分かれた。

アシュフォード警察は満足していたかもしれないが、デルフィック警視は疑問点を述べた。ミス・パルステッドは宝石をかなり持っていたと言われている。それはどこにある？　銀行の出納主任は莫大な金を横領した。それはどこにある？

「金は使い果たしたんだろう」ブリントン主任警部は言った。「なんの問題もないところになぜ問題を見つけようとする？　今回はとくに、ミス・シートンが傘をふりまわすのを控えてくれたおかげで、珍しくもトラブルやおふざけに悩まされずにすんだんだぞ」

デルフィックは自分が担当する事件ではないので、ちんぴら連中がふたたびちんぴらにふさわしい行動をとりはじめ、小さないざこざは自分たちで片をつけて、警察には最小限の手間しかかけないようになったという現状に、この友が満足しているのを見て、自説を押しつけるのは控えることにした。しかしながら、小児絞殺事件は終わり、犯人も判明したというアシュフォード警察の管区全体に広がる安堵に、デルフィックはどうしても同調できなかった。

ブリントン自身も〈御神託〉の説が正しいかもしれないと認める方向へ傾いていた。ミス・パルステッドに関する病理学者の鑑定に、警視の疑惑を裏づける要素があったからだ。これまでの小児殺しと比較すると、ワイヤの種類が違うし、かけられた力がもっと大きい。過去の事件では裂傷が見られない。また、今回の女性の場合は、胸鎖乳突筋（なんのことやら……）が強烈な圧迫を受け、深い打撲傷を負っている。それゆえ、クイント一家とバンの監視が続行されることに決まったが、デルフィック警視はおざなりな監視になるのではないかと危惧していた。エフィー・ゴーファーが殺されたのは、若いホッシグの逮捕によって事件は終わったと一時的に考えられ、警備がゆるんでしまったせいだと心のなかでひそかに確信していた。そのため、自分と部長刑事の二人で力の及ぶかぎり監視を続けようと決心した。

クイント一家が村にとどまっていることに、デルフィックは驚いていた。郵便局強盗のときのアリバイがあり、不利な証拠が何もないにもかかわらず、心のなかではすでに彼らの有罪を確信していた。先日の窃盗がミス・シートンに邪魔されて大失敗に終わり、その結果、警官が村をうろうろするようになったことからして、一家は村を出てどこかよそへ移るものと、デルフィックは予想していた。だが、もしかしたら、損失を埋め合わせ、かかった費用をとりもどそうとして、最後のひと仕事を企んでいるのかもしれない。

少なくとも、人命が脅かされる危険は当分ないだろうとデルフィックは見ていた。もしその危険があれば、ミス・シートンが学校で描いたスケッチに表われていたはずだ。スケッチには子供が全員含まれている。全員……？　いや、全員ではない。デルフィックは不意に気づいた。耳と口が不自由なあの子。学校に行っていないので除外されている。ただ、あの子の身に危険が及ぶとは思えない。クイント夫婦のどちらかが弟を始末しようと思えば、これまでいくらでも機会があったはずだ。それに、ドリスはどんなときでも弟を守ろうと必死になっている様子だ。とはいえ――やはり、安全策をとるに越したことはない。ミス・シートンはあの少年に会ったことがある。その記憶をもとにざっとスケッチしてもらえば、必要なことがすべてわかるだろう。いますぐスイートブライアーズ荘へ行こうと決めた。絵の依頼を受けてミス・シートンが渋ることはめったにないので大助かりだ。プロの画家として人生を送ってきた彼女にとって、絵を描くよう頼まれるのはごく普通のことなのだろう。

ミス・シートンはコテージの庭に出ていた。花壇の草むしりをする時間がようやく見つかったのだ。何もかも解決してほんとによかった。もちろん、大きな悲劇ではあったけど。園芸用のフォークで土を掻いた。あら、困ったわ——草にもずいぶん種類があるのね。雑草は単に雑草だって、ずっと思ってたのに。ところが、そうじゃなかった。こういう平凡な草もあるけど。草をふって土を払い落とすと、スカートの上に土が散らばった。銀行であんな事件もあったし。あら、こっちの草は房がついてる。抜こうとしてひっぱったが、なかなか抜けなかった。あるまじきことだったわね。出納主任という信頼されるべき立場の人があんな……それから、世間でシバムギと呼ばれてるこの厄介な草、『園芸のコツ、教えます』にはまったく違う名前が出てたけど、どうしても抜けない。あら、何を考えてたんだった？　あ、そうそう。信頼のこと。なおさらひどいわ。ほんとにショックだった。

スタン・ブルーマーが園芸用ローラーをころがして横を通り過ぎたので轟音《ごうおん》が響いた。かなり重量のあるローラーだ。地面がローラーをかけられる状態になるまで、スタンがこれを一日か二日、フランス窓のそばに置いていたので、ミス・シートンは最初のうち、自分が草むしりをしているあいだに斜面をころがってきたローラーに押しつぶされるのではないかと心配でならなかった。しかし、スタンが三角形の木片をローラーの下に差しこんでくれた――なんて呼んでたかしら？　そうそう、チャックだわ。それとも、チョック？　スタンの言ってることを正確に理解するのに、ときどきすごく苦労させられる。スタンが何か言ったときには、という意味だけど。スタンはたいてい、にっこり笑って「ああ」と言うだけ。もちろん、彼の言わんとすることをこっちが正確に察していないと、返事はもらえない。今回は大丈夫だった。ローラーがころがり落ちないようにしてほしい――ミス・シートンはそう頼んだのだ。

花壇に影が落ちた。ミス・シートンは顔を上げ、それから微笑した。

「まあ、警視さん、すみません。いらしたのに気がつかなくて。それに、スタンがローラーをかけてる最中だったから、てっきり彼だと思ったんです」立ちあがろうとした。

デルフィックが彼女を止めた。「いや、わたしにも手伝わせてください。もう少しで終わりそうですね」彼がしゃがみこみ、移植ごてをとったので、二人はなごやかな沈黙のなかで花壇の草むしりを終えた。

雑草を捨て、道具を洗って油を差してから、二人で居間に戻り、警視はそこで、耳と口が不自由な子供の顔を記憶をもとに描いてもらえないか、とミス・シートンに頼みこんだ。

ミス・シートンは後悔の表情になった。「申しわけありません。うっかりしてました。学校へ出かけたとき、村に住む子供全員のスケッチを警視さんが望んでらしたことは、もちろん承知しておりました。あの子のことを思いだすべきでした。ああいう子たちのためのきちんとした学校に通わせてあげるべきだと思っていたのですから、なおさらです」ミス・シートンは書き物机のところへ行き、画用紙と鉛筆を選びはじめた。

「おおざっぱな印象で構いません」デルフィックは彼女に請けあった。

ミス・シートンは鉛筆を静止させたまま、しばらく考えこみ、やがて驚いたように言った。「あの……ほんとに迂闊でしたけど、たったいま気がつきました。どういうわけか、わたし、あの少年を子供だと思ったことは一度もありませんでした」そして、スケッチにとりかかった。

デルフィックはじっと待った。突然、ミス・シートンは鉛筆を投げ捨てて立ちあがった。「だめだわ」両手をしきりに動かしながらあとずさった。「どうも気が進みません。もう描きたくないんです。いえ、描けないんです」訴えかけるようにデルフィックのほうを見た。「気が進みません」いささか絶望的な口調でくりかえした。「だめだわ」

10

ナイト医師の介護ホームは半分が一家の住居になっていて、デルフィックはそこの居間を行きつ戻りしていた。ナイト夫人が夫の帰宅の遅れを詫びた。急な用事が持ちあがったという。ブレッテンデンのクリニックに勤務する医者仲間が患者の容体に関する相談を持ちこんできたためで、土曜の午前中には珍しいことだった。でも、それほど時間はかからないとのことだった。夫人はコーヒーを勧めた。デルフィックは礼を言ったが辞退し、夫人は彼の顔をひと目見ただけで、そっとしておくほうがよさそうだと判断した。

ミス・シートンのスケッチ三枚が入っている紙ばさみを置いたテーブルのところで、デルフィックは足を止めた。絵をとりだして並べ、その場にじっと立って、いちばん新しいスケッチに視線を据えた。いぶかしく思った。困惑した。エネルギーに満ちた線描画、メルが〝すばらしい〟と評価するたぐいのものだ。ただし、エネルギーに満ちているのは描きあがった片側だけだ。いや——それは違う。デルフィックは気づいた。残りの半分を描くべき場所が真っ白なまま残っているが、そこにもエネルギーが感じられる。何か不穏なもの、何か忌まわしいものが。画用紙の下のほうに太い直線が走っている。顔の半分は愛らしい少年のもので、輝きを放っている——だが、なぜか好感の持てる顔ではなく、幼くもない。あとの半分は……彼が予想していたようなぼやけたデスマスクではなかった。何も描かれていなかった。まるで、完成した肖像画に——生きているかのごとく鮮やかに描かれた肖像画に——誰かが線をひいて半分を切りとり、真っ白な紙にのせたかのようだ。

奇妙な絵ができあがっていた。奇怪さと哀れさがひとつに溶けあっている。絵を描いていたときのミス・シートンの苦悩を、完成させるのを不意に拒んだことを、デルフィックは思いだした。当人は気づいていなかったが、絵はすでに完成していたのだ。必要なものはすべて目の前にあるとデルフィックは確信していた。あとはそれを読み解く力があればいいのだが。

心に閃《ひらめ》きが走った。ほかにも何かあるはず。なんだっただろう？ 記憶を探った。あと二枚のスケッチに目をやった。ルイシャムで殺された少年の絵と、エフィー・ゴーファーの絵。そうか——これだ。反対側。以前の二枚を見ると、ぼやけているのは右側だ。今回は左側が空白になっている。右？　左？　デルフィックはここで迷った。自分を絵のなかに置いてみた。そうすると絵の右側が自分の左側になる。伝統的には心臓を、生きることを意味する側だ。絵の左側、つまり描かれた当人にとっての右側は……遠い昔に受けた法医学の授業を思いだした。そうだ、右側には頸動脈《けいどうみゃく》が走っている。脳に血液を送る血管だ。では、右側は脳を意味するのだろうか？　殺された二人の子供のスケッチは生きることを意味する側がぼやけていた。ところが、三枚目のこのスケッチは、生きることを意味する側は鮮明なのに、脳を意味する側が消えている。引喩《いんゆ》なのか？　幻想なのか？　デルフィックは冷静になろうとした。この絵に秘められた催眠術のようなパワーから逃れようとした。分析しようとした。奇抜なことを考えすぎだろうか？　それとも、ここにはやはり意味があるのだろうか？

　ドアが開き、ナイト医師がせかせかと入ってきた。「待たせてすまなかった。ある馬鹿な女が妊娠したと思いこんで狼狽したものだから。なぜわたしが呼ばれなきゃならん？　婦人科の医者でもないのに。フォンティス医師は妊娠ではないと自信を持って診断したが、原因はノイローゼかもしれないと考えた。女がノイローゼになるのも仕方がない。夫が軍人で、一年前から海外へ行っている。良心の呵責《かしゃく》と消化不良が組みあわさったわけだ。わたしにはどうしようもない。フォンティスがすでに、彼女に必要なのは助産婦ではなく錠剤だとアドバイスしている。いい医者だよ、フォンティスは――健全なやつだ。さて、警視さんの悩みはなんですかな？」医師はテーブルの前に立っているデルフィックのところに来て、スケッチに気がついた。「ミス・シートンがまた何か企んでいるのか？　それとも、前と同じく、精神障害者についての講義をお望みか？」

「後者のほうです」デルフィックは答えた。テーブルの絵を示した。「ただし、先生にもおわかりのように、そして推測しておられるように、ミス・シートンにも関わることです。彼女からまた新しい謎が送られてきたのです。しかも、この謎がわたしにはどうしても解けません」

「で、わたしだったら解けると？」医者の眉がよじれた。「ミス・シートンのために殺人事件をもうひとつ処方しておいたんだが。噂によると、たっぷり服用しているらしい」彼は視線を落とした。「ここにある絵はなんだね？　警視さんは何を悩んでいるのかね？」しばらく黙りこんだ。「好きになれない。ひどく不気味なものが感じられる。ミス・シートンが描いたものだろう？」ナイト医師はエフィー・ゴーファーの肖像画を指さした。「彼女がわたしの診察を受けにきたのは、これが原因だったに違いない。わたしはこのスケッチを見ていなかったが、アンから聞いた。ゴーファー家の娘を描こうとしたがどうしても描けない——ミス・シートンはそう言っていたそうだ。で、本人は脳梗塞を起こしたと思いこんだ。困ったものだ。あれほど元気な人は見たことがない。あの年でどうしてあんなに元気なのか、わたしには理解できない」

デルフィックはちらっと笑みを浮かべた。「ヨガのエクササイズです」

ナイト医師は顔を上げた。「ほう、それが彼女の秘密だったのか。ならば不思議はない。分別ある女性だ」テーブルに身を乗りだした。「次はこれだな」最後のスケッチを指さした。「これがいちばん不気味な気がする」じっと見つめた。「いちばん不気味だ」もう一度言った。「この線はなんのために描いたのだろう？」急に尋ねた。「なぜ絵を完成させなかったのだ？」

デルフィックは肘掛椅子のところへ行ってすわった。「途中で急におろおろして、描きたくない、いや、描けないと言いだしたのです」眉をひそめた。「しかし、わたしの見たところ、ミス・シートンは最後まで描きあげています。無意識のうちに。この絵は完成していると思います」

「そうなのか？」ナイト医師は片方の足を椅子にひっかけてたぐりよせ、腰を下ろした。テーブル越しにデルフィックを見た。「だったら、きみは捜査に耐えうる精神の持ち主だと言わせてもらおう。ところで、霊感などというたわごとに溺れるつもりかね？　それとも、ミス・シートンに霊感があると言いたいのかね？」

「ありえないことでしょうか？」

ナイト医師は顔をしかめた。「でたらめだ。だが、まあ、わたしはしがない神経専門の医者に過ぎないからな。ところで、この子は何者なんだ？」

小学校に通う子たちの顔をミス・シートンにスケッチしてもらったことを、デルフィックは説明した。自分が抱いている疑惑とその根拠について語った。そして最後に、この子の絵だけ抜けていたことに気づいて、ミス・シートンに追加で頼んだことを話した。

「この子だと？」ナイト医師は鋭い声で言った。「子供ではない」スケッチを手で軽く叩いた。「小人症の症例だ。ロラン＝レヴィ型だな」警視のぽかんとした表情を見て、医師はじれったそうにつけくわえた。「子供並みの低身長と体格が特徴だ。もしこの絵が正確なら、もしくは、絵になんらかの意味があるのなら。この外見からすると一〇代後半だろう」

デルフィックはわけがわからなくなった。「ここに半分だけ描かれた顔は本人にそっくりですが、わたしは子供らしさが欠けているように感じていました」

「いや、欠けてはいない」ナイト医師はきっぱりと言った。「この絵が正確なら、子供らしさはもともと存在していない。その子の肌の色と表情にきみがだまされたと言うべきだろう。自分の仕事を心得ている芸術家はもっと深いところを見る。たぶん、上質のモノクロ写真でも同じものが表現できるだろう。さあ、見てくれ」ナイト医師の指が何カ所かを示した。「まず、この目だが、まぶたがくぼみはじめている。口のほうは、子供の口ならこういうこわばった感じはないし、唇の端にくぼみができることもない。次は顎だ。子供の顎の輪郭がこれほどくっきりしているのを見たことがあるかね？」指はさらに下へ移った。「首が決定的な証拠になる。子供の首にも細いのや太いのがあるが、まだ充分に発達していない。それから、ここだが――」指が中央の線をたどった。「反対側が描かれていれば、喉仏があったはずだ」

言われてみれば、デルフィックにもそう見えてきた。子供っぽい顔の奥に潜んだ年上の顔。そして、いったんそういう目で見てしまうと、それ以外のものには見えなくなった。不意にミス・シートンの言葉を思いだした。〝わたし、あの少年を子供だと思ったことは一度もありませんでした〟デルフィックは計算を始めた。「ひとつ伺いたいんですが、先生、もし少年が一〇代後半で、小人症という症状を抱えていて――生まれたときから耳が聞こえず、その結果、話すこともできないとすると――思春期を迎えることはあるのでしょうか？　思春期がそういう少年に悪影響を及ぼし、このような暴走へ駆り立てることはありませんか？　わたしが言いたいのはこうです――幼い子供たちを殺すことが一種の代償作用になりうるのか？　自己を主張するために自分と同じサイズの者を殺すことが？　こう考えることはできないでしょうか？」

「思春期？　ないね」ナイト医師は却下した。「ロラン＝レヴィ型の場合は、性的幼稚症という症状が見られる。ただし、知能は正常だ。もっとも、わたしはこの方面の権威ではないけれど。精神科の専門医でも、心理学の専門家でもないが、好酸性細胞の活動が弱まっても脳に影響が出ることはけっしてない。また、耳の障害も脳とは無関係だ。たまたまそう生まれついたに過ぎない。話す能力のほうはどうだ？　どこで訓練を受けたかわかるかね？」

デルフィックは考えてみた。「わたしの知るかぎりでは、まったく話せないようです。訓練は一度も受けていないと思われます。姉が自分のそばから離しませんから」

「ふむ」これを聞いて、ナイト医師は考えこんだ。「だとすると、話は違ってくる。警視さんの説を――医学的に見ればたわごとだが――認めるべきかもしれない。肉体的障害を抱えた者を苦しめるのは、それを抱えて生きていくしかないということだ。その少年を姉が過保護にしているなら――姉には夫がいて、少年は姉夫婦と一緒に暮らしているわけだね？――成長するにつれて自惚れが強まる可能性がある。過保護にしておくのはきわめて危険だ。一人息子を持つ母親を例にとってみよう。過保護にしているると、息子はやがて母親にひどい仕打ちをするようになる。この姉の場合も似たようなケースだな。弟を自分の人形にしたままでいると、弟はどんどん増長していくだろう。家族に殴りかかって、自分のほうが偉いことを思い知らせてやろうと決める。きみが言おうとしているのは、生まれついての障害が——この場合は耳と口の不自由さだが——妄想症を生みだし、過保護に育てられたせいで悪化し、ついには精神障害を発症するのではないか、ということだね。ふむ。弟を責めるわけにはいかない。悪いのはもちろん、姉のほうだ。すまない、この程度のことしか言えなくて」医者はスケッチのうち二枚を紙ばさみに戻し、最後の一枚を手にして立ちあがった。「だが、この種の質問に対しては、イエスともノーとも答えられない。しかしながら」デルフィックと向きあった。「わたしの意見が聞きたいと言うなら——偏見のない意見をオフレコで述べるとしよう——警視さんの話から判断して〝イエス、たぶん、あなたが正しい〟と答えるだろう」医者は三枚目のスケッチに最後にもう一度目をやってから、ほかの二枚の横にすべりこませた。「おぞましいかぎりだ」紙ばさみをデルフィックに渡した。電話が鳴った。医者は電話に出て、耳を傾け、それから受話器を差しだした。「ボブからだ。警視さんに」

デルフィックは部長刑事の報告に無言で聞き入った。「わかった」と言って受話器を戻した。唖然とした表情だった。

「また何かトラブルかね？」医者が尋ねた。

警視は額に手をやり、ぴしゃっと叩いた。叩いてどうなるものでもないが、それが彼の感情を表現していた。「ボブが数分以内に車でここに来ます。アシュフォード警察からとんでもない連絡が入りました。なんでも、ミス・シートンが死体を生き返らせ、その死体と一緒にドライブに出かけたとか」

「退屈している暇がないな。誰の死体だ？」

「銀行の金を横領し、アシュフォードで愛人を殺した出納主任です。彼の焼け焦げた車から発見された焼死体が、先日、この男のものと断定されたばかりです。あのとき、わたしは不審に思いました。現金も宝石類もまだ見つかっていないのに、タイミングがよすぎますからね。それにしても……」デルフィックは廊下に出た。「ミス・シートンはどうしてそんなことに？　なんの関係もないはずなのに」コートのボタンをはめようとして言葉を切った。「やつの姿を見かけたのかもしれません。勤務先がブレッテンデンだったから。しかし、なぜいまになってミス・シートンがやつに出くわしたのか？　もし生きているとしても、よりによってやつがブレッテンデンをうろつくとは思えない。とにかく、これを突破口にしなくては」

医者が玄関まで送ってきた。「ミス・シートンのことが心配なのだね？」　デルフィックは獰猛《どうもう》といってもいい表情で医者と向きあった。「心配するのが当然でしょう？　もし本当にやつだとしたら、すでに二人も殺してるんですよ。ミス・シートンがやつの正体に気づいたら、彼女の命も危ない」

ナイト医師はスイングドアの片方をあけて支えた。「警視さんの気持ちはわかるが、あきらめてはいけない。あの人は不死身だ。たぶん、〝あら、警視さん、お会いできてよかったわ〟と挨拶をよこすだろう」

デルフィックの緊張がほぐれ、笑い声を上げた。外に出て石段を下りると、ちょうどボブが到着した。


学校で子供たちの顔をスケッチした謝礼が、前と同じく〝ミスエス〟宛に小切手で届いた。警察ってほんとに気前がいいのね。それに、もちろん、とっても親切。警視さんが親切心からこんなことをしてくれているとは思いたくない。でも、考えてみたら、いつも自分の思いどおりにしたがる人だわ。強引なことさえある。ただ、この前の件では……役に立てなかったことを、ミス・シートンはひどく申しわけなく思った。

愚かな振る舞いをしてしまったのがさらに申しわけなかった。まったくもう、この年であんなにうろたえるなんて。ミス・シートンは後悔に唇をすぼめた。でも、忘れてしまうのがいちばんよ。ただ、銀行へ行くのだけは忘れないようにしなきゃ。

ある意味では以前より気軽に銀行へ足が向くようになったことを、自分でも認めるしかなかった。もちろん、とても痛ましい事件ではあったけど。とはいえ、哀れな男が自らの愚行の代償を払ったのだということも認めなくてはならない。あんな酷《ひど》い死に方をするなんて。でも、以前より気軽になったことは否定できない。銀行へ行くことが。でも、あの男がアシュフォードに住まわせ、あとで殺してしまった女性のことを考えると……いえ、考えないほうがいい。ブレッテンデンで少し買物をしたいし、ついでに小切手を銀行に持っていけば切手代が節約できる。だって、あの好感の持てるジェスティンさん――窓口に名札を出して、出納係の名前が客にわかるようにしたのは、とてもいい思いつきだわ――かなり若いはずなのに、出納主任に抜擢《ばってき》されたんですもの。とても信頼できる気がする。しかも愛想がいい。こちらの名前をちゃんと呼んで、〝おはようございます〟とか〝こんにちは〟とか、時間帯に応じて挨拶してくれる。もちろん、この人が応対してくれれば、わたしが行員の時間を奪ったような気にさせられることもない。

銀行に着くと、ミス・シートンは買物の包みをカウンターに置いて用紙に記入を始めた。前に並んでいるのが三人だけなのでほっとした。混んでいると、かなり長く待たなくてはならない。列の先頭の男性が出納主任に話しかけていた。ミス・シートンは顔を上げた。あら、ずいぶん興味深いこと。いえ、興味深くない点がむしろ興味深いと言うべきかしら。細長い頭――頭示数と呼ばれる頭蓋の縦横比を計算すれば、たぶん七五に満たないだろう――を持つ人の上瞼に蒙古ひだがあるのは、あまり見かけない組み合わせだけど、まっすぐな黒髪に黒い目、そして平らな頰骨と来れば、やや異国風の感じではあるものの、組み合わせとしては普通だ。平凡と言ってもいい。比較すればという意味だけど。もう一人の人――先日死亡した出納主任――に比べると、もちろん、かなり違っている。あちらは薄いブルーの鋭い目にウェーブした金髪だった。でも、目鼻立ちはそっくり。色彩が違うと、まったく違う印象になる。この対比は文句なしにきわめて興味深い。ミス・シートンは記入を終えた用紙を無意識のうちに裏返し、ふたつの顔を裏に描きはじめた。

列の先頭の男性が用事を終えてふりむいた。ミス・シートンは男性を凝視していたことを知られて、曖昧に微笑した。男性の黒い目が細められた。やがて、細く黒い口髭の下の唇にお返しの微笑を浮かべて近づいてきた。

「ミス・シートン。そうですね？」驚いて、ミス・シートンは反射的にうなずいた。

「ちょうどよかった」男性は言った。「こんなふうに声をかけたりして、図々しいと思わないでほしいのですが、ぜひ一度お目にかかりたかったんです」

ミス・シートンはどう返事をすればいいのかわからなくて、「は？」と言った。

彼女の前に並んだ二人も用事をすませたのを見て、男性は脇へどいた。ミス・シートンの番が来たので、用紙と小切手を窓口に差しだすと、それを受けとったジェスティン氏が言った。「はい、どうも。おはようございます、ミス・シートン。暖かくなりましたね」

ミス・シートンはそれに答えて、「おはようございます、ジェスティンさん。ええ、ずいぶん暖かだわ」と言った。すぐに用事がすんだので向きを変えた。

「これ、持たせてください」黒い目の男性が彼女の買物の包みを手にした。この女、ここで騒ぎだすだろうか？　それとも、狡猾にふるまう気だろうか？　どうも単独行動を好むタイプのようだ。それを自慢に思っているのだろう。男性は銀行のドアまで行った。この女がわたしの正体を見破ったのは間違いない。〝わかってるのよ〟と言いたげな薄笑い。いきなり話しかけられてうろたえていた。予想外だったのだろう。間の抜けた顔になり、「は？」と言っただけだった。おそらく、わたしが出ていったらすぐ、ジェスティンにこちらの名前と住所を尋ねる気でいただろう。だが、彼女が銀行にいるあいだは、わたしも出ていくつもりはない。向こうは自分の正体を露わにするか、わたしに合わせて芝居をするしかない。

ミス・シートンは「ありがとうございます」とつぶやいて彼のそばを通り過ぎた。彼もあとを追って外に出た。この女をうまくだまして、何も気づかないふりで通せば、向こうは芝居を続けるかもしれない――自分ではとても頭が切れるつもりらしい――だったら、なんとか切り抜けられるだろう。この女はわたしの住所を知りたがっている。よし、まずはそのチャンスを与えてやろう。

「ご親切にどうも」ミス・シートンは買物の包みを受けとるために手を差しだした。彼は渡そうとしなかった。

「あのう」彼は遠慮がちに言った。「お時間があれば、わたしの悩みを聞いていただけないでしょうか？」

「悩み？」驚いたミス・シートンはオウム返しに言った。

皮肉か、ええ？　よし。単独で芝居を続けるつもりだな。〝一匹狼の女探偵、指名手配犯をつかまえる〟の魅力に抵抗できないのだろう。

このような危機に直面しても自分の頭の働きが冴え渡っていることを、出納主任はわれながらあっぱれだと思った。この前は、ミス・シートンが小切手を差しだしたために銀行から逃げだし、しばらく逃亡生活を続ける羽目になったが、その危機にもいまと同じように冷静に対処した。

だが、出納主任が気づいていないことがひとつあった。それは彼の〈良心〉が証拠の解釈を誤り、急いで逃げだす必要などなかったのに、逃亡するよう強引に彼に迫り、動揺する彼に作戦を実行させたことだ。殺すのは一人だけの予定だったのに二人も殺してしまったのも、主に〈良心〉のせいだと言っていいだろう。もとの作戦が成功裡に終わると、彼の〈良心〉は、この問題にこれ以上首を突っこむのはやめようという気になったらしい。いや、おそらく、前回干渉した結果を見て、状況が悪くならないうちに手をひくことに決めたのだろう。彼を導いてくれるのはいまや〈パニック〉だけになっていた。軽薄な頭脳と根拠のない自惚れの持ち主で、長期計画を立てるさいの判断力が決定的に不足しているケチな悪党にとって、〈パニック〉は危険な道連れとなる。〈パニック〉は目の前の危機に対処する方法を矢継ぎ早に思いつくことができ、一瞬一瞬に対処していくが、その代価や結果については考えようともしない。

「図々しいことは百も承知ですが」彼は自信に満ちた口調で急いで続けた。「わたしは車で来ていまして、自宅はけっこう近く、ブレッテンデンからレス・メアリーズのほうへ向かう郊外にあります。じつをいいますと、わたしの悩みは通りで話せるようなことではなく、人に聞こえる場所でコーヒーを飲みながら話すわけにもいかないのです。すでにご推察のことと思いますが、デルフィック警視に関することでして。ですから、ほんのしばらくわが家においでいただければ大いに助かります。もちろん、帰りもわたしの車でお送りします」

「でも、あの……」ミス・シートンは言った。「そんなわけには……」彼が自分の車まで行き、ドアをあけた。「どうぞ、ミス・シートン。わたしにとってきわめて大切なことでなかったら、お願いしたりしないでしょう」

ミス・シートンは躊躇した。「あの……わたし……」なんて変わった人かしら。もちろん、失礼な態度はとりたくない。あるいは、力を貸すのをためらうのもよくない。もし、この人の期待どおり、わたしにその力があるとしたら。でも、どうやって見ず知らずの人の力になれるというの？　とはいえ、この人とわたしは同じ銀行を使っている。ある意味では、それが紹介状がわりになる。しかも、ジェスティン氏もこの人をよく知っているようだ。だったら信用しても大丈夫ね。でも、やっぱり首をかしげてしまう――人に聞こえる場所で話せるようなことではないと言われた以上、その気持ちはよくわかるので、こちらからはどうも質問しにくいけれど、もちろん、デルフィック警視に関することだというなら、相談に乗ってあげよう――だけど、わたしにどんな協力を期待しているの？　「あのう」ミス・シートンは訊いた。「わたし、どんなふうにお力になれるのでしょう？」

毒蛇の言葉だ。力になる気があるなら――すぐ近くを走るバスにひかれてくれ。そうすれば、あんたにもいまの質問の答えがわかる。さあ、どうぞと言いたげに車のドアを支えたまま、彼は後悔の表情を浮かべた。「申しわけありません。知らない方に図々しいお願いをしてしまって。ただ、人というのは、とりみだすと理性がきかなくなるものです」少なくとも、これは正直な気持ちだった。理性を失っただけでなく、〈パニック〉に指図されるままに、進むべき道を示してくれる羅針盤まで投げ捨ててしまった。「あなたは警視さんとお知りあいだし」さらに話を続けた。「警察の仕事に関してあなたほどの知識があれば……」

「わたしほど……？」ミス・シートンはぽかんとしてくりかえした。「申しあげておきますけど……」

「いやいや」彼がさえぎった。「デルフィック警視に連絡をとらなくてはと、わたしはしばらく前から思っていまして――電話をかけてアポイントをとるつもりでいたのです。そんなとき銀行であなたに偶然お会いして、願いが叶ったような気がしました。

わたしがこれ以上愚かなまねをする前に、あなたに教えてもらおうと思いました」

自分でも驚いたことに、そして、なぜそうなったのかわからないうちに、ミス・シートンは気がつくと車に乗っていて、ドアがバタンと閉まり、このひどくしつこい男が小走りで車の向こうにまわって運転席に飛び乗った。

「支店長、支店長……」

銀行の支店長は顔を上げた。「いきなり飛びこんでくる前に、普通はノックをするものだぞ、ジェスティン」

「いや、支店長、警察に連絡しなくてはなりません。いますぐ」

「警察？」支店長は身震いした。「警察沙汰はもうたくさんだ。銀行の本店もいい顔をしないだろう」

「しかし、支店長」若きジェスティンは興奮のあまり、いまにも踊りだしそうだった。信じていたとおり、ついにチャンスがめぐってきた。堅実に暮らしていけるとか、安定していて安全だということで、父親から無理やり銀行に就職させられたため、ジェスティンは空想の世界でロマンティックな夢を膨らませていった。せっせとまじめに働いていたが、銀行とはしょせんこの程度のところだという満たされぬ思いから性格が変わってしまったに違いない。仕事のつまらなさの埋め合わせをするため、独学でがんばることにした。本を読んだ。銀行業界に関する知識を増やそうとして、また、出納係としていつか遭遇するであろう緊急事態に備えておこうとして、手に入った本を片っ端から読んだ。格子窓の奥の席で小切手を現金に換えるとき――ファービロー夫人に二ポンド――あるいは預入伝票の数字を修正するとき――〈コージー・ティー・ルーム〉の経営者のミス・エンデンは三桁以上になると書き間違える――彼は自分の危険な立場を充分に承知していた。いつの日か銃を突きつけられるのは間違いない。どの本も彼にそう告げていた。銀行の上層部からは、おとなしく金を渡すこと、危険な真似はけっしてしないこと、と命じられているが、その日が来たら、ジェスティンは目に物見せてやるつもりだった。誰に何を見せるのかはまだはっきりしないが、とにかく見せてやろうと決めていた。大活躍を求められるときが来ると信じて、彼は学習と読書を続けた。彼が読むのは、図書館で借りたハードカバーや、通りの先の〈スミス&サン〉で買ったペーパーバックのミステリだ。ついにそのときが来た。どう対処すべきかは正確にわかっていて、本も読まず、危機への備えもできていない支店長のような古臭い連中に邪魔立てされるのが、腹立たしくてならなかった。

「ミスエスです」ジェスティンは忍耐心を失わないよう努めながら、支店長に説明した。「わたしに片目をつぶってみせたんです。〝この男よ〟と言ったんです。みごとな芝居をする人だ——男に銃を突きつけられてたはずなのに、表情には何も出さないんです。顔色ひとつ変えずに、天気の話をするふりをして〝ずいぶん暖かだわ〟とさりげない口調で言っただけで、用紙の裏に描いた絵を素知らぬ顔でこちらによこしました。わたしなら気づいてくれるとわかっていたのでしょう。じつに頭のいい人です。それから映画のシーンでよくあるように、二人で出ていきました。男に殺されることを悟り、あとをわたしに託したのです」ジェスティンは得意満面だった。「わたしを信頼してくれたのです。わかりますね、支店長。あの女性はすばらしい」

支店長はデスクにてのひらを叩きつけた。「いったいなんの話だ、ジェスティン？」

「ミスエスですよ、支店長——つまり、ミス・シートンのことです。いま言ったじゃないですか」もう一度言うことにした。何があったかを彼の視点から説明した。ミス・シートンの用紙を裏返して差しだした。「ほらね、似顔絵です。片方は黒い目、黒髪、口髭——もう一方は本来の顔。見間違えようがありません。わたしがなぜ気づかなかったのか、不思議なぐらいです。とにかく警察に連絡しなくては。でないと、彼女が殺されてしまう。わたしにあとを託していったのです」

支店長は眉をひそめた。ヒステリー症状か？　しかし……ミス・シートンはロンドン警視庁に協力している。だが、警察沙汰を起こしたら、本店が激怒するだろう。何かまずい事態になったときは、わたしが責任をとらされる。どちらへ転ぶにしても、これ以上トラブルを抱えこむわけにはいかない。支店長はこの件と手を切ることにした。「きみのその軽薄な思いつきを警察に連絡するつもりなら、やりたまえ。だが、きみ自身の責任でやってくれ。もし」脅しをかけた。「蜂の巣をつついたような騒ぎになったときは、ジェスティン、始末書を書いてもらうぞ。とりあえず、自分がいちばんいいと思うことをやるがいい」

「承知しました」ジェスティンはドアを閉めると電話のところへ走り、ブレッテンデン署にかけた。「警察ですか?」少なくとも、警察なら迅速に対応し、理解してくれるだろう。「コードネーム、ミスエス」捜査のプロみたいな口調で言った。

「お名前は?」電話の相手が尋ねた。「それと、ご住所は?」

「ミスエス」ジェスティンはくりかえした。「彼女に危険が迫っています」

電話の相手は忍耐強かった。「お名前、なんと言われましたか? それと、ご住所はどこですか?」

「ミス・シートン」ジェスティンは訴えた。「コードネームはミスエス。彼女はロンドン警視庁に協力しています。わたしにメッセージをよこしたのです。彼女の命が危険にさらされている」

「ミス・シートン？　ロンドン警視庁に協力？　少々お待ちを」電話と時間が静止した。受話器から新たな声が聞こえてきた。容易に動じることのない冷静な声。「そちらはどなたですか？」

「ジェスティンといいます。銀行の者です――ミスエスのことで」

「ミス・シートンと言われたはずですが」

「言いました」ジェスティンは叫んだ。「わからないんですか。彼女の命が危険にさらされている。一刻も無駄にできない」

「彼女の命？　危険？」電話の相手は驚いた。「わかりました。とてもよく。で、危険の原因は？」

「うちの銀行の出納主任です」ジェスティンは叫んだ。「亡くなった人」

電話の相手は耐えた。「亡くなったというのですね？」

「そうです」ジェスティンは苛立ちのあまり、いまにも絶叫しそうだった。「子供たちをたくさん殺したあとで、先日自殺しました。ところが戻ってきて、彼女に銃を突きつけ、車で走り去ったところなんです」

「そのままお待ちください」電話の相手が言った。ふたたび延々と待たされた。電話が息を吹きかえした。「アシュフォード警察本部です。こちらはブリントン主任警部。ミス・シートンに関することだそうですね？」

いまや幻滅し、希望をなくした哀れなジェスティンは、またしても説明をくりかえした。ミスエス、コードネーム、彼女のスケッチ、彼女の信頼。銃を突きつけられて車に押しこめられたこと。そして最後に、質問されたため、亡くなった同僚の新たな氏名と住所を漏らした。

車は沈黙のなかでヴァージンズ・レーンを通ってレス・メアリーズへ向かい、その沈黙をミス・シートンはどうにかして破ろうとした。こんな状況で何を言えばいいのか、考えだすのは本当にむずかしい。何で悩んでいるのかを、この人は目的地に着くまで話すつもりがないようだ。でも、こうして黙りこくっているのもなんだか失礼だし。お天気――ミス・シートンは窓の外を見た――この場にふさわしい話題とは思えない――彼を見た――もちろん、個人的な話は控えなきゃ。でも……。

「あのう」話しかけた。「あなたの頭の長さですけど――頭示数が七五に満たないのは――興味深いことですわ。上瞼に蒙古ひだがある人の場合は、という意味ですけど。以前、一度だけその組み合わせを見たことがあります。銀行の出納主任の人がそうでした。ひょっとして、あなたも覚えてらっしゃるのでは?」

ひょっとして……か。わざと曖昧に言ってるんだな、この女。「弟です」そっけなく答えた。ああ、冷汗が出る。まずいことを口走ってしまった。何か関係がありそうだとこの女に悟られたに違いない。「じつは、そのことで」とぎれがちにつけくわえた。「ご相談したかったんです」ミス・シートンは当惑して黙りこんだ。車はふたたび沈黙のなかで走りつづけた。

屋敷に着くと、彼は玄関ホールと両側の部屋を見せた。ミス・シートンは彼の趣味を賞賛する気になれなかったが、立派なしつらえであることには同意した。この人、気の毒に、落ち着かない様子ね。弟さんのことで悩んでいるのなら、それも不思議ではないけど。

ここまで連れてきたあとは、さて、どんなふうに進めよう? 事故に見せかけるしかない。それもなるべく早く。だが、どうやって? 〈パニック〉が彼にささやいた。〝このババア、絵を描いてるだろ?〟なるほど。かつての出納主任は何も考えずにその命綱をつかんだ。〝屋上だ。何キロも遠くまで見渡すことができる。絵を描くために屋上に出て、景色を眺めてみてはどうでしょう、と誘ってやれ〟彼はそのささやきに同意した。屋上へ案内して、あとは自由にさせておく。もし彼女が転落したとしても、こっちの責任ではない。

「あなたのような芸術家にとって」それとなく言ってみた。「景色というのは大切でしょうな。ちょっと面倒ですが、屋上までのぼれそうならご案内しますよ」どんとひと押し――事故でないとは誰にも証明できない。「それに」彼は悲しげに続けた。「馬鹿なことをと思われそうですが、こうして家のなかにいるより、広々とした場所に出たほうが話しやすい気がするのです」片手を伸ばしてあたりを示した。「弟もここに呼んで暮らすつもりでした」

さきほどの会話を後悔し、二度と不用意なことは言うまいと決心したミス・シートンは、彼のあとに続いて階段をのぼった。低い手すりに囲まれた平らな屋上に出ると、息を切らしながら景色を褒めようとした。しかし、うまくいかなかった。必死に努力したのだが。

「ずいぶん遠くまで見えるんですね」と言った。確かにそのとおりだが、景色は凡庸だ。彼に手すりまで連れていかれた。ミス・シートンは下をのぞいた。ずいぶん高い。めまいがしそう。あわてて顔を上げた。彼がミス・シートンの肩に片手を置いた。あら。ちょっと馴れ馴れしいんじゃない？　でも、もちろん、この気の毒な人が悲しみに沈んでいることを忘れてはならない。

短く響くサイレンに二人が動きを止めると、青いライトを明滅させたパトカーが車道を猛スピードでやってきた。何人かが車から飛びおり、わめき声を上げ、手をふりまわしながら屋敷のほうに走ってきた。訓練が上達をもたらす。きっと、ミス・シートンのおかげでパトカーも訓練を積み、今回その成果を発揮して、騒ぎのあとではなくその前に現場に到着できたのだろう。さらに多くの車がやってきた。さらに多くの制服警官が車から飛びおりた。不意にあたりが警官であふれたように見えた。一人がみんなに拡声器を向けて熱っぽくわめいたが、拡声器を使うコツを知らないらしく、そのため耳ざわりな声になり、元気はいいが、何を言っているのか誰にも理解できなかった。ミス・シートンは高さもめまいも忘れて眼下の光景に見入った。

「あら。デルフィック警視よ！」と叫んだ。「お会いできてよかったわ」下でふられている手に向かって、彼女も手をふって挨拶した。「とっても理解のある人なのよ。思いやりもあるし。あなたが下におりて、あの警視さんに話をすれば、できるかぎり力になってくれるでしょう。なにしろ……」ミス・シートンは言葉を切った。この奇妙な男は何も聞いていなかった。トランス状態に陥ったかのように、目の前に視線を据えているだけだった。

男が彼女の肩から手を離した。手すりにさらに近づいた。ミス・シートンは反射的に片手を伸ばした。端に寄りすぎている。ひどく危険だ。

「きみの勝ちだ」男はのろのろとつぶやいた。「最初からずっとそうだった。これで終わりだ。マリーズとのことも。ほかのすべても。わたしの身も」

「下におりたら……？」ミス・シートンは促した。

彼は夢遊病者のように手すりを乗り越え、もう一歩踏みだした。〈パニック〉に最後のひと押しをされて、落ちていった。

パトカーの屋根に激突し、運転席の警官は大きなショックに見舞われた。屋根にへこみができ、かつての出納主任は首の骨を折っていた。

11

「まったくもう。彼女のおかげで土曜の午後が台無しだ。ジャガイモをオーブンに入れる暇もなかったぞ。〝警察の捜査をすべて肩代わりしよう、警察は間違っている、誤りを正すのが自分の役目だ〟と彼女が決心したのなら、隅でこっそりやってくれればいいじゃないか。わたしの脇腹をこうもり傘で小突いて、〝完全にあなたの間違いだったわね〟と言うだけでいい。埋葬されたはずの男と一緒に屋上で跳ねまわり、やつを突き落として車にダメージを与える必要はどこにもなかったはずだ」ブリントンはデルフィックの視線に気づいた。「わかったよ。彼女はそんなことはしていない。やつが自ら飛びおりるのをわたしもこの目で見た。しかし、ミス・シートンの手でひと押ししてくれてもよかったのに」ブリントン主任警部は上着のボタンをはずして椅子にもたれた。「今日はもう一三人分の働きをした気分だ。検視官ときたら——とてつもなく辛辣でね。〝きみたち警察が最新科学装置を駆使して正確に突き止めたのが性別だけだったとは、なんとすばらしいことだろう〟と言われたよ。しかし、死亡証明書に別人の名前を記入するのはうんざりだそうだ。焼死体が誰のものかを教えてほしいと言うんだ。まるでわれわれ警察が知ってるみたいじゃないか。もしくは、いずれ判明すると思っているのか。たぶん、どこかのホームレスだろう。いまから掘りだして、氷にのせて、できるだけのことはするつもりだが、何が期待できる？　黒焦げの焼死体の人相書きを出すわけにもいかん」ブリントンはあくびと伸びをした。「きみのミス・シートンを――鎖で縛っておけないのか、〈御神託〉？　彼女の頭の上にすわりこんでもいいし、何をしてもいいから、とにかく週末の残りは心静かに過ごさせてくれ」

デルフィックはクスッと笑った。「感謝すべきだぞ。ミス・シートンがきみにかわってすべてきれいに片づけてくれたんだから。おかげで裁判の手間も省けたし、とにかく今夜は大丈夫だろう。村の会館でダンスパーティがあるから、村の連中はこぞって出かけていき、ミス・シートンはコルヴデン家のディナーに招待されている。午前中の騒ぎを忘れてもらおうと、あの家の人たちが思いついたんだ。ついでに言っておくと、サー・ジョージがホッシグ青年を農場で雇い、ナイジェルの下で仕事をさせたいと言っている。性格がいいし、働き者だし、機械類にも強いというのでね。ホッシグが応じるといいんだが。夜間のトラック運転手の仕事よりはるかにいいと思う」

「よかった」ブリントンはため息をついた。「だったら、プラマージェンは平穏無事だな。さてと――」身を乗りだし、彼のデスクにのっている最新のスケッチを見た。「なあ、〈御神託〉、ミス・シートンがどんどん絵を描くもんだから、うちの警察はテート・ギャラリーとほとんど区別できなくなってしまった。一般公開して入場料をとりたいところだ。だが、これに関しては」スケッチを指で弾いた。「きみに同意できない。きみがパラなんとかとか、サイコなんとかとか言って、すべてをギリシャ語で説明してくれたことはわかっている。われわれの耳となって活動し、サイコ関係の事柄を何時間でもしゃべりつづけ、しかもそれをすべて中国語でやってのけられる警部さんのご登場だ――しかし、わたしは英語しかしゃべれない。この絵はわたしにひとつのことを告げている。遺体がもうひとつ見つかるという予告だ。うちの署からにやけた私服を二人派遣して、犯人をとらえるまで子供に目を光らせておこうと思う。二人がゴーファーの子供のときみたいにしくじったら、フライにして夕食に食ってやる」

「名案だ」デルフィックは立ちあがった。「われわれのどちらが正しいにせよ、用心するに越したことはない。きみも明日はジャガイモをローストできるだろう。それまで腐らないといいな。わたしはいまからプラマージェンに帰る。週末が平穏無事に過ぎることを祈ろう。あとは月曜日に二人で片づければいい」

納屋の扉があいていた。ディック・クイントがバンをいじっていた。ドリスが来た。どうしてもエンジンがかからない。二人で車に乗りこみ、もう一度やってみた。ようやくかかった。車は門から飛びだし、左折して村のほうへ向かい、姿を消した。

ボブは怒りをたぎらせた。つい油断してしまった。監視の目を光らせているはずのアシュフォード警察の連中はどこにいるんだ？　トランシーバーを使って、クイントのバンが道路に出たことを連絡し、見かけたらすぐ停止させるよう指示を出した。いままで身を潜めていた茂みからゆっくり出ると、〈聖ジョージとドラゴン亭〉まで歩くことにした。背後に機敏な足音が聞こえた。ボブはふりむき、懐中電灯を向けた。レザージャケット、紫色のシャツ、ピンクのネクタイという若い男性が駆け寄ってきた。アシュフォード警察捜査部のフォクストン巡査と名乗った。「部長刑事さん、クイントの弟を見かけませんでしたか？　弟から目を離すなと命じられてきたんですが、まだ見つからなくて」ボブは知らないと答えた。姿を見ていないし、家のなかにいるとも思えない。バンに乗っていなかったのも間違いない。

「だったら、どこを捜せばいいんです？」フォクストンは叫んだ。「大急ぎで飛んできたのに、姿もなかった。警備に失敗したら、署長に生皮をはがれてしまう」

ボブは村の巡査ポッターに尋ねてみてはどうかと提案した。ポッターなら知っているかもしれない。二人は共有地を離れて一緒に歩きはじめた。

〈ザ・ストリート〉に数台の車とバイクが並んでいた。ガソリンスタンドと向かいあった空地の奥にある村の会館から、大音量の音楽が流れてきた。若者たちが会館の入口付近にたむろしている。ボブは警察署でフォクストンと別れてそのまま歩きつづけた。今夜のプラマージェンはにぎやかになりそうだ。〈聖ジョージとドラゴン亭〉に着くと、デルフィック警視がちょうど帰ってきたところだった。ボブは警視に報告をおこなった。警視は電話へ直行し、署を出ようとしていたブリントトンをつかまえて、クイント夫婦が野放し状態であることと、パトカーに緊急連絡を入れたことを告げた。また、クイントの妻の弟を監視するために派遣された警官の一人が村に到着する前に、弟が姿を消してしまったらしいということも報告した。ブリントトンは罵り言葉を吐き、「わかった。このまま署に残って様子を見ることにする。頻繁に連絡を頼む」と言った。

野菜の支度ができた。レディ・コルヴデンはガス台の下にある保温用のトレイから皿を出した。野菜をここに盛りつけて保温しておこう。チキンもそろそろ完成で、アルミホイルがかぶせてあるから、そのままにしておけばいい。ミス・シートンがそろそろ到着するころね。ディナーの前に軽く飲む時間もある。

台所のドアがいきなり開き、バイク用の黒い服に身を包み、ヘルメットとゴーグルで顔を隠したふたつの人影が飛びこんできた。レディ・コルヴデンは悲鳴を上げ、皿を落とした。

「黙れ」背の高いほうが彼女の頭に拳銃を突きつけた。

「何事だ、メグ？　いったい……？」ドアのところに姿を見せたサー・ジョージが足を止め、その場で凍りついた。背後でナイジェルがあえいだ。

「どっちかがひとことでもピーピー言ったら、女が弾丸を食らうことになる。いいな？」

男はレディ・コルヴデンを自分の前に押しやり、拳銃で脅して三人を台所から廊下へ出した。二人目の黒い人影があとに続き、ドアをふたつ試し、二番目のドアをあけたままにしておいて鍵を抜き、身振りで三人に合図をした。コルヴデン一家はぞろぞろとそこに入った。ドアが乱暴に閉まって施錠された。

ディナーに招待してくださるなんて、サー・ジョージもレディ・コルヴデンもほんとにご親切ね。わたしが落ちこんでるかもしれないって、レディ・コルヴデンが気遣ってくださったのかと思うと、親切がよけい身にしみる。でも、落ちこむなんてとんでもない。もちろん、午前中の出来事はとても悲惨だった。でも、あの男の人と親しいわけではなかったし、顔を合わせたのは数えるほどしかないけど、そのときも親しくなりたいとは思わなかった。細長い頭は――もちろん、そこに蒙古ひだが加わると――わたしの経験から言って、最高の性格の印とは言いがたい。警察はあの男の人が銀行の以前の出納主任だと当然のことのように言っている。たぶん真実だろう。じっさい、指紋をとり、コンタクトをはずした結果、それが証明された。すばらしい発明品――ドイツ製ね。理解できる。でも、イギリスにもコンタクトぐらいあるんだけど。それから、彼の口髭。これは付け髭で、簡単にはがれ、警察は強力な証拠だと言った。また、彼らは――つまり警察は――このわたしも最初からすべて知っていたはずだと思いこんでいる。それは少々おかしい。どうしてわたしが知ってなきゃいけないの？　だいたい、どうやって知ることができたというの？　でも、警察はそう思いこんでいるし、いまのところひどく忙しそうで、屋上にいたわたしを見てとても心配してくれた様子だったことを考えると、あまり頑固に否定するのもよくない気がする。だけど、あの男の人は以前の出納主任のことを自分の弟だと言っていた。何もかもひどくややこしいから、正直言って、いつまでもくよくよ考えてはいられない。

コルヴデン家の人たちは、どんなときも本当に思慮深くて、親切で、思いやりがある。何かお返しできることがあればいいのに。でも考えてみたら、何をお返しすればいいのか、なかなか思いつけない。優しい思いと善意を胸いっぱいに抱いて、ミス・シートンはライサム館へ出かけた。

あら、変ねえ。ポーチの明かりがついていない。ライサム館では、家のみんながベッドに入るまで、ポーチの明かりはつけたままにしてある。ところが、今夜は違っていた。それどころか、屋敷のどこにも明かりが見えない。ミス・シートンは手探りで前に進んだ。けさの買物リストに懐中電灯の電池を書きこんでおくのを忘れたなんて、ほんとに迂闊だった。みなさん、お出かけなのかもしれない。でも、コルヴデン家の人たちが黙って出かけるとは思えないし、どうにも腑に落ちない。

とにかく、呼鈴を鳴らしてみたほうがいいわね。わたしの記憶だと、呼鈴は確か、ハンドルをひいて鳴らすタイプだった。どこか右のほうにあるはずね？　それとも、左だった？　あたりを手で探ったが見つからなかった。ただ、玄関ドアがあいているのがわかった。玄関ドアがあけっぱなし？　こんな寒い夜に？　いよいよもって変だわ。人さまの家に勝手に入るのはためらわれる。でも、このままってわけにはいかない……明かりのスイッチを入れて、何も心配することはないとわかれば……。ミス・シートンは壁を探った。手が触れた範囲に明かりのスイッチはなかった。料理の匂いが漂っていた。ほっと安心した。台所へ行く道が見つかれば、たぶん……？　右側の廊下の奥だったことを思いだした。階段のすぐ向こうだ。傘を触手がわりに前に突きだして、忍び足で廊下を進んだ。しばらくすると、傘の先が何か柔らかなものに触れ、ヒッと声が上がった。

「まあ」ミス・シートンは言った。「これはとんだ失礼を」

死を予告する妖精のようなすさまじい声が上がり、あたふたした動きがあり、誰かが彼女の横を通りすぎてあけっぱなしの玄関から飛びだしていった。車道に小走りの足音が響いた。ミス・シートンの上のほうでカタンと音がして、何かが階段をころり落ちてきた。それを追って駆けおりてくる足音がしたかと思ったら、闇のなかで重い音を立てて彼女の横を通り、仲間を追って逃げ去った。二個のエンジンの轟音が響いた。エンジンは咆哮を上げ、次の瞬間、遠ざかっていった。

どこかで何かをバンバン叩く音がした。叫び声が上がった。まあ――ミス・シートンは思った――郵便局のときとそっくり。何か変事が起きたに違いないと確信した。あたりの様子が見えさえすれば……。傘がテーブルにぶつかった。片手を伸ばしてテーブルの表面を探った。いくつかの品が手に触れた。もしかしたら……あった……卓上スタンド。パチッとつけた。バンバン叩く音が右手のドアの奥から聞こえていることに気づいた。台所のすぐそばだ。ドアの取っ手をひいてみた。施錠されていた。鍵をまわした。サー・ジョージとナイジェルが飛びだしてきて、そのあとにレディ・コルヴデンが続いた。

「ほんとに申しわけありません」ミス・シートンは謝った。「ずいぶん時間がかかってしまって。明かりが見つからなかったものですから」

「わたしがいつも言ってたでしょ」レディ・コルヴデンが言った。「あの鍵は旧式だって。かんぬきをつけるべきよ――玄関ドアの内側に。そのほうが安全だし、実用的だわ」鍵をもとの場所に戻してドアを閉めた。

「もっといいのは」息子が意見を述べた。「鉛管工を呼んで錠を三個にすることだ」

堅苦しい作法は省略ということで、料理をトレイにのせて居間へ運び、暖炉のそばで食事をした。未遂に終わった窃盗のことを、サー・ジョージが警察に通報した。

「いや、何も盗まれてはいない。ミス・シートンがすべてをひきうけて、泥棒をやっつけ、追い払ってくれた。銀器やその他の品が袋に詰められ、階段の下に落ちていた。わたしの見たところ、被害としては、野菜の皿が一枚割れ、銀の手鏡にひびが入っていた程度だ。誰がやったにせよ、その者に禍が降りかかるだろう」

予言は的中した。クイント夫婦がつかまったという知らせがあったのだ。牛の出産に立ち会っていた農家の男が納屋の陰に止まっている見慣れないバンに気づいて、警察に連絡した。警察が調べたところ、クイント夫婦のものと判明。タイヤ痕と、車の床に垂れたオイルと、釘にかかった黒いオーバーオール二着が見つかった。警察はそこで待ち伏せをし、バイクで戻ってきたクイント夫婦をついに逮捕した。郵便局強盗のときのアリバイも崩れた。妻は様子が変で、フードゥーだか、ヴードゥーだか、そんなようなことを口走っていた。しかし、牛のほうは母子ともに元気だった。耳と口の不自由な弟は行方をくらまし、目下、警察が捜索中だ。

ミス・トゥリーヴズから電話があり、アシュフォードから少年がどっと押しかけてきて、ダンスパーティの会場で騒ぎはじめたと言ってきた。「〈ザ・ストリート〉でも喧嘩が始まったわ。アーサーが外出中だから、ちょっと心配なの」ナイジェルが自分にできることはないかと、すぐさま飛びだしていった。サー・ジョージは「治安判事という立場上、怒った村人からの要請がないかぎり、干渉するわけにはいかないが、深刻な事態になりそうなら……こまめに連絡してくれないか？」と言った。「わかりました」ミス・トゥリーヴズはほっとして電話を切った。

ミス・シートンが暇《いとま》を告げるために立ちあがった。おたがいに感謝と善意を口にして、主人夫妻と別れの挨拶をした。レディ・コルヴデンが懐中電灯を貸してくれ、向かい側のフットパスを通って帰ったほうがいいと言った。「その先が運河沿いの引き船道になってるから、そこを歩いていけば、ご自宅の庭を通って勝手口からコテージに入れるわ。窃盗犯が逮捕されたから、もうなんの心配もないけど、〈ザ・ストリート〉で喧嘩騒ぎが起きてるのなら、裏から家に入るほうが利口だと思うの」レディ・コルヴデンは説明した。

〈ザ・ストリート〉の騒ぎは収拾がつかなくなっていた。〈アシュフォード・チョッパーズ〉はディック・クイントとの取決めどおり、楽しそうな顔でやってきた。平和を愛する気持ちを示すために、村の会館でしばらく踊ったが、いつにないこの態度も長くは続かず、村の娘に目をつけるなり、偶然を装って乱暴にぶつかり、娘の恋人が文句を言うとその男の足を思いきり踏みつけた。そこで喧嘩が始まり、あっというまに大乱闘に発展し、乱闘の場は会館を飛びだして〈ザ・ストリート〉に移った。あとはもう〈チョッパーズ〉の独壇場だ。パンチが飛び、棍棒《こんぼう》がふりおろされ、石が投げられ、ナイフがきらめいた。

牧師が帰宅途中で足を止めて、この騒ぎをおおらかな目で眺めた。若い者は元気でよろしい。若き聖職者だったころの自分を思いだした。教会のピクニックで女性の襟元にハサミムシを投げこんだことがある。当時の自分はまったく手に負えなかった。牧師はふたたび戦場に目をやった。土曜の夜、みんなが若さを謳歌《おうか》している。もちろん害などない。つっぱっているだけだ。遅くまで騒いで村人の眠りを妨げるようなことさえなければ、よしとしよう。寛大な微笑を浮かべ、向きを変えて帰ろうとした。

近くでスタン・ブルーマーが膝を突いていた。頬から血が滴っている。

「スタン」牧師は叫んだ。「何をしている？　こんなことに参加する年ではないだろうに」

「アシュフォードから来たやつらが」あえぎながらスタンは言った。「村をめちゃめちゃにしてるんです」

牧師はもう一度あたりを見た。本当だ。見慣れない連中。怒りが湧きあがるにつれて、慈愛の表情が消えていった。スタンの言うとおりだ。これはふざけっこではない。みんな、本気だ。紛れもなき戦闘だ。最近の出来事に対する彼の腹立ちが沸騰し、煮こぼれた。止めてやる。わたしがこの手で止めてやる。牧師は若者たちの真ん中に大股で入っていった。

「やめろ」一喝した。誰も聞いていなかった。「全員ただちにやめろ。いいな」

みんな、知らん顔だった。棍棒が彼の足首に叩きつけられた。石が彼の帽子を飛ばした。武力戦だ。連中は武装している。ならば、こちらも武装しよう。小走りで牧師館に戻り、兵器庫に入って武器を点検した。大鎌？　鉈鎌《なたがま》？　だめだ、危険すぎる。鍬《くわ》？　柄をつかみ、鋭利な先端の感触を手で確かめた。これなら痛手を負わせられるかもしれない。おお、こっちのほうがいい――立派に応戦できる。新品の箒《ほうき》をつかんだ。赤いプラスチックの毛が穂状花序のように並んでいる。さっき帽子をなくしてしまった。マッシュルームの形をした従軍牧師時代のヘルメットが、梁《はり》に顎紐をかけてぶら下がっていた。ドリルでてっぺんに排水用の穴があけてある。ゼラニウムの植木鉢にされているのだ。ゼラニウムを投げ捨てて、ヘルメットを自分の頭にかぶせた。顔に土とクモの巣をつけたまま、園芸用品の収納小屋を出た。石。連中は石を投げていた。盾が必要だ。ゴミ容器のそばを通りかかったついでに蓋をつかんだ。こうしてすさまじく飾り立てた牧師は戦闘の場へ駆けていった。

ブリントンはデルフィックと絶えず連絡をとりあい、クイント夫婦逮捕の件も知らせておいた。デルフィックは〈ザ・ストリート〉の騒ぎが大きくなり、村人が数の上で圧倒されているのを見て、応援を要請した。その到着を待つあいだに自分の職権で騒ぎを鎮めようと思い、ボブとともに騒乱の場へ出ていった。侵略者たちが遠隔戦用に村の会館のフェンスから杭《くい》をひきぬき、接近戦用には、レンチ、チェーン、ナイフといった自前の武器を用意しているような乱闘の場では、職権は軽んじられ、デルフィックはいつのまにか一兵卒に格下げになっていた。

メルは宿屋の部屋の窓から騒ぎを見守り、状況を判断しようとしていた。わお——これが田舎の生活なのね。かかとの低い靴をはき、長いストラップのついたトートバッグをつかむと、階段を駆け下りた。ロビーで真鍮《しんちゆう》製のドアストッパーに目をつけた。理想的な品。バッグに投げこみ、試しにバッグをスイングさせてみた。よし、大丈夫。上手に揺らせば、敵をやっつけられる。戦闘員たちと合流した。

暴動の中心でブリキ製のヘルメットが揺れていた。消えた。牧師が倒れた。ふたたび立ちあがり、盾を高くかざした。意気揚々と箒をふりまわした。アシュフォードの暴走族の一人に箒の尖った毛が刺さった。その横で、杭を奪ったレン・ホッシグが勢いよく殴りかかった。

デルフィックが倒れた。助け起こそうと、ボブが身をかがめた。〈チョッパーズ〉

のメンバーが三人、ボブのたくましい肩と背中に飛びかかり、徐々に膝を突かせようとしていた。助けに駆けつけたフォクストン巡査がそのうち一人を引き受けた。ボブはもう一人の脚をつかむなり、ポッター巡査のほうへ投げ飛ばし、巡査がそれをつかまえた。襲撃者の三人目も彼が地面になぎ倒して踏みつけた。デルフィックが立ちあがったので、ボブは助けてくれたフォクストンに礼を言おうとうしろを向いたが、背中を切り裂かれたレザージャケットとゆがんだピンクのネクタイは目下救助作業に夢中で、人々をかき分けて牧師に歩み寄っているところだった。

「大丈夫ですか、警視？」

「ああ」デルフィックは言った。レンチで殴りつけられてできたこめかみの裂傷の周囲が無惨に腫れあがっていた。「ポッターにも声をかけて、横一列に並ぼう。やつらを撃退できないか挑戦だ」

表があまりに騒がしいので、ミス・ウィックスは庭に出た。知らない人たち？　つかみあい？　許せないわ。わたしがやっつけてやる。道具小屋へ急ぎ、巻いたホースをひきずって戻ってくると、一方の端を庭にとりつけた水道の蛇口に差しこみ、ノズルを銃のように構えて表の門まで行った。メルがナイジェルのほうへ行こうとしていた。ナイジェルは情勢不利で、自転車のチェーンをこぶしに巻いてブラスナックルがわりにした乱暴者に追い詰められていた。乱暴者は狙いを定めて蹴りを入れようと身構え、彼の仲間もナイフをふりまわしてそこに加わった。

ミス・ウィックスは慎重に照準を合わせた。ノズルのタップをまわした。ナイジェルが耳を直撃された。あら、いけない——風を計算に入れてなかった。ナイジェルが呆然としているあいだに、ナイフをふりかざした敵が雄叫《おたけ》びを上げて飛びかかった。ミス・ウィックスは照準を合わせなおすと、ノズルを開き、口を大きくあけて雄叫びの最中だった少年に向かって放水した。少年は息を詰まらせ、鯨のように水を噴きあげた。ナイジェルが少年を地面に押し倒し、身をかがめてナイフを回収した。そのあいだに、蹴りの構えから普通の態勢に戻った少年が鎖を巻いたこぶしをふりおろし、ナイジェルの無防備な首筋にラビットパンチを見舞おうとした。そこにメルが駆け寄り、重石つきのバッグをスイングさせて、乱暴者の顔に真正面からぶつけた。相手はそれでのびてしまった。

ミス・トゥリーヴズがライサム館にかけた二回目の電話は、緊急出動を要請するものだった。武力行使を求める至急通話。サー・ジョージは廊下に出ると銃器室へ急ぎ、武器を選び、弾薬を集めた。ガレージから大型のステーションワゴンを出したが、レディ・コルヴデンが駆け寄ってくるのを見て、車道で停止した。

首を横にふった。「だめだ、メグ。女の出る幕ではない」

「寝ぼけたこと言わないで、ジョージ」彼女は車に乗りこむと、勢いよくドアを閉めた。「わたしが家に一人で残って、もう一度お手洗いに閉じこもるとでも思ってるのなら……それに、ナイジェルに言われたんだけど、わたしって騒がしいんですって……だったら、うんと騒がしくしてみせるわ。昔サッカーの試合に行ったころのことを覚えてるでしょ。うるさくて頭が変になりそうだった」サー・ジョージがギアを入れるあいだに、レディ・コルヴデンは得意げにシートにもたれた。


ミス・シートンは背後の塀の扉に錠をおろした。懐中電灯を貸してくださるなんて、レディ・コルヴデンはほんとに親切な方。茂みのある場所も、それから、もちろん花壇の場所も正確にわかっているけど、暗くなるとなぜかそれらが少し場所を変えるみたいで、ぎょっとさせられる。芝生を横切って勝手口へ向かった。

背後で何かが動いた。はっとふりむくと、懐中電灯の光のなかに少年っぽい顔が浮かんだ。無邪気な笑み、小柄で華奢な身体。光を受けて、彼の手から垂れ下がったワイヤがきらめいた。彼がそれを前後にゆっくり揺らした。ミス・シートンはあとずさった。彼が前に出た。怯えていないふりをするのは愚かだ。だって、もちろん怯えてるから。ものすごく。話しかけても無駄。理性に訴えることはできない。そもそも耳が聞こえないわけだし。ミス・シートンはふたたび動いた。少年も動いた。楽しんでいるようだ。

彼女のかかとが何かにぶつかり、それ以上進めなくなった。こんなところに何が……あ、そうだわ。園芸用ローラー。よけようとして脇へ寄った。少年も脇へ寄った。ぴったりついてくる……ミス・シートンはよろめいて倒れそうになり、すべり止めになっている三角形の木片の背後に傘の石突きを差しこんだ。木片が動き、ローラーからはずれた。ミス・シートンはよろめきながら脇へどいた。邪魔な滑り止めから解放されたローラーが、ハンドルを優雅に傾けた。砂利を踏みながら前方へころがりはじめ、轟音と共に威風堂々と芝生へ向かって進み、さらにスピードを増した。ミス・シートンは仰天して見守った。ああ、どうしよう、事故になる。少年は彼女だけに注意を集中し、うずくまって飛びかかろうとしていた。彼女は傘をローラーの枠にかけてひっぱった。ローラーは知らん顔で傘を奪い去り、傘は彼女の手から離れた瞬間、横のほうへはじき飛ばされ、彼女に飛びかかろうとした少年の脚にぶつかって彼をなぎ倒した。危険を察したミス・シートンは少年を助けようとして懐中電灯を投げ捨て、ハンドルをつかむなり渾身の力でひっぱった。ローラーが方向を変えた。木の枝の折れる音、ざわざわいう音、くぐもった悲鳴。やがて、ミッションを完了したローラーが獲物の上で制止し、あたりは静まりかえった。

ミス・シートンは懐中電灯を拾いあげて、意識を失った小さな姿に目を向けた。片方の脚がゆがみ、ローラーの重みの下で囚《とら》われの身となっている。彼女はローラーを眺め、ひっぱってみた。びくともしない。

「動かないで」少年に声をかけた。「そのままじっとしてるのよ。助けを呼んでくるから」傘を拾い、向きを変えて走りだした。

訓練と組織力がものを言った。一列になった警官が前進を始めようとしていた。フォクストンも加わっていた。その意図に気づいたスタン・ブルーマーが男たちを何人か呼び集め、列を延ばすのに協力した。列が作られたのは〈ザ・ストリート〉の端で、ミス・シートンのコテージの前だった。デルフィックとフォクストンが中央に陣どり、その横に村人たちが並び、ポッター巡査とレンジャー部長刑事が脇を固めた。列は一歩また一歩と進んでいった。わずかな人数で多数の連中をゆっくり押し戻していく。

ミス・シートンは周囲の状況に気づきもせず、助けを呼ばなくてはという思いで頭をいっぱいにして、〈ザ・ストリート〉に走りでた。最初に目に入ったのはポッター巡査だった。

「ああ、ポッターさん」大声で呼びかけた。「すぐ来てください。事故が起きたんです」

ポッターがミス・シートンのほうを向いた。石が命中して、巡査は彼女の足元に崩れ落ちた。脇を固めていた巡査を奪いとられて、村人たちが動揺し、警察の列が崩れてしまった。ミス・シートンは困惑の面持ちで周囲を見つめた。家々の明かりだけでは、距離がありすぎて通りの様子はほとんどわからないが、人々が悪態をつきながら押しあいへしあいしている。でも、ポッターさんが……踏みつぶされそう。ミス・シートンはかがみこみ、ポッターの頭を膝にのせた。風を切ってさらに石が飛んできた。もうっ、許せない。怪我人が出るかもしれないのに、そんなこともわからないの？　傘を広げた。

スイッチが押された。村人たちの背後で不意に一対のサーチライトが光を放ち、大混乱の場を切り裂いて襲撃者連中の目をくらませた。銃声が一発。もう一発。さらにもう一発。ババババババという機関銃の音。地元チームが最高司令官を通すために両側に分かれると、馬鹿でかい車が轟音と共に低速でゆっくり進んでいった。乗っているのはサー・ジョージ。左手をハンドルにかけ、右手は運転席の窓の外に突きだして、スタート合図用のピストルから空砲を発射している。その横にレディ・コルヴデンがいて、ババババと短い銃声を響かせている。

〈アシュフォード・チョッパーズ〉の連中は面食らうばかりだった。暗いなかで匿名の存在となって武器を持ち、敵をうわまわる人数で戦うのは楽しいことだ。だが、光を浴びせられたり、敵がこちらより強力な武器を備えた応援部隊を呼び寄せたりしたら、楽しくないし、フェアではない。ナイフ、ブラスナックル、棍棒、その他、暴行で使われる名誉ある武器ならどんなものでも許される。敵側が報復のために武装するなどとんでもない。

ためらい、途方にくれ、降参する者もいた。自分のバイクのところへ走る者もいた。逃げられないと悟って、連中は混乱し、次いで困惑した。〈ザ・ストリート〉の向こうからパトカーが五台、整然と隊列を組んでやってきた。先頭に一台、そのうしろに二台ずつ並んでいる。歩道を固め、逃亡を阻止するために、警官がどやどやと降りてきた。襲撃者たちの態度が一変した。むっつりと黙りこんで立ち、じっと待ちはじめた。いつものように、弁護士に法廷での弁明を任せるつもりなのだ。〝この少年たちは誤解され、言いがかりをつけられたのです。おのれの身を守ろうとし、理由もわからないまま相手に襲いかかられたため、乱闘を終わらせようとしただけで、何も悪いことはしておりません〟

警察の到着を台無しにしたものがひとつだけあった。アシュフォード・ロードのほうからさらに何台も車がやってくるのを目にしたミス・ウィックスが、嬉々として放水をおこなったのだった。明滅する青い回転灯に気づいたときはもう手遅れだった。フロントガラスにホースの水を浴びせられて、先頭の車を運転していた警官が何も見えなくなり、サー・ジョージの車に衝突した。ブリントンが激怒して飛びだした。

ブリントンとデルフィックで水浸しの道路の清掃を指揮することになった。救急車が到着し、〝獲物〟を連行しようとしてバンもやってきた。負傷した村人たちは手当てを受けるため、ナイト医師の介護ホームへ運ばれた。ブリントンとデルフィックにサー・ジョージも加わって、作戦完了後の三人の将軍よろしく、戦場をまわって被害の程度を点検した。

小雨が降っていた。レディ・コルヴデンは空を見上げた。眉をひそめてあたりを見まわし、それから車を離れて〈ザ・ストリート〉を渡った。抵抗する様子もないミス・ウィックスの手からホースをとり、ノズルのタップを閉めて、彼女に返した。小雨がやんだ。

フォクストンがブリントンのところに来て報告をおこなった。

「クイントの妻の弟が見つかりました。ミス・シートン宅の裏庭にいます。彼女が園芸用ローラーをころがして、その子を押さえこんだのです。悲惨な状況でして。片脚が使えなくなるでしょう」

「わかった。では逮捕しよう」ブリントンはこの部下をじろっと眺めた。ズボンの片方が半分なくなっている。むきだしの上半身はレザーと紫の絹とピンクの布の切れ端に飾られている。もう片方は破れている。「〈ザ・ストリート〉で暴走族とダンスをしろと誰が言った？」うめき声を上げた。フォクストンの唇が開いた。歯が一本欠けている。「わかった」ブリントンはパトカーの運転手を呼び、フォクストンを指さした。「このがらくたを病院へ運んで、修理できるかどうか訊いてくれ。それと、いいかね」うしろから声をかけた。「きみには新しい服が必要だ。派手な服がほしいなら、派手なのを買うがいい。ただし、わたしには見せないようにしろ。それなら経費として認めてやる」歯が欠けたフォクストンはニッと笑いながら連れていかれた。

ブリントンは肩の荷がおりた思いだった。〈チョッパーズ〉のことはこちらの見込み違いだったが、それでも構わない、最後に連中が登場したのだから。それに、連中のささやかな遠足とクイント夫婦の最後の盗みが時間的にぴったり重なっているのも、偶然の一致として捨て置くことはできない。捨て置く? とんでもない。〈チョッパーズ〉とクイント夫婦を締めあげて、連中の共謀を証明してやる。そうすれば〈チョッパーズ〉も今度こそ、罪を逃れることはできないはず。弁護士がどう言おうと、治安判事もこの件とまともに向きあい、巡回裁判にまわすしかないだろう。そして、警察は二、三カ月ほど連中から解放される。ブリントンはデルフィックのほうを向き、まだ出血が止まっていない裂傷に気づいた。「縫いあわせてもらったほうがよさそうだぞ」

デルフィックは笑った。「ナイト先生のところへ行って縫ってもらう。とりあえず、ほかの連中はみんな縫合してもらったようだし。われわれは殺人犯をつかまえ、郵便局強盗をつかまえ、きみは銀行の横領事件を解決した。いずれにしろ、ミス・シートンがすべてを袋に入れて差しだしてくれたようなものだ」

ブリントンは鼻を鳴らした。「ちんぴらはちんぴら、世界じゅうどこへ行っても同じさ。学習能力がない。蹴飛ばしてはならないものが人生に四つある。いいか、ひとつはちんぴら、あとの三つはミス・シートンだ」

『デイリー・ネガティブ』より――四月一日

イギリスの田舎の安らぎ

連載第四回　プラマージェンの戦闘

最前線に立つわが社の通信員より

古きイギリスの静かな片隅にひっそりとたたずむ、安らぎに満ちた穏やかなこの村では、眠ったように単調な田舎の暮らしが無謀なペースで進んでいく……

……それはステーションワゴンだったが、現場に居合わせたわたしとしては、自分の目でとらえた印象のまま、次のように描写することしかできない。怪物のごとき戦車、弩級《どきゅう》戦艦、まさに車輪つきの戦艦、すべての砲門からの砲撃。サー・ジョージ・コルヴデンが舵をとり、勇敢なる夫人が銃の前に立って、包囲された村人を救出しに駆けつけた。

しかし、われわれがプラマージェンの戦闘でみごとな戦いぶりを見せるあいだに、多くの者が倒れ、負傷者も出た。そして、敵は敗走し、包囲されて警察に連行されたが、この戦闘の陰の主役だった人物は、旧世界のコテージの静かな庭にいたのである。暗い庭で懐中電灯の光だけを頼りに、全国を恐怖に陥れたと思われる一七歳の少年に、小柄な中年女性が立ち向かったのだ。少年は現在、小児六名の殺害容疑により逮捕され、警察に勾留中である。女性は豪胆にも少年と対決したが、一人きりではなかった。少年が襲いかかってきた瞬間、勇敢なるこうもり傘が園芸用ローラーの下にもぐりこんで彼女の命を助けてくれた。傘は稲妻のごとき素早さで少年をつまずかせて転倒させ、彼女の守護神となったローラーが完璧なタイミングでとどめの一撃を加えて、地面に倒れた少年の動きを封じた。

この小さな村が全国に手本を示している。この国はおしまいだなどと誰に言えるだろう？　われわれのこの島国、このイギリスは、いまもこうした勇気に満ちあふれ、園芸用ローラーがいまも歩哨《ほしょう》に立ち、こうもり傘がいまも活躍しているのだから。

アミーリア・フォービー

ケント州プラマージェン、ブレッテンデン・ロード、ナイト介護ホーム

（お花はご辞退申しあげます。目下、ここには花があふれていますので）

訳者あとがき

ミス・シートン、こうもり傘を手にして、ふたたびプラマージェンの村に！

名付け親から相続したコテージ、スイートブライアーズ荘が終の棲家になるかどうかを確かめるため、ミス・シートンがケント州の小さな村でしばらく過ごしたのは、去年の夏のことだった。そして、いまふたたび、春を迎えて花々の蕾が膨らみはじめる美しい季節に、ロンドンをあとにしてこの村にやってきた。そして、村に住む少女の似顔絵を描きはじめたのだが、できあがった絵がデスマスクのように見えることで頭を悩ませている。

『村で噂のミス・シートン』のあとがきにも書いたとおり、ミス・シートンは外見も性格も地味な女性なのに、彼女がプラマージェンに来ると、どういうわけか思いきり派手な事件が次々と起きる。けっしてミス・シートンのせいではない（はずだ）が。

本書でコルヴデン家の息子のナイジェルがこう言っている。

「ミス・シートンが初めてコテージに滞在したとき、ぼくらは殺人、水難事故、ガスによる自殺未遂、銃撃、車の衝突事故、誘拐、横領に巻きこまれた」

えっ、そんなにいろいろありましたっけ？　自分で訳しておきながらびっくりして、一作目を読みかえしてみたら、これだけ多くの事件が確かに起きている。ハードボイルドやノワールにも負けないぐらい、みっしりと事件が詰まったコージーというのも珍しい。でも、本書の第三章に記された〝妖精のゴッドマザーが二人〟という説を読めば、地味で穏やかなミス・シートンのまわりであっと驚く事件の続発する理由が、なんとなくわかる気もする。今回も妖精の予言に違わず、大騒動の連続だ。

さて、学校の休みを利用してプラマージェンにやってきたミス・シートンだが、何日もたたないうちに警視庁のデルフィック警視とレンジャー部長刑事が彼女を迎えに来て、ロンドンへ連れていったため、彼女のことに興味津々の村人たちは大興奮。逮捕されたという噂が飛びかう。

じつは、ミス・シートンがロンドンへ連れていかれたのは、子供ばかりを狙った連続殺人の捜査が難航しているせいだった。去年と同じように彼女の絵が何か手がかりにならないか、とデルフィック警視が考えたのだ。ところが、ミス・シートンが被害者の遺体と対面したあとで描きあげた絵を見て、警視庁のお偉方たちは困惑する。な、なんだ、これは？　はて、彼女はいったいどんな絵を描いたのだろう？

一作目に登場した村の人々が今回もにぎやかに顔を出し、強烈な個性を発揮している。意地悪な噂を広めてまわるのが大好きなベジタリアンの〈ナッツコンビ〉、ライサム館に住むコルヴデン一家、浮世離れした牧師としっかり者の妹、ミス・シートンのために通いで料理と掃除をしてくれるマーサ・ブルーマー、介護ホームを経営するナイト医師、その娘のアン。そして、今回新たに加わった村人はミス・ウィックス。登場場面こそ少ないが、最終章での活躍（！）はなかなかのものなので、ぜひ楽しんでいただきたい。もちろん、こうもり傘も大活躍して、ミス・シートンの命を何度か救ってくれる。

さて、三作目をご紹介しておこう。題名は *Witch Miss Seeton*。プラマージェンの村にオカルトブームがやってくる。ウィージャ盤を使った占いに夢中になる村人たち。ミス・シートンはそんなものにはまったく興味がない。ところが、またまたロンドン警視庁に頼まれて、オカルトにからんだ事件をひそかに調べることに……。

ミス・シートンとこうもり傘の次回の活躍と大騒動を、どうか楽しみにお待ちください。

二〇一九年四月

コージーブックス

こうもり傘探偵《がさたんてい》②

ミス・シートンは事件《じけん》を描《えが》く

著者　ヘロン・カーヴィック
訳者　山本《やまもと》やよい

2019年4月20日　初版第1刷発行

発行人　成瀬雅人
発行所　株式会社　原書房
〒160-0022 東京都新宿区新宿1-25-13
電話・代表　03-3354-0685
振替・00150-6-151594
http://www.harashobo.co.jp
ブックデザイン　atmosphere ltd.
印刷所　中央精版印刷株式会社

落丁・乱丁本はお取り替えいたします。
定価は、カバーに表示してあります。
 ISBN978-4-562-06093-1 Printed in Japan